Hello
Mindanao.

헬로 ● 민다나오

이 원 주 지 음

민다나오를
분쟁의 섬에서
평화의 땅으로 일군
모자이크 붓다
이원주
회고록

정토출판

추천의 글

소외된 지역을 위한 활동

— 이원주 님은 한국에 본부를 둔 국제NGO JTS(Join Together Society)
필리핀 대표입니다. 그는 민다나오의 여러 지역에서 문맹퇴치를 위
한 다양한 개발 사업을 실행하는 데 중추적 역할을 해왔습니다. JTS
는 2003년 민다나오에서 활동을 시작했으며, 사업의 대부분은 민다
나오 북부 부키드논Bukidnon에서 실행되었습니다.

바쁜 일정에도 불구하고 이원주 대표는 지속적으로 자신의 시간,
재능, 자원을 아낌없이 사용하여 한국과 필리핀 자원봉사자팀을 이
끌었으며, 또한 현지 정부와 기관, 커뮤니티 등 다양한 이해관계자
들을 하나로 묶어 학교와 기타 시설물을 건설하는 데 함께 참여하
도록 영감을 불어넣었습니다.

그들은 민다나오의 외딴 지역, 특히 위험한 지역에 있는 소외된

무슬림과 원주민(IP) 공동체를 위해 필요한 서비스, 즉 문맹퇴치를 위한 학교 건축뿐만 아니라 빈곤퇴치를 위한 마을개발과 질병퇴치를 위한 의료봉사 및 의약품 지원 등의 필요한 서비스를 지속적으로 제공해왔습니다.

안토니오 J. 레데즈마

카가얀 데 오로(Cagayan de Oro) SJ 대교구 명예 대주교

—

Mr. Won Joo Lee is President of Join Together Society (JTS) Philippines, an international humanitarian non-government organization based in South Korea. He has been instrumental in the implementation of various development projects in different parts of Mindanao. Most of these are located in Bukidnon. JTS began its Mindanao operations in 2003.

 Despite his busy schedule, Mr. Lee has since then generously spent his time, talent, and resources to lead the team of Korean and Filipino volunteers in inspiring the various stakeholders (local government, agencies and community) to join together in building classrooms and other facilities.

They have participated in delivering the needed services---of educating the illiterate, healing the sick, feeding the hungry---especially for the marginalized Muslim and indigenous people (IP) communities in the remote, even dangerous, areas of Mindanao.

Archbishop-Emeritus Antonio J. Ledesma,
SJ Archdiocese of Cagayan de Oro

작은 거인이 심은 평화의 씨앗

— 필리핀 민다나오는 면적이 남한과 엇비슷한 섬이다. 인구 80퍼센트가 가톨릭인 필리핀에서 유독 민다나오에 이슬람 인구가 25퍼센트정도 된다. 불행하게도 이 지역은 두 종교간에 갈등이 첨예하여 대외적으로 분쟁 지역이란 인상을 주고 있다. 민다나오 이슬람교도들은 자신의 군사조직인 모로이슬람해방전선(MILF)을 앞세워 독립을 요구하며 정부를 상대로 무장투쟁을 지속해왔다. MILF가 장악하고 있는 지역은 필리핀 공권력이 미치지 못하는 정치적 회색지대로 사실상 내전상태나 다름없었다.

제3국 중재로 우여곡절 끝에 정부와 반군 사이에 평화협정이 체결되기는 했지만 갈등의 골은 여전히 깊다. 협정에 반대하는 강경파는 국제테러조직과 연대하여 투쟁을 계속하고 있어서 진정한 평화는 여전히 멀어 보인다.

상황이 이렇다 보니 반군지역은 외부와 차단된 고립무원 상태에 놓여 빈곤과 무법의 땅으로 전락하였다. 모든 것이 쇠락하고 피폐해진 이곳에서 학교 또한 예외일 수 없다. 학교 문턱을 밟아보지 못한 주민들 대부분은 그래서 문맹이 많다. 학교 갈 나이에 아이들은 책 대신 총을 들고 반군 대열에 참여한다. 21세기 대명천지에 천진한 아이들은 문명을 등진 채 마닐라 정부를 향한 증오와 테러부터 배운다. 이런 악순환은 지금도 계속되고 있다.

이원주 회장―필리핀한인총연합회장을 지낸 그를 나는 회장으로 호칭한다―은 내가 주필리핀대사로 있을 때(2001~2003) 인연을 맺은 분으로, 그때나 지금이나 교민사회에서 존경받는 기린아이다.

이원주 회장은 어렸을 때 농촌 시골에서 자랐다고 한다. 필리핀에서 시작도 빈손이었다. 성실하고 부지런한 덕분에 어려움이 겹겹인 타국에서 자립에 성공했다. 지금은 여성 의류를 제작하여 주로 미국에 수출하는 중견기업인으로 성장했다. 보통의 경우라면 성공의 과실을 우아하게 즐기며 편안함을 추구할 법한데 이원주 회장은 그런 상식을 깨뜨렸다. 어렵게 자랐던 경험과 민다나오 참상 사이에 동병상린의 함수관계가 작용한 걸까? 그보다는 내면에 잠재된 자비심과 인도주의의 부름에 따랐을 것이다. 아무튼 이원주 회장은 보장된 안락安樂을 등지고 신변의 위험을 감수해야 하는 NGO의 길을 택했다.

사업가 이원주 회장은 필리핀 정토회를 설립하고 대표를 맡아 수행 법당으로 자리매김하는 데 중추적인 역할를 하기도 했다. 정토회를 이끄는 법륜 스님의 2002년 막사이사이상 수상을 계기로 민다나오에 학교 지어주기 프로젝트가 킥오프되었다. 밀림 속에 버려진 아이들에게 배움의 기회를 제공하여 최소한 문맹의 구렁텅이에서 구제하자는 취지에서 나온 구호사업이다. 민다나오의 장래를 위해서 그리고 민다나오의 평화를 위해서 긴요하고도 절실하다는 인식에 필리핀 정부나 반군 측도 선뜻 동의했다. 프로젝트 실행은 정토회 산하의 원조기관 JTS에서 하고 실무 총책을 이원주 회장이 맡았다.

그러나 실행에 나선 JTS 앞에 놓인 험로는 한두 가지가 아니었다. 무엇보다 학교 부지가 내전 지역인 경우 정부군과 반군 사이에서 십자포화에 노출될 위험이 가장 우려되었다. 양측의 동의와 보호 아래 작업이 진행된다 해도 순간적인 오해와 오인으로 인한 사격 가능성은 상존하기 때문이다. 기술적인 문제로는 낙후된 인프라이다. 오지는 대부분 도로는 물론 전기도 기대하기 어려운 곳이다. 따라서 자재 운반이나 도구 사용 등 기본적인 지원이 결여되어 있기 때문에 원시적 방법으로 자체 해결할 수밖에 없다. 또 다른 장애로는 폭염과의 싸움, 열대우림에 우글거리는 각종 독충과 풍토병으로부터 자신을 지키는 일이다. 도로가 없는 곳에서 무장한 반군의 엄호를 받으며 보트로 강을 거슬러 올라가 목적지에 갔다든가, 산거머리에 뜯기며 밀림 속을 걷고 또 걸었다는 이원주 회장의 회고는 프로젝트를 추진하는 환경이 얼마나 열악한지 잘 웅변해준다.

나는 학교 지어주기 프로젝트가 어떤 의미에서 학교 그 자체보다도 더 의미심장한 파급 효과를 수반한다는 사실에 주목한다. 부지 선정, 자재 운반, 현지 인력 투입 등 작업 과정에서 종교가 다른 부족 간의 협력을 이끌어내고 지방정부와 반군의 협조는 필수적이다. 이 문제를 해결하기 위해 이원주 회장이 양측을 오가며 협조를 이끌어내는데, 이것이 반목으로 단절된 두 진영 간에 대화의 물꼬를 터주는 마중물 역할을 한다는 사실이다. 서로를 겨누는 총을 잠시 내려놓고 한 테이블에 앉아 악수하며 대화를 나누는 장면을 상상해보라. 그것이 아니라도 한 이슈를 놓고 양측의 적장이 서면동의로나마 합의에 이른다면 이거야말로 전시 외교의 최고 걸작이 아닐까? 이것은 필리핀 정부도 하지 못하는 화해를 향한 중요한 일보步이다. 이원주 회장은 그 순간 어느 대사보다 유능한 외교관이 되는 것이다.

이원주 회장은 프로젝트에 원주민이 직접 참여하도록 유도한다고 한다. 자조自助와 협력을 통해 문제를 스스로 해결하는 능력을 배양하기 위해서이다. 그 결과, 학교 짓기뿐만 아니라 의료 혜택이 없는 원주민들에게 의료봉사를 진행하고 한국 제약회사의 후원을 받아 구충제와 비상약품을 각 마을에 지원하고 보건소 시설 지원 등으로 마을공동체들에게 작은 의료 혜택이 돌아갈 수 있도록 적극성을 가졌다 한다. 이러한 활동으로 주민들의 생활 태도가 낡은 방식의 반복과 방관에서 새로운 변화를 추구하려는 적극적인 자세로 변화되어 가고 있다는 것이다. 이것은 곧 새마을운동이다. 민다나오 오지 밀림 한가운데에서 한국의 새마을운동이 작동한다는 사실이 경이롭다. 이 또한 학교 지어주기 프로젝트가 가져다준 망외의 의미 있는 부산물이다.

학교 지어주기 프로젝트는 내가 대사로 부임하던 때 시작되었으니 20년도 넘은 대장정이다. 지난 20년 동안 민다나오에 지어준 학교가 62개나 된다고 한다. 대단한 성과이며 놀랍기만 하다. 생명의 위험을 무릅쓰고 열대우림을 종횡무진 누빈 이원주 회장의 집념과 사명감이 아니었다면 불가능한 성과이다. 가난한 자들을 위해 자신을 드러내지 않고 낮은 자세로 봉사하던 불자 이원주 회장은 득실거리는 어글리코리언들과 비교되어 항상 나에게 남다른 인상을 남겼는데, 지금도 그는 작은 거인이다. 아무쪼록 동토凍土의 땅에 그가 심은 평화의 씨앗이 탐스런 열매를 맺기 기원한다.

이 책이 이원주 회장의 봉사 활동을 정리하는 제1막의 결산이겠지만, 나는 그 이후의 활동 궤적에도 기대를 건다. 언젠가는 이원주 회장의 공로에 대해 필리핀 측의 합당한 평가가 있어야 한다고 보며, 그 일에 내가 할 수 있는 부분이 있는지 고민해보겠다.

손상하 | 전 주필리핀대사

추천의 글

'모자이크 붓다'의 상징

— 선현들의 말씀에 따르면 잘사는 것보다 바르게 사는 게 인생의 중요한 가치라고 했습니다. 그래서 진실하고 아름답고 보람있게 사는 사람을 가리켜 '군자君子'라고 했습니다. 군자는 자신을 덕성스럽게 가꾸고 세상과 타인을 배려하고 베풀며 삽니다.

필리핀에 그런 군자가 있습니다. 1980년 엄혹한 시절, 필리핀 땅에 처음 발을 디딘 이원주 회장입니다. 온갖 우여곡절을 겪었지만 그의 집념과 성실함과 실력은 성공할 수밖에 없는, 미래를 내다보는 지혜의 공덕을 갖췄습니다. 당시 한국인이 필리핀에서 사업을 일구는 건 바늘귀에 밧줄을 끼우는 것만큼이나 어렵던 시절이었습니다. 건강을 해칠 정도의 집념은 결국 아름다운 시절인연을 쌓게 됩니다.

지금도 직원을 뽑을 땐 진솔한가, 연구하는가, 협업하는가, 비전을 제시하는가를 확인한다고 합니다. 자신이 평생을 그렇게 정진했기 때문입니다. 아내 한금화 보살 역시 내공이 깊고 널리 베풀고 배려하는 공덕으로 내조하였기에 부부합심이라는 명품 인생을 가꿀 수 있었습니다. 보살이라 불러도 전혀 어색하지 않은 향기 나는 여인입니다.

필리핀은 7,641개의 섬으로 구성되어 있는데, 그중 남쪽 큰 섬 민다나오는 쉼 없는 분쟁의 땅입니다. 그래서 원주민과 무슬림들은 배우지 못하고 치료받지 못하고 먹지 못하는 사람들이 매우 많습니다.

그런 민다나오를 평화의 땅으로 바꾼 것은 2002년 정토회 법륜 스님께서 아시아의 노벨평화상이라고 일컫는 막사이사이상을 수상하면서 시작됩니다. 법륜 스님께서 창립한 JTS(Join Together Society)는 빈곤·문맹·질병 퇴치를 목표로 세운 국제구호 단체입니다. 상금 전액을 JTS 이념에 맞게 기부한 법륜 스님의 뜻이 안토니오 레데즈마 대주교님과 상통했고, 이원주 회장은 기꺼이 앞장서며 민다나오는 평화의 섬으로 바뀌게 됩니다.

"한 달은 30일이 아니고 25일이다. 5일은 민다나오 활동을 하겠다"라고 결심한 이원주 회장의 인간애는 분쟁이란 단어를 평화로 바꾸는 디딤돌이 되었습니다. 사업 수익 일부를 필리핀에 환원하겠다는 숭고한 의지는 20년 넘게 계속되고 있습니다. 가톨릭, 원주민, 무슬림 지역까지 봉사활동을 넓히며 '옷은 소금물에 담근 것 같고 손끝에는 땀이 물줄기처럼 떨어진다'는 그의 경험담에는 절로 머리를 숙이지 않을 수 없습니다. 제가 직접 현장에서 대여섯 번이나 목격

한 사실입니다. 봉사활동 초기에는 금광개발권자이거나 선교 목적으로 밀림지대와 오지를 찾아다니는 사람이라고 오인할 정도였다고 합니다.

저도 법륜 스님과 여러 번 민다나오 구호 활동의 현장을 다녀보았기에 무슬림 율법이 엄격한 지역의 위험한 상황을 알고 있습니다. 어떤 때는 반군 병사들이 우리 일행을 지켜주기도 했습니다. JTS 정신이 배고픈 이는 먹이고 아픈 이는 치료해주고 아이들은 제때 배우게 하는 것이란 걸 그들도 알기 때문입니다. 정부군과 이슬람해방전선(MILF) 간의 내전으로 대부분의 남자들은 전사하고 여자들과 노인, 아이들만 남은 지역에 가난과 병고와 헐벗음과 문맹을 JTS 정신으로, 사람 살만한 곳으로 만들어주는 그 정신이 어찌 보살심이 아니겠습니까.

법륜 스님의 장중한 인류애는 민다나오 62개 학교에 164개 교실을 지었고 사마르주 마라붓 지역 긴급구호 복구로 15개 학교에 86개 교실을 마련해주어 2023년까지 77개 학교에 교실 250개를 지어주었습니다. 그 모든 현장을 진두지휘한 사람이 바로 이원주 회장입니다.

이원주 회장이 쓴 글을 읽고 그의 인류애를 가슴에 새기며 마음이 뜨거워졌습니다. 이 회장이 20년 넘게 구호활동을 하면서 깨달은 것과 후배 활동가들에게 조언을 아끼지 않는 것 또한 밝은 세상을 만들어가자는 지침서가 아니겠습니까. 구호활동을 할 때 경험담을 통해 그 지역의 주민과 환경, 약속, 건축, 운영, 지원책, 활동가들의 마음 자세까지 일러주는 그의 지혜는 인류애의 샘물이 되었습니다.

제가 영광스럽게도 이원주 회장의 아들 주례를 선 적이 있습니다. 그때 잊을 수 없는 건 필리핀에 장기 영주로 국방의무가 면제된 두 아들을 모두 대한민국 국군으로 국방의무를 완수하게 한 것이었습니다.

필리핀 한인총연합회 회장으로, 필리핀에 거주하거나 사업하는 사람들에게 한국인의 자존심을 지키며 국력의 근간을 바로 알게 하고 한국인의 인권을 보호한 공적 또한 역사에 기록하지 않을 수 없습니다.

이 책을 기꺼이 추천하는 건 제가 먼저 읽으며 참된 인간애란 어떤 것인가를 배웠기 때문입니다. 이원주 회장은 정녕 '모자이크 붓다'의 상징이기에 존경과 고마운 마음을 전합니다.

김홍신 | 소설가

가보지 않은 길

── 이원주. 이 이름을 처음 듣는 분이 대부분일 거라 생각합니다. 이 책을 손에 든 여러분은 어떤 인연으로 저와 만나게 되었을까 궁금해집니다.

저는 하루하루 그냥 평범하게 열심히 살았습니다. 주어진 환경에서 제가 할 수 있는 일들을 그려보고 그것을 실천하고 연구하며 왔습니다. 법륜 스님과 정토회를 만나면서 나만 잘사는 세상이 아니라 이웃과 함께 행복해지는 삶을 꿈꾸는 사람으로 바뀌었습니다.

한창 젊은 나이에 필리핀에 왔습니다. 제 사업을 일구고 싶었거든요. 그렇게 필리핀 속의 한국인으로 자리를 잡았고, 그 과정에서 얻은 수익 일부를 필리핀에 환원하겠다고 생각했습니다. 이런 생각으로 1993년 피나투보 화산 피해 이주민을 돕는 봉사활동에 동참하기도 했습니다. 그리고 법륜 스님을 만났습니다. 2003년 JTS필리핀(Join Together Society Philippines)를 설립하고 자연스럽게 활동에 합류하여 대표직까지 맡았습니다. 민다나오 활동을 위해 매달 4~5일씩 왕래한 지 어느덧 20년이 되었습니다.

그동안 필리핀 민다나오에도 많은 변화가 있었습니다. 결코 바뀌지 않을 것 같던 분쟁 지역에도 평화가 찾아오기 시작했습니다. 처음부터 어떤 변화를 일으키겠다는 큰 목적을 가지고 봉사를 시작한 건 아닙니다. 내전으로 끼니 때우는 것조차 힘든 아이들이지만 그래도 배움의 기회가 있어야 한다는 것이 우리의 첫 목적이었습니다. 학교를 짓는다고 해도 선생님이 올 수 없고 교과서도 부족한 경우가 많았습니다. 이런 환경에서 JTS가 문맹퇴치 운동으로 학교를 건축한다는 게 어쩌면 계란으로 바위를 치는 무모한 짓이 아닌가 스스로 의문이 드는 날도 많았습니다. 서로 다른 언어에 말도 통하지 않는데 이질적인 문화를 이해해야 하는 과정에서 답답한 마음을 다스리기 힘든 순간이 이어졌습니다. 그럼에도 막상 현장에서 도움이 필요한 아이들의 모습을 보면 '나라도 해야지' 그런 생각이 들면서 스스로를 위로했습니다. 되돌아보면 그런 발걸음 하나하나가 평화를 일구는 씨앗이 되었다고 생각합니다.

JTS필리핀 활동 초기 법륜 스님은 정토회 필리핀 회원들에게 "JTS의 민다나오 사업은 정토회 필리핀 회원들이 중심이 되어 활동해달라"고 제안했습니다. 이 한마디에 정토회 필리핀 회원들은 가벼운 마음으로 활동을 시작했습니다. 하지만 매달 4~5일씩 민다나오를 방문하는 일정 조정이 쉽지 않았습니다. 우선 토요일과 일요일을 활용하려 했으나 지방정부 공무원들이나 우리 일을 도와주는 분들과 일정이 서로 맞지 않았습니다. 저는 생활의 변화가 필요했습니다. 우선 주말에 즐기던 골프를 접고, 개인 업무 일정을 다시 조정했습니다. 여러 가지 어려운 상황이었지만, 상근활동가들과 정토회 회원들의 적극적인 자원활동, 그 외 많은 분들의 지원과 격려, 응원으로 지금까지 활동을 이어올 수 있었습니다.

그동안 필리핀 안에서도 다양한 환경의 지역 마을 사람들과 리더들, 지방정부 관계자들을 만났습니다. 우리 활동가들은 말이 다르고 독특한 문화와 다른 종교를 가진 이들과 함께 일을 해야 했습니다. 그들과 함께하기까지 많은 오해와 갈등, 시련이 있었습니다. 값비싼 경험을 하고 난 뒤에야 조금씩 익숙해지게 되었습니다.

처음에는 기다림의 연속이었습니다. 새벽 4시에 출발해 밤 10시 이후에 돌아오는 일정이 대부분이었습니다. 현지 안내인들은 우리와 시간 개념이 달라, 무작정 기다리거나 때로는 헛걸음하고 돌아오기도 했습니다. 배를 타고 이동해야 하는 지역에서는 배가 제시간에 도착하지 않았습니다. 가슴 졸이며 마냥 기다리다 하루 일정이 엉망이 되는 날이 한두 번이 아니었습니다.

어떤 곳에서는 정글을 헤치고 길을 만들어가며 산에 올랐습니다. 산거머리와 싸워야 했고 길을 잃기도 했습니다. 고산 원주민 지역에서는 원주민 토속어에서 비사야어로, 비사야어에서 영어로, 다시 영어에서 한국말로 통역하는 과정에서 핵심 내용이 엉뚱하게 전달되어 의견 조율이 힘들었던 일도 있었습니다. 우리 활동가가 건축자재 사용을 신중하게 점검하자, 지역 주민들이 자신들을 믿지 못한다며 오해하기도 했습니다. 중재에 나섰지만 해결이 쉽게 되지만은 않았습니다.

라나오 델 수르(Lanao del sur)주 마라위Marawi를 방문할 때는 외국인 얼굴을 보이면 위험하다고 하여 에어컨도 작동 안 되는 찜통 같은 차 안에서 꼼짝없이 웅크리고 이동해야만 했습니다. 아구산 델 수르 (Agusan del sur)주에서는 필리핀에서 제일 큰 아구산 늪지 답사를 위해 배로 이동했습니다. 늪에 수풀이 우거져 배가 꼼짝도 하지 않는 바람에, 직접 늪 속에 들어가 풀을 제거하고 배를 밀고 당기며 움직였습니다. 그런데 일주일 뒤 그 지역에서 6미터가 넘는 악어가 잡혔다는 뉴스를 듣고는 등골이 오싹했습니다. 지금은 그저 되새겨보는 추억에 불과합니다.

우리 활동가들과 현지인 활동가들이 힘을 합해 하나둘 학교를 짓는 동안 웃지 못할 에피소드들도 많이 남았습니다. 법륜 스님은 '한 사람이 완전한 붓다가 되는 것은 쉬운 일이 아니다. 그러나 평범한 사람들이 많이 모이면 붓다와 같은 일을 할 수 있다'며 모자이크 붓다를 말씀하셨습니다.

완전한 수행을 이룬 한 인간의 기록이 아니라 제 역할을 하며 지내온 삶의 행적입니다. '이렇게도 할 수 있구나. 이런 식이라면 나도 해볼 수 있겠다.' 어느 한 분이라도 이런 생각이 든다면 이야기를 나누는 보람이 있겠습니다.

저를 믿고 민다나오 활동의 책임을 맡겨주고, 항상 수행의 길로 인도하신 법륜 스님께 먼저 존경의 마음을 담아 삼배 올립니다. 이 책이 나오기까지 용기를 북돋아준 이규초 부대표와 기록과 사진을 정리하며 도움준 박시현 님께 감사드립니다. 그리고 정토출판 관계자를 비롯해 두서없는 글을 정리하고 편집한 김인경·박석동 님께도 감사드립니다.

그리고 제가 활동을 잘할 수 있도록 지지하고 동지로서 활동에 참여하며 소리없이 지원과 후원을 아끼지 않은 아내 한금화 보살에게도 이 자리를 빌어 고마움을 전합니다.

끝으로 지난 20년 활동 중 초창기 노재국, 이종섭, 이규초 님을 비롯해, 최정연 님을 시작으로 3년 이상 활동을 함께한 송현자, 배명숙, 송지홍, 안병주, 박시현, 김상훈, 김형준 등 20여 명의 상근활동가와 향훈 법사님에게도 감사 인사를 드립니다.

필리핀 마닐라에서

이원주

차례

필리핀과
민다나오 섬의
행정구역과
JTS 활동 지역

수리가오 델 수르
● 카바드바란 ● 탄다그

아구산 델 노르테

미사미 오리엔탈
프로스페리다드 ●

로그 ● 오로키에타   ● 카가얀 데 오로

미사미 악세덴탈   아구산 델 수르
                        ● 말라이발라이

                        ◉ JTS사업지원센터

● 투보드   ● 마라위
가디안   부키드논
라나오 델 노르테

앙가 델 수르

라나오 델 수르   콤포스텔라밸리

                        다바오 델 노르테   ● 나분투란
                        타굼 ●

● 코타바토
          노스 코타바토   다바오 델 수르
                                        ● 다바오

                        키다파완 ●   다바오 오리엔탈

마긴다나오   ● 마티

● 샤리프아구아크

● 이술란   ● 디고스

술탄쿠다라트
                ● 코로나달   다바오 악시덴탈

사우스 코타바토   ● 말리타
제너럴산토스 ●

                ● 알라벨

사랑가니

● 주도
◆ 민다나오 활동 지역과 학교 건축

25

1

새로운
출발,
JTS필리핀

01   시작

분명 존재하지만 어디에도 그들이 살고 있다는 이야기가 없는 오지 마을을 많이 다녔습니다. 세상 사람들이 '보통'이라고 생각하는 생활을 하지 못하는 사람들을 만났습니다.

정토회 자원활동가 생활을 한 지도 20년이 넘었습니다. 2003년에 정토회 필리핀과 JTS필리핀 법인을 설립했고 양쪽 법인의 대표를 맡았습니다. 대표라고 해도 초창기에는 무엇 하나 제대로 꾸려지지 않은 시점이라 그때그때 필요한 일들을 했습니다.

예전에도 그랬고 지금도 전 사업가입니다. 옛날 사진을 가끔 보면 옷은 그대로인데 머리가 슬슬 빠지면서 희어지고 늘어가는 주름살과 주변 사람만 바뀌어가는 게 보여요. 민다나오에 가면 사람들이 묻습니다. 옷 공장 한다는 사람이 왜 옷이 이거밖에 없느냐고요. 20년을 봤는데 맨날 입던 것만 입는다는 말이지요. 나이 말고 20년 동안 바뀐 것이 또 있다면 이제는 농담도 할 줄 알게 됐다는 겁니다.

저는 어릴 적부터 말수가 적었습니다. 필요한 말을 하면 되지 쓸 데없는 말을 할 이유가 없다고 생각했습니다. 그러니 저에게 접근하기 힘들다는 말도 종종 들었습니다. 사업을 하고 대외적으로 여러 일을 하면 사람을 많이 만나게 됩니다. 결국 제가 해야 하는 일의 대부분이 사람들을 움직이는 것입니다. 젊었을 때는 어떤 일에 대해서 '그러면 안 되지' 생각하던 것도 이제는 '그럴 수도 있지'로 바뀌었습니다. 다른 사람이 일하는 방식이나 해놓은 결과들이 마음에 들지 않아 혼자서 북 치고 장구 치고 했다면 이제는 어느 정도 내려놓는 부분도 있고 다른 사람들에게 역할 분산을 잘합니다. 제 스스로 여유를 찾게 된 거죠. 오래 알던 지인들은 저를 두고 손톱도 안 들어갈 깐깐한 성격이더니 이제는 농담도 하고 여유 있는 성격으로 변한 것 같다고 이야기들을 합니다. 법륜 스님을 만나고 JTS 활동을 20년 넘게 하는 과정에서 자연스럽게 변화한 것이라고 생각합니다.

제 인생의 중요한 많은 일들이 필리핀, 특히 민다나오에서 이루어졌습니다. 분명 존재하지만 어디에도 그들이 살고 있다는 이야기가 없는 오지 마을을 많이 다녔습니다. 세상 사람들이 '보통'이라고 생각하는 생활을 하지 못하는 사람들을 만났습니다. 그런 과정에서 제가 보고 듣고 느낀 것들을 이야기하고 싶었습니다. 이렇게 기록해 두지 않으면 세상에서 사라져버릴 테니 말입니다.

02 만남

부처님 초기경전을 뒤져봐도 부처님 말씀의 처음부터 끝까지 '지금 네가 괴로우냐, 괴로움을 없애려면 어떻게 해야 되느냐' 이것으로 일관됩니다.

지금도 마찬가지지만 불교라고 하거나 기도를 한다고 하면 부처님한테 내 소원을 빌고 그게 성취가 되고 이런 과정으로 이해하는 경우가 많습니다. 그런데 저는 그런 가르침은 불교가 아니라고 생각합니다. 부처님 초기경전을 뒤져봐도 부처님 말씀의 처음부터 끝까지 '지금 네가 괴로우냐, 괴로움을 없애려면 어떻게 해야 되느냐' 이것으로 일관됩니다. 다른 나라 불교는 어떤지 제가 잘 모르겠습니다.

저는 종교와 관련이 없는 사람이었습니다. 누가 물으면 "종교 같은 소리 하고 있다. 내 주먹을 믿어라." 이런 식이었습니다. '난 종교 없어도 하느님 안 믿어도 나쁜 짓 안 한다. 올바르게 살았고 남 해치지 않았고 나름대로 잘 살고 있다.' 이런 생각이었습니다. 필리핀 마닐라 사회에서는 대부분의 교민이 기독교 아니면 천주교 신자입니다. 불교 신자는 극소수에다가 구심점도 없었습니다. 해외에 나와 사는 사람들은 특히 종교로 뭉치는 경향이 강합니다. 그러니 주변에서 매번 이제 기독교 믿어라, 천주교 믿어라 합니다. 그래도 전도가 안 되는 사람이 저였습니다. 제가 역대 필리핀 한인총연합회장 중에 유일하게 불교계입니다. 그래서 처음에는 기독교 선교사들이 제가 회장하는 데 대해서 반대가 심했습니다. 그래도 일단 한인회장이 되고 나서는 교회도 많이 찾아다니고 선교사 모임에도 자주 참석해서 그런지 나중에는 선교사들이 박수를 제일 많이 쳐줬습니다.

처음 법륜 스님과 인연이 된 것은 아내 한금화 보살입니다. 어느 날 학교에 다녀온 큰아들이 "엄마! 머리카락이 하나도 없는 사람이 있어요." 그러더랍니다. 머리카락이 없는 사람? 혹시 스님을 말하는 것인가 싶어 알아보니 아들 친구네 집에 스님 한 분이 오셨다는 걸 알게 됐습니다. 그렇게 그 댁에 가서 법륜 스님을 뵙게 된 것이지요. 당시에는 법당 같은 공간이 없었기 때문에 가정집에서 몇몇이 모여 법문도 듣고 하는 '가정법회'가 있었습니다.

한번은 법륜 스님이 필리핀에 오셨다고 해서 아내는 그 자리에 참석하러 갔는데 저는 스님을 뵈러 갔다기보다는 그분 남편과 평소에 안면이 있었던 터라 오랜만에 얘기나 하고 맥주나 한잔 할까 해서 따라갔습니다. 가보니 그 댁 남편은 아직 퇴근 전이고 해서 저도 같이 앉아 법륜 스님 법문을 듣게 됐습니다. 스님이 하시는 말씀 중에 '복 빌어라, 소원 빌어라' 이런 얘기는 하나도 없었습니다. 내 마음 괴로운 것은 원인을 밖에서 찾아야 하는 게 아니고 내 안에서 찾아야

나의 스승, 법륜 스님과 함께 (왼쪽부터 아내 한금화, 법륜 스님, 이원주)

한다는 알 듯 말 듯한 이야기였지만 거부감은 없었습니다. 일상생활에서 흔히 일어나는 일들을 겪으면서 일어나는 사람들의 마음에 대해서 얘기했지 불교 경전이나 그런 내용이 아니어서 그랬던 것 같습니다. 이치에 맞는 말씀이라 마음에 와 닿았습니다. '괜찮네' 하는 생각이 들었습니다.

03 약속

태풍이 너무 심하니까 아내도 무서워하고 해서 우산 씌워준다고 같이 법당으로 나섰습니다. 그게 계기가 되어서 이후로 저 역시 새벽예불을 4년 넘게 다녔습니다.

법륜 스님은 정토회 지도법사라고 했습니다. 정토회는 법륜 스님이 1988년에 설립한 수행공동체로 한국에서 흔히 보는 절과는 달랐습니다. 괴로움이 없고 자유로운 사람이 되어 이웃과 세상에 보탬이 되는 삶을 살자는 원으로 JTS나 좋은벗들, 에코붓다 등 많은 산하 사단법인 단체들을 통해 사회활동을 하고 있었습니다.

그 이후로 법륜 스님이 필리핀에 오시게 되면 아내와 같이 뵈었습니다. 이전에 필리핀에서 가정법회를 맡아오던 분은 남편이 임기를 마쳐 한국으로 돌아가야 했기 때문에 그 후임을 아내가 맡아 우리 집에서 가정법회를 열었습니다. 그래서 법륜 스님이 필리핀에 오시면 우리 집에서 머물다 가시기도 했습니다. 그렇게 저 역시 물들듯이 정토회 활동에 참여하게 되었고 2003년 마닐라에 정토회 법당을 내는 데까지 깊숙이 참여했습니다. 그러나 그때까지만 해도 아내가 하는 일을 돕는 정도라고 생각했지 제가 무슨 역할을 한다고는 생각하지 않았습니다.

2003년 2월쯤에 법륜 스님이 가정법회에 참석차 마닐라에 오셨습니다. 마침 저희 집에서 주무셔서 아침에 같이 산책을 나섰습니다. 스님 말씀이, 이제 마닐라에 법당을 하나 만들어야 할 시점이 왔다 하십니다. 저보고 가까운 곳에 작은 법당을 열 공간을 알아봐달라고 하셨어요. 지나가다 '임대'라고 붙인 집을 보며 저 집을 임시 법당으로 사용하는 것도 고려해보라고 말씀하시더군요. 저는 그때부터 적당한 법당 장소를 물색했습니다. 당시 우리 집과 가까운 곳을 빌릴 수 있어서 회사 직원들을 동원해 그 집 거실을 법당으로 만들고 서울에서 불상도 모셔왔습니다. 그렇게 2003년 8월에 필리핀 마닐라 법당을 개원했습니다.

2003년 법당을 열고 나서 아내는 매일 새벽예불을 올렸습니다. 전부터 아내는 새벽에 일어나 매일 기도를 하는데 저는 누워 있으려니 사실 낯이 좀 간지러웠습니다. 그래서 기도까지는 아니더라도 운동 삼아 절을 하기 시작했습니다. 어느 날 태풍이 엄청나게 불어서 비가 오는데 혼자 보내기가 마음에 걸렸습니다. 태풍이 너무 심하니까 아내도 무서워하고 해서 우산 씌워준다고 같이 법당으로 나섰습니다. 그게 계기가 되어서 이후로 저 역시 새벽예불을 4년 넘게 다녔습니다. 마닐라 시내로 법당을 옮기기 전까지 빠지지 않고 새벽예불을 했습니다.

한금화 보살이 담이 약한데도 한번 하기로 한 건 꼭 지키는 사람이라 부처님을 모시면 절대 무슨 일이 있어도 예불을 빠지면 안 된다는 스님 말씀에 따라 약속을 지켰습니다. 혼자 다닐 때는 빈 법당 문을 열고 들어가려면 무섭기도 하고 무슨 소리라도 나면 돌아보고 했는데 그런 순간에 '그래 법당에서 기도하다가 죽는 것도 나쁜 일은 아니겠다'는 생각에 겁낼 일은 아니라고 생각했다 합니다.

아내와 함께
정토불교대학을
졸업했다.

필리핀에서
진행한
빈그릇운동 캠페인

04 막사이사이상

JTS의 이념이 빈곤퇴치, 문맹퇴치, 질병퇴치이니 이 세 가지 기준 아래
활동을 하면서 원인을 찾아보자 하며, 토니 대주교님의 뜻도 있고 하니
막사이사이상을 받으면서 받은 상금 5만 달러를 민다나오 문맹퇴치를
위해 쓰겠다고 하신 겁니다.

2002년에 법륜 스님이 막사이사이상 수상자로 선정되었습니다. '라
몬 막사이사이상'이라는 이름이 알려주듯이 이 상은 라몬 막사이
사이(Ramón Magsaysay) 전 필리핀 대통령을 기념하기 위해 만들어졌습
니다. 아시아 지역에서 사회 공헌에 지대하게 업적을 남긴 개인이
나 단체에 주는 상입니다. 그래서 아시아의 노벨상이라고도 부릅니
다. 법륜 스님은 평화와 국제이해 부문에서 수상하셨는데 그때 당
시 막사이사이 재단 심사위원이었던 분이 안토니오 레데즈마(Antonio
J. Ledesma) 대주교님이었습니다. 2002년 당시에는 메트로 카가얀 교구
주교였고 나중에는 대주교(archibishop)가 되셨지요. 토니 주교님은 법
륜 스님의 여러 가지 공적 중에서 지구촌 곳곳에서 구호 활동을 펼
친 공로와 남북 화해를 위한 활동을 높이 평가했다는 얘기를 나중

법륜 스님은 지구촌 곳곳에서 구호활동을 펼치고, 남북 간의 평화를 위해 활동한 공로를 인정받아 2002년 막사이사이상 국제 평화와 이해부문을 수상하였다.

에 들었습니다. 북한 난민 돕기, 북한 고아원과 양로원에 영양식 지원, 중국 등 각지에서 떠도는 탈북민들의 국내 이주와 정착을 돕는 일 등 남북 간 갈등을 화해시키기 위한 노력을 눈여겨본 겁니다. 그도 그럴 것이 2000년에 필리핀에서는 큰 내전으로 엄청나게 많은 사람이 죽었습니다. 주교님이 보시기에 법륜 스님도 종교 지도자인데 이분이 가진 갈등 해소와 평화 활동에 대한 노하우를 민다나오 종교 분쟁을 해결하는 데 적용해볼 수는 없을까 고민하셨던 것 같습니다. 그래서 토니 주교님의 요청으로 법륜 스님과 만나는 자리가 마련되었습니다.

토니 대주교님은 민다나오 상황에 대해 말씀하셨습니다. 민다나오 하면 현지에서도 무장투쟁 지역으로 내전이 잦은 곳이라 인식이 아주 좋지 않습니다. 토니 대주교님은 민다나오의 복잡한 상황을 설명하면서 법륜 스님께 스님이 가진 경험으로 이곳의 문제를 어떻게 해결할 수 있지 않을까, 자문을 해달라고 요청한 겁니다. 당시 법륜 스님은 지금까지 필리핀 사람들 자신들도 해결하지 못한 갈등 문제를 외국인인 내가 어떻게 해결할 수 있을까, 그러한 오랜 역사적인 갈등에는 뿌리 깊은 애환이 있을 텐데 스님에다가 외국인인 나에게 누가 그런 속마음을 솔직히 얘기하겠냐 하셨답니다.

그럼에도 민다나오가 빈곤은 물론이고 여러 열악한 상황이라고 하니 그 원인 규명이라도 해보자, JTS의 이념이 빈곤퇴치, 문맹퇴치, 질병퇴치이니 이 세 가지 기준 아래 활동을 하면서 원인을 찾아보자 하며, 토니 대주교님의 뜻도 있고 하니 막사이사이상을 받으면서 받은 상금 5만 달러를 민다나오 문맹퇴치를 위해 쓰겠다고 하신 겁니다. 토니 대주교님이 현지 자원활동가 두 명을 지원해주면 활동을 시작해보겠다고 말했고, 그렇게 토니 대주교님과 법륜 스님의 만남으로 필리핀 민다나오 사업이 시작되었습니다.

막사이사이상
수상식장에서
토니 주교와
법륜 스님
(2002)

막사이사이상
수상식장에서
법륜 스님과 함께
(2002)

05 민다나오

우리나라 1950년대와 비슷하게 애들이 못 먹고 빼삭 말랐는데 배는 볼
록 나오고 물이 없으니 씻지도 못하고 흙구덩이에 있는 걸 보면, 물러서
는 마음 같은 건 사라집니다. '이거 어떻게 해결해야겠다' 하는 생각이
듭니다.

필리핀 민다나오 상황을 모르면 왜 토니 주교님이 법륜 스님에게 간
곡히 요청을 했고, 법륜 스님은 그 요청을 받아들였는지 이해하기
쉽지 않습니다. 필리핀은 7,641개의 섬으로 이루어진 나라입니다. 북
쪽에는 루손 섬이 있고 중간에 많은 섬들이 흩어진 곳이 비사야스,
남쪽에 있는 섬이 민다나오입니다. 대략 크게 세 등분으로 나눠보는
게 일반적입니다. 전체 면적을 따지면 한반도의 1.3배 크기인데 남쪽
의 민다나오 섬 하나가 남한과 면적이 비슷합니다. 남서쪽으로는 말
레이시아와 가깝습니다.

　필리핀 전체 인구가 약 1억 1,500만(2022년 기준)이라 하고 민다나오
인구만 2,700만 명(2021년 기준)이라고 하는데 민다나오 인구 중 650만
명은 이슬람교를 믿습니다. 민다나오 전체 인구의 약 24퍼센트를 차

지하는 숫자입니다. 그런데 이들은 역사적으로 민다나오에서 소외되어왔고 지금도 그렇습니다. 민다나오 섬이 분쟁과 투쟁이 집어삼킨 위험한 지역으로 인식된 데에는 너무나 오랜 시간에 걸친 복잡한 사정이 있습니다. 갈등의 뿌리는 더 먼 옛날로 거슬러 올라가지만 간단히 설명하자면, 1380년대 후반부터 말레이시아에서 민다나오 섬 쪽으로 무슬림들이 이주하기 시작했습니다. 시간이 지날수록 이주하는 사람도 많아지고 세력도 점점 커졌습니다. 1935년부터 1946년까지는 미국 자치령이었는데 1942년에서 1945년까지는 일본이 필리핀을 점령하는 등 필리핀도 전쟁에서 수많은 피해를 입었습니다. 1950년대부터 민다나오 섬의 무슬림 세력을 약화시키기 위해 필리핀 정부는 십여 년에 걸쳐 가톨릭인들을 이주시키는 정책을 폈습니다. 이때부터 무슬림들의 생활 터전을 가톨릭인들이 차지하면서 무슬림들은 외곽으로 밀려나게 됩니다. 그러한 반발이 갈등으로 이어지고 결국에는 무장투쟁으로까지 이어진 겁니다. 이런 상황에서 이제 '민다나오' 하면 현지인들은 안전하지 않다는 이유로 방문하기도 꺼리는 위험 지역이 되었습니다. 정부도 지원을 하지 않습니다. 그러니 민다나오 원주민과 무슬림들은 학교나 의료 시설은커녕 먹고 살 기반이 없습니다. 저 역시 가서 보면 '국가에서 이런 현안을 파악해서 어떻게 해결을 해줘야지 아무 지원이 없으니…' 하는 안타까운 마음이 먼저 들었습니다. 우리라도 이 활동을 계속 해야겠다는 생각이 절로 들었습니다.

　제 안에 어려운 사람을 돕는다는 생각이 없었다면 물러나고 싶었을 수도 있습니다. 그런데 가서 그 환경을 쳐다보고 있으면, 우리나라 1950년대와 비슷하게 애들이 못 먹고 빠싹 말랐는데 배는 볼록 나오고 머리에 부스럼이 찐득찐득하지 물이 없으니 씻지도 못하고 흙구덩이에 있는 걸 보면, 물러서는 마음 같은 건 사라집니다. '이거 어떻게라도 해결해야겠다' 하는 생각이 듭니다.

06 한 달이 25일인 사람

> 회사에 선포했습니다. '나는 한 달이 25일밖에 없다. 5일은 떼서 민다나오 활동을 한다.' 이렇게 정해놓고 일을 했으니 20년의 세월 동안 이 봉사를 할 수 있었다고 봅니다.

법륜 스님이 필리핀에 오실 때마다 저도 같이 주교님을 만나서 얘기도 듣고 했지만 그때는 그저 동행하는 쪽이었습니다. 그러다 법륜 스님이 그러십니다. "내가 이렇게 계속 민다나오 와서 답사할 시간이 없고 다른 할 일들이 많으니 이원주 회장이 주축이 되어서 마닐라 정토회 회원들과 이 민다나오 사업을 맡아서 해주면 좋겠습니다." 저는 별 생각 없이 "네, 그러지요!" 했습니다. 아무것도 모르고 그냥 해본다고 한 겁니다. 본격적인 JTS 활동을 시작하지도 않았을 때입니다. 그렇게 대답 한번 한 것으로 20년이 넘게 같이하게 됐습니다.

JTS는 국제구호단체입니다. Join Together Society라는 뜻인데 기아와 질병, 문맹퇴치를 위해 활동하는 국제NGO입니다. 2007년 유엔(UN) 경제사회이사회(ECOSOC)로부터 특별협의지위(special consultative status)를 획득한 국제구호단체입니다. JTS의 목표는 간결합니다.

배고픈 사람은 먹어야 합니다.
아픈 사람은 치료받아야 합니다.
아이들은 제때 배워야 합니다.

종교나 이념에 관계없이 인간이라면 누구나 그래야 한다는 뜻입니다. 간단합니다. 그래서 필리핀에서 JTS 활동을 시작해보자고 법륜 스님께 제안을 받았을 때 저 역시 간단하게 대답할 수 있지 않았을까요.

무슨 일이든 시작할 때는 힘들다는 걸 잘 압니다. 그런데 막상 시작해보니 되는 일이라곤 하나도 없었습니다. 오십을 바라보는 나이에 이제껏 살아오면서 산전수전 웬만한 일들은 헤쳐왔다고 자부했는데 이 일은 눈앞이 깜깜할 지경이었습니다. 어디서부터 뭘 해야 하는지, 어디로 가야 하는지 전혀 몰랐습니다. 어디를 간다 해도 그곳에 대한 사전 지식이 없으니 자체적으로 할 수 있는 일이라곤 하나도 없었습니다. 저보고 대표를 하라 하니 그냥 했습니다.

2003년 초에 토니 대주교님이 한 부부를 소개시켜주셨습니다. 대주교님이 지원하기로 약속한 두 명의 현지 자원활동가였습니다. 남편은 도동(Dodong)이라고 했는데 이건 닉네임이고 이름은 이그나시오 볼하(Ignacio G. Borja)입니다. 그러나 모두들 도동이라고 부르지 이름을 부르는 사람은 없었습니다. 미국과 유럽의 NGO에서 일한 경험

이 있는 NGO활동가였습니다. 부인 트렐(Trel)은 세비어(Xavier) 농과대학 교수로 사회활동을 열심히 하는 분이었습니다. 이름은 에스트렐라 볼하(Estrella T. Borja)인데 모두들 '트렐'이라고 불렀습니다. 도동과 트렐이 합류하면서 답사를 많이 다녔습니다. 당시 아무것도 모르던 우리에게 도동과 트렐은 민다나오 가이드는 물론이고 활동하는 데 여러 가지로 큰 힘이 되었습니다. 처음의 그 인연이 지금까지 이어져온 것입니다.

본격적으로 민다나오 사업 책임을 맡으면서 '나는 한 달이 25일밖에 없는 사람'이라고 캘린더에 제 일정을 정했습니다. 무슨 말이냐면, 어떤 일이든지 포커스를 어디에 둘지 정해야 합니다. 제 비즈니스에 우선권을 주면 민다나오에는 제가 시간이 날 때만 와야 합니다. 그러나 민다나오 활동에 우선권을 두면 제 비즈니스는 조정해야합니다. 선택의 문제였습니다.

저는 민다나오 사업을 택했습니다. 그래서 사업 출장 스케줄을 다 조정했습니다. 제가 놀 거 다 놀고, 일할 거 다 챙기고 하면서 민다나오 사업도 하는 것은 불가능한 일입니다. 그래서 회사에 선포했습니다. '나는 한 달이 25일밖에 없다. 5일은 떼서 민다나오 활동을 한다.' 이렇게 정해놓고 일을 했으니 20년의 세월 동안 이 활동을 할 수 있었다고 봅니다. 제가 그렇게 하지 않았으면 일도 제대로 못하고 민다나오 활동도 아마 중간에 포기를 했을 겁니다. 직원들도 저에 대해 불신했을 수도 있습니다. 저 사장은 회사 일은 안 하고 뭐하고 다니는가 하면서요. 회사 직원들에게는 공지를 했습니다. "내가 없을 때가 기회다." 어차피 민다나오에 가면 나와 전화 통화도 안 되니 죽이 되든 밥이 되든 본인이 담당한 자리에서 역량껏 일을 해볼 수 있는 겁니다. 그러다 보니 직원들도 책임감을 가지고 회사 일을 자기 일처럼 하게 된 계기도 되었습니다.

07   답사

우리가 찾아가는 곳이 다 산속이기 때문에 길이 없습니다. 뭐라도 타고 갈 수 있는 방법이 없으니 하루 종일 걷는 겁니다. 옷은 소금물에 푹 담 갔다 입은 것처럼 땀에 절여진 지 오래고 손끝에서는 땀이 물줄기처럼 촤락촤락 떨어집니다.

2003년 4월에 첫 답사 지역을 카가얀 데 오로(Cagayan de Oro) 인근으로 정했습니다. 덜 위험한 곳부터, 그나마 가까운 곳부터 시작해보자 한 겁니다. 처음에는 가톨릭과 원주민이 함께 사는 지역으로 시작해서 점점 원주민 지역으로 파고들어갔습니다. 더 나중에는 가톨릭, 원주민, 무슬림이 사는 곳까지 점차 난이도가 심해졌다고 할까요. 자꾸 영역이 넓어졌죠. 저는 첫 답사에는 미국 출장으로 참여하지 못하고 두 번째부터 함께했습니다

활동 초기에는 어디를 지원할지 답사를 다니는 일이 거의 전부였기 때문에 답사를 하고 돌아오면 그 내용에 대해 회의를 하고 마음 나누기를 했습니다. 마음 나누기는 회의와는 성격이 다릅니다. 정토회의 대표적인 수행법 중 하나인데 일을 하거나 행동을 하면서 일어

그늘도 없는 산길을 두세 시간 걸으며 오지 마을 답사를 다녔다.

났던 자신의 마음을 돌아보고 서로 드러내어 나누는 것입니다. 그리고 드러낸 마음에 대해 이러니 저러니 서로 평가를 하지 않습니다. 그 사람의 마음은 그렇구나, 서로 알아갈 뿐입니다. 이렇게 하면 같이하는 사람들 사이에 오해가 줄어들고 서로 이해하는 마음이 생기기 때문에 회의만 할 때보다 업무 효율이 높은 장점이 있습니다.

법륜 스님과 같이 회의를 하면 도동과 트렐에게 영어로 통역을 하고, 다시 도동과 트렐이 한 말을 한국말로 통역하다보니 회의 시간이 엄청나게 길었습니다. 그럼에도 각자 다녀온 소감과 의견을 묻고 기록하는 일을 해나갔습니다.

저는 사업하는 사람이라 모든 걸 다 계획해서 움직여왔는데 이 일은 계획도 세울 수 없을뿐더러 계획을 해도 그것대로 되는 경우가 하나도 없었습니다. 우리가 가려는 지역은 필리핀 사람들도 가기를 꺼리는 분쟁 지역이 대부분이라 그 지방을 잘 아는 사람이 동행하거나 바랑가이Barangay(우리나라 읍·면 정도의 행정구역) 리더가 안내를 해줘야 움직일 수 있었습니다. 그냥 오늘 어디 가는지 정도만 알고, 누구를 만난다 하면 하염없이 기다리는 식이었죠. 한편으로는 짜증도 나고 화가 날 때가 한두 번이 아니었습니다. 그런데 그런 일을 겪으면서 '아, 이래서 JTS가 이 지역에서 활동해야 한다' 하는 필요성을 절감한 면도 있습니다.

쉬운 일은 없고 어려움의 연속이었지만 돌아보면 초창기 7~8년 정도만큼 힘들었던 일은 다시 없었던 듯합니다. 그만큼 초창기에는 이루 말할 수 없이 고생이 많았습니다. 지금도 그렇지만 우리가 찾아

사업 현장은
대부분 산속
오지 마을이라
길이 없다.

가는 곳이 다 산속이기 때문에 길이 없습니다. 차는 물론이고 뭐라
도 타고 갈 수 있는 방법이 없으니 하루 종일 걷는 겁니다. 옷은 소
금물에 푹 담갔다 입은 것처럼 땀에 절여진 지 오래고 손끝에서는
땀이 물줄기처럼 좌락좌락 떨어집니다.

초기에 최정연, 송현자 활동가가 한국에서 파견 와서 고생을 많
이 했습니다. 정토회 수행자로서 현지 실정에 맞게 하루에 1달러로
생활해보겠다 그러기도 했어요. 저는 갈 때마다 멸치볶음을 챙겨갔
는데 활동가들은 멸치, 계란, 생선 등은 일절 먹지 않고 밥과 야채,
과일만 먹었습니다. 물 외에 다른 음료수도 안 마시고요. 생활은 힘
든데 먹는 게 이러니 활동가들은 체력이 고갈되어 많이 아프기도 했
습니다. 특히 미카실리를 한 번 다녀오면 힘도 들지만 독초 때문에
며칠 몸살을 했습니다. 모기에 물리거나 다른 충에 시달리면 2~3일
정도면 가라앉는데 독풀에 찔린 부분은 붉은 반점이 생기면서 가렵
고 진물이 납니다. 가렵다고 긁으면 덧나서 물집이 생겨 풀독이 빠지

사업 현장으로
가는 길이 있어도
차가 빠지기
일쑤였다.

는 데 2주 이상 고생을 해야 했습니다.

학교 건축 후보지 답사를 가려고 사륜구동 차량을 대여하면 대여비가 비싼 건 둘째 치고 비포장길에 진흙탕이 많아서 한번 타고 오면 차에 문제가 많이 생깁니다. 그러니 렌트회사에서는 JTS에 차를 안 빌려주려고 합니다. 필리핀에서는 길을 시멘트로 포장합니다. 햇살이 너무 강하고 비가 많기 때문에 아스팔트는 견디지 못합니다. 물이 스며들면 지반이 꺼져버리기 때문에 제대로 만들어진 도로가 아니면 차가 빠지는 경우가 허다합니다. 그러면 꼬몽꼬몽(미군용 트럭을 개조한 것)이 와서 빼내는데 나중에는 그것도 같이 빠져버려요. 그럼 결국 포크레인(BACK KOE)까지 불러야 차를 뺄 수가 있습니다. 계속 이렇게 다닐 수는 없다 싶었는데, 도동이 작아도 우리 차가 필요하다고 요청했습니다. 그래서 멀티캡(Multi Cap)이라는 중고차를 하나 구입했는데 이 차는 얼마나 좁은지 키 큰 도동은 다리를 못 폈습니다. 뒤쪽이 휑하니 뚫린 차를 타고 흙길을 달리면 부연 흙먼지를 둘러쓰고 내렸습니다. 그 차는 엔진 용량도 작아서 우리가 가는 산악 지역에는 들어가지도 못했기 때문에 고민 끝에 내가 마닐라에서 괜찮은 사륜구동 중고차를 개인적으로 다시 구입하여 차량 문제는 해결이 되었습니다.

초기에는 안전 문제로 어둡기 전에는 시내로 돌아와야 했습니다. 제대로 못 먹고 하루 종일 힘들게 다니다 차를 타면 머리에 혹이 나도록 부딪치고 흔들려도 곯아떨어집니다. 한국처럼 밤늦게까지 여는 식당이 있는 것도 아니라 운이 좋으면 간이식당에서 요기를 하고 아니면 간식 조금 먹고 평가 회의가 시작됩니다. 밤 10시 넘어서 도착했는데 중간에 통역도 하니 회의가 길어지는 날은 새벽 2시까지 이어집니다. 그럼 두 시간 뒤인 새벽 4시에는 다시 출발을 해야 했는데 그럼 차 안에서 또 머리 부딪쳐가면서 쪽잠을 자는 것이지요. 가다가 밥 먹을 데가 있는 것도 아니니 새벽에 밥을 해서 멸치 조금 넣고 주먹밥처럼 뭉쳐서 가지고 다녔습니다. 그거라도 먹으면 다행인 시절이었습니다. 그마저도 준비를 못할 때는 길 가면서 빤데살Pandesal(필리핀 사람들이 아침 대용으로 커피와 함께 먹는 빵 종류) 가게가 보이면 물과 함께 조금 사서 먹기도 했습니다. 법륜 스님은 "나는 마랑(열대과일의 한 종류)만 주면 된다" 하시기도 했습니다. 나중에는 답사 다니면서 아이디어가 생긴 것이 현지 코디네이터를 통해 돈을 지불하고 미리 바나나를 사 달라, 고구마를 쪄 달라 부탁을 해서 끼니 해결도 했습니다.

08   쫓기는 사람들

사실 여부를 떠나서 인간이 자기 스스로를 어떻게 여기고 있는지에 따라 삶이 바뀐다는 것, 그리고 전쟁이 얼마나 사람을 피폐하게 만들고 무력하게 하는지 볼 수 있었습니다.

일이 안 풀리면 짜증도 나고 화도 불쑥 났습니다. 가장 마음이 크게 일어났던 부분은 만나기로 한 사람이 제시간에 안 나타날 때, 예약된 보트가 제 시간에 안 나타날 때 그랬습니다. 기다린다 해도 마을 사람들이 우리를 기다려야지 우리가 그 사람들을 기다려야 한다는 게 그때는 도저히 이해가 되지 않았습니다. 일정을 빠듯하게 짜놓았는데 앞에서 하나가 무너지면 이후 줄줄이 일정이 틀어지게 되는 겁니다. 그럴 때는 '도와준다는데도 마을 사람들이 이렇게 성의를 안 보여주는데 이렇게까지 해서 계속 도와야 하나' 회의적인 생각이 많이 들었습니다.

또한 회의적으로 생각했던 부분은 꼭 JTS가 지원하지 않더라도 바랑가이(지역) 단위에서 해결할 수 있는 작은 일이 많은데 그걸 자체적으로 해결하지 않는 점이었습니다. 이런 조그마한 일들은 이렇게 개선을 하면 생활이 지금보다 훨씬 좋아지지 않겠느냐 하고 제안을 해본 적이 있습니다. 그러나 그 사람들은 이제까지 그런 생각을 안 해봤다는 겁니다. 이렇게 하면 삶이 유익해진다든지, 편리해진다든지 이런 것 자체를 별로 생각하지 않고 조상 대대로 살아온 방식 그대로 살아온 겁니다. 제가 오지 마을에 가서 마을 사람들을 모아놓고 회의를 할 때, 제일 먼저 물어보는 것이 있습니다.

"언제부터 이 마을에서 살았습니까? 어떤 동기로 이곳에 와서 살게 되었습니까?"

그러면 내전이 일어나면서 그것을 피해서 임시로 정착했다는 대답이 대부분이었습니다. 주민들은 내전 때문에 피난하듯이 옮겨 다녔고 MILF(모로이슬람해방전선, Moro Islamic Liberation Front) 쪽은 진지 구축을 위해서 옮겨 다녔고 하는 식입니다. 결국 그 와중에 피해를 본 건 어린 아이들이었습니다. 어른들이 벌인 종교와 정치적인 문제로 희생당한 건 고스란히 어린아이들 몫이었습니다. 조사를 해보면 글을 아는 사람은 마을에 한두 명 있을까 없을까 대부분 배워본 적이 없었습니다. 그런 환경을 보면 지금부터라도 아이들에게 제때 배움의 길을 열어줘야 하지 않겠나 하는 생각이 절로 듭니다.

그래서 마을 사람들과 회의를 할 때 물어봅니다. 언제까지 이런 방법으로 살아갈 것인지, 당신들은 그렇다 치고 아이들도 계속 이렇게 살아야 하느냐, 이런 질문을 계속합니다. 그러면 마을 사람들은 아이들은 계속 이렇게 안 살았으면 좋겠다고 이야기합니다. 그러면서 항상 따라오는 말이 있습니다.

"방법이 없다."

바랑가이에 이런 내용들을 이야기를 해봤냐고 하면 쫓기고 있어서 못해봤다는 이야기가 나옵니다. 제 생각에 실제로 정부군이나 경찰이 쫓는 사람은 반군의 리더급 몇 사람이지 마을 사람들 전체는 아니라고 봤는데, 마을 사람들은 스스로를 '쫓기는 사람'이라고 생각했습니다. 사실 여부를 떠나서 인간이 자기 스스로를 어떻게 여기고 있는지에 따라 삶이 바뀐다는 것, 그리고 전쟁이 얼마나 사람을 피폐하게 만들고 무력하게 하는지 볼 수 있었습니다.

09   연구

중요한 건 이 사람들이 자체적으로 자기 문제를 해결하는 능력을 키우는 겁니다. 남이 도와주는 걸 받는 사람이 아니라 마을 사람들이 자기 일을 한다고 생각해야 합니다.

회의적인 생각도 많이 들었지만 '그렇다고 포기하면 이곳은 앞으로도 계속 이 상태겠구나. 문맹퇴치를 하려면 어쨌든 이런 상황에서 어떻게 극복할까 연구를 해야겠다' 하는 생각이 있었습니다.

저는 사업을 할 때도 그렇지만 되는 쪽으로 생각합니다. 안 된다고 손 놓고 있던 적은 없습니다. 처음에 우리가 답사한 곳들이 열악한 환경 속에서 학교가 운영되고 있거나 아니면 아예 학교가 없는 곳입니다. 우리가 민다나오에 온 목적이 있고 뜻이 있었기 때문에 회의적인 부분들은 크게 생각하지 않고 우리가 해야 할 일에 집중했습니다. 우선 답사 일정에 맞춰 방문하기 전에 약속 시간을 몇 번이고 확인하는 과정을 가졌습니다. 이런 과정을 거치지 않으면 일정이 늦어지는 경우가 많았기 때문입니다. 이렇게 해도 또 다른 변수는 이동 수단이었습니다. 비포장 정도가 아니라 일반 차량이 다니기 힘든 도로 사정이라 중간에 차량이 고장 나거나 타이어 펑크가 나는 일이 비일비재했습니다. 특히 육로로 이동할 수 없는 지역은 강을 이용해 보트를 타고 가야 했는데, 보트를 미리 예약해도 제 시간에 나타나질 않습니다. 동선에 따라 방문 일정을 잡다보면 시간 여유가 거의 없습니다. 어떤 경우에는 오전에 갔다 와서 오후에 다른 일정을 소화해야 하는데 오전 스케줄이 어그러지면 오후 스케줄도 날아가는 겁니다.

마을 리더들하고 논의된 일이나 학교 건축 과정에서 어떤 문제로 진행이 잘 안 되면 안 된다고 이야기를 해주면 좋은데, 이쪽에서 묻기 전에는 먼저 논의하는 법이 없는 것도 해결해야 할 숙제였습니다. 이 사람들은 대화 중에 어떤 일이라도 "노No"라고 대답하는 적이 없습니다. 무조건 "예스Yes"입니다. 여기서 많은 혼란과 오해가 생깁니다. 여기에 대해서는 두 가지 원인으로 생각했는데 하나는 내용을 제대로 알지 못하고 대답을 했거나, 다른 하나는 이 사람들의 문화가 다른 사람과 이야기를 할 때 "No"라고 말하는 걸 결례라고 생각하는가 싶었습니다. 원주민들과 논의하면서 이런 문제들이 파악된 후에는 회의에서 논의하고 협의한 내용들을 전부 문서로 기록해 읽어보고 이해했으면 사인하도록 했습니다. 우리 입장에서는 이해도를 높이려고 강구한 방법이었는데 이것도 이해가 안 된 상태로 사인만 하는 경우가 많았습니다. 나중이 일이 안 되어서 물으면 "제대로 안 보고 그냥 했다"라고 말하기도 했습니다. 이해했다고 하더라도 나중에 보면 자기들 방식대로 처리를 해서 문제가 일어나는 경우도 많았습니다. 이 사람들은 그동안 책임지는 일을 해보지 않았습니다. 어떤 일에 책임을 져야 하는 상황이면 발을 빼려고 했습니다.

민다나오의 모든 지역이 그렇다는 건 아니지만 마을 리더의 역량에 따라 천차만별로 상황이 달라지는 걸 많이 겪었습니다. 수많은 고충을 겪으면서 현지인들의 이런 성향을 파악한 다음부터는 우리도 차후 문제가 생기지 않기 위해 이중 장치를 하게 되었습니다. 나중에는 군청 담당자를 내세워서 마을 사람들에게 다시 설명하게 하고 군청 담당자와 마을 리더들이 서로 이해했다는 사인(Municipality Representative)을 하게 해서 이 사람들이 서로 일을 공유하고 챙겨볼 수 있게끔 했습니다.

그래도 사인한 것과 일하는 건 사실 별개로 벌어지긴 했습니다. 나중에 문제가 있어 바랑가이에 이런 문제가 있는데 알고 있느냐고 물어보면 알고 있다고 합니다. 그런데 왜 이걸 가만히 두느냐고 물어보면 자기는 문제 해결하라고 지시했다는 겁니다. 말을 했으니 자기 책임을 다했다는 겁니다. 하는지 안 하는지 챙겨봤냐고 물으면 군청 사람들도 바빠서 못 봤다고 하고는 끝입니다.

현장에서 이행이 잘 안 되는 부분들을 어떻게 하면 되도록 할지, 이중 삼중으로 장치를 마련하니 나중에는 어느 정도 진행이 잘 되었습니다. 마을 리더가 이해 못하는 부분을 바랑가이 리더가 챙겨준다든지 하는 식입니다. 마을은 소통이 잘 안 되지만 바랑가이와는 소통이 잘 되었기 때문에 그런 역할들을 잘 조율해서 일이 원만하게 진행되도록 했습니다.

매달 방문할 때마다 점검해서 지난달에 약속한 내용 가운데 진행된 부분은 뭔지, 안 된 부분은 뭔지 리뷰를 해서 안 된 일은 무슨 이유로 안 되었는지, 대안은 있는지 마을 사람들한테 이야기를 해보라고 합니다. 어느 때는 자기 나름대로 대안 제시를 하는 부분도 있지만 결국은 특별한 아이디어가 없으니까 제 눈만 쳐다보는 일도 허다했습니다. JTS에서 알아서 답을 주기를 기다리는데 나는 가능하면 먼저 방법을 제시하지 않으려고 합니다. 내가 설명하면 간단하고 빠르지만 이게 바른 길은 아니라고 생각했습니다. 중요한 건 이 사람들이 자체적으로 자기 문제를 해결하는 능력을 키우는 겁니다. 남이 도와주는 걸 받는 사람이 아니라 마을 사람들이 자기 일을 한다고 생각해야 합니다. 스스로 주체가 되어 문제를 해결할 수 있도록 하자. 그게 우리가 민다나오에서 활동하는 여러 목적 중에서도 중요한 부분이었습니다.

10   깔랑아난

학교를 지어도 지방정부에서 허가를 해주지 않으면 정식 학교로 등록을
하지 못한다는 것도 알게 된 겁니다. 그럼 지방정부, 교육청에도 열심히
찾아가서 그들이 지원을 해주도록 하는 것도 우리 일이었습니다.

첫 사업지로 선정된 곳은 카가얀 데 오로에 인접한 마을이었습니다.
도동과 트렐이 소개한 곳으로 시내에서 1시간 30분 거리로 비교적
가까웠습니다. 처음이라 시범적으로 해보자 해서 너무 오지가 아닌
곳으로 가톨릭과 원주민이 거주하는 열악한 마을을 찾다보니 깔랑
아난 마을을 선정하게 됐습니다. 키탕글라드 산기슭에 있는 마을인
데 바웅온Baungon 군에서 가장 외진 데가 바로 깔랑아난Kalanganan이
었습니다. 지방정부 관심 밖의 마을이었는데 2003년 6월에 방문했
을 때 160가구 정도로 대부분은 원주민이었고 가톨릭 신자들이 일
부 함께 살고 있었습니다. 이곳은 교실이 두 칸 있는 학교가 운영되
고 있긴 했지만 학생 수에 비해 교실이 부족하고 화장실도 없었습니
다. 주민들은 부족한 교실을 지으려고 기둥을 세우다 자재도 부족하

고 기술력이 부족하니까 그냥 있던 상태였습니다. JTS가 건축자재와 기술자를 제공할 테니 주민들은 노동을 제공해서 함께 학교를 지어보자고 제안했습니다. 마을 회의를 거쳐 주민들이 동의를 했습니다. 기존 시설을 보수하면서 새로 교실 두 칸을 증축하자 결의했습니다. 그 후 두 달 동안 공사에 필요한 설계를 하고 자재를 준비해서 2003년 8월에 첫 삽을 떴습니다.

원주민들은 그런 자재로 뭘 지어본 경험이 없었습니다. 나무 잘라서 자그맣게 살 집 정도 지어봤지 시멘트 같은 건 본 적이 없습니다. 어떻게 할지 작업에 익숙하지 않아 시멘트가 굳어버려 못 쓰는 일이 계속 벌어졌습니다. 기술도 없고 자재는 계속 모자라고 안 되는 일은 줄줄이 일어났지만 그래도 주민들은 포기하지 않았습니다. 학교를 꼭 짓겠다는 의지가 있었기 때문에 2004년 5월에는 교실 두 칸을 완성하고 6월에는 수도를 놓고 수세식 화장실도 완공했습니다. 그렇게 학교를 짓고 수업을 시작하는데 이제는 원주민과 외지인의 문화 차이가 난항입니다. 원래 정부 관심 밖이기도 한데 여기는 안전하지 않다는 소문이 나서 정규 교사를 구하기도 힘듭니다.

학교를 지었지만 선생님이 없는 겁니다. 수소문을 해서 세비어 대학에서 교사 임용을 기다리는 자원봉사자 두 명을 교사로 파견했습니다. 그랬더니 마을 청년 몇 명이 외지에서 온 선생님에게 과도하게 관심을 보여서 교사들이 겁을 먹고 2주 만에 가버렸습니다. 다행히 나중에는 문제가 잘 해결되고 교육청에서 정규 교사 세 명을 지원받아서 수업할 수 있었습니다.

학교 건물
왼쪽에는
공사가 덜 끝나
벽과 바닥이 없는
교실에서
수업하고 있었다.

　학교만 지으면 학교 운영은 자연스럽게 되는 줄 알았습니다. 그런데 학교 짓는 건 시작에 불과했습니다. 학교를 지어도 지방정부에서 허가를 해주지 않으면 정식 학교로 등록하지 못한다는 것도 알게 된 겁니다. 그럼 지방정부, 교육청에도 열심히 찾아가서 그들이 지원을 해주도록 하는 것도 우리 일이었습니다. 그들의 직간접적인 지원 없이는 지속적인 학교 운영은 힘들다는 걸 알게 된 것입니다.

　마을 사람들과 소통하는 것도 그렇습니다. 학교를 짓기 전에 마을 리더를 숱하게 만나고 마을 사람들과 여러 번 회의를 하고 역할을 분담하고 일을 시작해도 문제가 생깁니다. 토속어와 비사야어, 영어에 다시 한국어로 통역을 하다 보니 말을 잘못 전하거나 서로 이해하는 부분이 달라서 나중에는 오해에 오해가 겹치기도 합니다. 문화 차이는 말할 것도 없고 기술자가 와도 큰 건물을 지어본 경험이 없다 보니 설계안대로 따르지 않고 평소에 자기들 하던 대로 그냥

붉은색을
칠하여
완공된
깔랑아난 학교

하거나, 설계에 맞게 가져온 자재를 눈대중으로 쓰다 보니 자재의 허실이 많아 추가로 자재를 구매해야 하는 경우도 많았습니다. 활동가들 입장에서는 사람의 인내심이 어디까지일까 하는 시험장이 따로 없었습니다.

이렇게 해서 될까 싶은 와중에도 마을 사람들이 일을 한 대가로 돈을 요구하지 않고 우리와 함께 자원봉사로 학교 건축에 참여하는 자체가 소통이 되는 것 아니냐며 우리끼리 서로를 위로하기도 했습니다. 물론 JTS가 최소한의 식량을 제공하는 방식(Food for work)으로 진행했지만 마을 사람들이 자발적으로 참여해주지 않았다면 학교는 못 지었을 겁니다.

11   반복

학교 건축 사업이 잘 진행되도록 마을 사람들의 동참을 유도하고, 바랑
가이나 지방정부에 학교 사업의 필요성을 설명하고 설득하여 역할을 할
수 있도록 조정하는 것이 내 역할이었습니다.

마을 사람들도 아이들이 교육받기를 원합니다. 아무리 오지에 사는
사람이라도 어디 시장에 나가서 뭐라도 팔아서 생계를 이어가야 하
는데 글자를 모르고 셈을 못하니 힘들어 합니다. JTS는 조인투게더
(Join Together)라는 거다, 우리는 학교를 지어주는 게 아니고 함께 짓는
거다, 이 얘기를 하고 또 합니다. 계속 되풀이 합니다.

그러면 돈도 없고 기술도 없어서 자기들은 못한다고 합니다. 돈과
기술이 없어도 할 수 있는 게 있다고 말하면서, 당신이 할 수 있는
것이 있다면 무엇이든지 말해보라고 합니다. 대화를 한참 나누다보
면 나중에는 힘쓰는 일이라도 하겠다 합니다. 이렇게 마을 사람들과
대화를 하면서 '가족이 일주일에 몇 시간 정도 봉사를 할 수 있는지
그 결과를 알려주면 우리가 학교 건축 의뢰를 하겠다' 하며 마을 사

람들의 자발적 의지를 끌어냅니다.

어떤 지역은 자재값보다 운반비가 더 많이 들어갑니다. 큰 문제는 자갈 모래 시멘트입니다. 40킬로그램이 너무 무거우니까 이것을 봉지에 나누어 담아 주민들이 포대 하나씩 들고 가거나 소를 끌고 와서 달구지에 달아매어서 가든지 어떻게든 머리를 써야 합니다. 조그만 꼬마 아이들부터 노인들까지 주민들이 다 나와서 자재를 옮기려면 페인트 깡통 같은 데 담아서 가기도 하고 그랬습니다. 그래도 그건 방법이 있는데 합판 같은 건 접을 수도 없고 해서 참 난감했습니다.

그보다 우선해서 자재를 싸게 사야 하는데 문제는 좋은 자재를 싸게 사야 하는 겁니다. 그래서 조사를 엄청나게 합니다. 어떤 자재는 여기서 사고 어떤 자재는 저기서 사고 그러면서 그걸 어디서 합해서 옮길 것인지, 또는 따로따로 배달을 할지 연구해야 합니다. 이런 노하우들이 경험을 통해서 쌓여갔습니다. 처음에는 자재를 옮길 때 길이 있는 데까지는 트럭을 빌려서 움직였습니다. 나중에는 군청에 트럭이 있는 걸 보고 이걸 이용해야지 싶더라고요. 그래서 군청에 가서 JTS가 자재를 다 주문해서 올 테니 트럭으로 싣고 가자, 기름값은 대겠다 하는 식으로 현지 사람들이 참여하게 했습니다. 모두가 자기 일로 하게끔 하는 것이 대표로서 나의 역할이었습니다.

학교 건축 사업이 잘 진행되도록 마을 사람들이 취지에 동의하여 동참하도록 유도하고, 바랑가이나 지방정부에 학교 사업의 필요성을 설명하고 설득하여 역할을 할 수 있도록 조정하는 것이 내 역할이었습니다. "한국인인 우리도 하는데 너희는 구경꾼이냐. 너희도 무슨 역할이든지 해야지" 하며 교육청이든 군청이든 각자가 역할을 할 수 있도록 이끌었습니다. 교육부에 가서도 "JTS가 학교를 짓는데 선생님과 교과서가 없다는 게 말이 되느냐, 아이들 책이 없는 게 무슨 말이냐" 하면서 현지 사람들로 하여금 '아 이건 아니구나, 해야겠구나' 하는 마음이 들도록 했습니다. 우리는 조인투게더(Join Together)이기 때문에 혼자 하는 일이 아니라 모두 힘을 합쳐서 하는 거라고 계속 피력했습니다.

약속을 하고 확답을 받고 계약서에 사인을 해도 안 지켜지는 경우도 숱하게 많습니다. 일이 진척이 안 되고 다음에 와보면 새로 처음부터 이야기가 시작되는 경우도 많았습니다. 그런 일의 반복이었습니다.

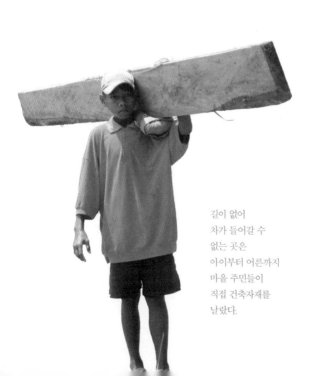

길이 없어
차가 들어갈 수
없는 곳은
아이부터 어른까지
마을 주민들이
직접 건축자재를
날랐다.

12   오해

JTS는 자원봉사로 이루어지는 단체니까 한국에서 파견되는 활동가는
물론 현지 활동가들도 무보수 자원봉사로 활동합니다. 저 역시 모든 경
비를 개인적으로 지출하며 활동하고 있습니다.

초창기에는 마을을 방문하여 학교를 지어주겠다고 해도 믿지를 않
았습니다. 학교 짓는다는 건 핑계고 무슨 다른 일을 하러 온 거겠지
하는 겁니다. 초기에는 우리가 금광을 찾아다닌다고 오해를 많이 받
았습니다. 우리가 찾아가는 곳이 오지에다 산으로만 다니니까 이 사
람들이 금광 조사하러 왔구나 하는 의심을 한동안 받았습니다.

그도 그럴 것이 마을 사람들이 보기에는 지금까지 자기들 경험에
의하면 어떤 단체라도 무슨 목적이 있었다는 겁니다. 그러니 "JTS는
이런 이념으로 합니다"라고 아무리 얘기를 해도, 너희들이 말은 그
렇게 해도 속으로는 다른 꿍꿍이가 있겠지, 그거 말고 다른 목적이
있을 거라고 생각합니다.

예를 들어 기독교 단체라면 선교 활동을 합니다. 대부분 선교를

목적으로 뭔가를 지원하는데 JTS는 요구하는 게 없는 겁니다. 요구라면 학교 짓고 난 다음에 애들 학교 잘 보내줘라, 아이들 결석시키지 말고 공부 잘 시켜라, 공부해서 마을 지도자가 나오면 좋겠다 하는 거죠. 학교에서 배운 아이들 중에 한 사람이라도 지도자가 나와서 작게는 마을에 크게는 군청에 더 크게는 국가에 공헌할 수 있는 그런 인물이 나왔으면 좋겠다 하는 얘기를 계속했지만 처음에는 쉽게 받아들여지지 않았습니다.

JTS는 자원봉사로 이루어지는 단체니까 한국에서 파견되는 활동가는 물론 현지 활동가들도 무보수 자원봉사로 활동합니다. 저 역시 20여 년간 JTS 활동을 하면서 모든 경비를 개인적으로 지출하며 활동했습니다. JTS는 다른 NGO와 달리 순수 자원 활동으로 운영한다는 게 큰 차이점입니다.

마을 지원을 할 때도 JTS는 일절 현금을 지원하는 일은 없습니다. 일을 해도 쌀이나 다른 물품으로 지급하니까 현지인들은 거기에 대한 불평도 많았습니다. 그래서 처음부터 JTS의 이념이나 사업 방침들을 계속해서 알렸습니다. 어떻게 잘 설득하고 우리의 이념을 이해시키느냐 하는 것도 내 역할이었습니다. 전 세계 어디에서도 JTS는 같은 방식으로 일을 한다, 필리핀에서 우리가 예외를 둔다면 활동을 하지 못한다, 학교 짓는 것이나 여타 모든 일은 그만할 수밖에 없다고 얘기를 하면 처음에는 고개를 갸웃갸웃 하고 허어- 하면서 이해를 못했습니다.

그럴 수밖에 없는 것이 이들은 다른 NGO와 비교하며 보기 때문입니다. 다른 NGO는 이곳에 와서 돈을 줍니다. 돈을 주고 알아서 하라는 것이지요. 어떻게 보면 그편이 참 쉽습니다. 그러니 JTS 같이 돈을 주지 않고 같이 참여해서 학교를 짓자고 하면 쉽사리 이해를 못하는 겁니다. 마을 리더를 설득해서 사업을 하려고 해도, 주민들은 마을 리더가 JTS에서 돈을 받고서는 안 받았다 하면서 떼먹는 줄 오해하는 경우도 많았습니다. 리더를 설득해서 그들이 JTS의 이념이나 활동을 이해하고 마음을 내줘도 주민들이 '그럴 리가 있나, 어떻게 돈을 안 받을 수가 있나, 뒷돈을 받았을 거다' 생각하니 그것에 대해서도 얼마나 설명을 많이 했는지 모릅니다.

13   일의 방식

JTS가 학교만 지어주는 게 아닙니다. 마을 사람들이 서로 협력하는 게
일차적으로 중요하고 앞으로도 살아갈 수 있는 기능을 익히게 하는 것
도 있습니다.

일반적인 사업 계획과 달리 JTS 사업처럼 계획이 어그러지는 곳도
없을 겁니다. 언제까지는 어떤 일을 하고, 언제까지는 마감을 하는
등 계획을 잡아도 돌아보면 안 되어 있고, 한다고 했는데 안 하는 일
이 수시로 일어납니다. 그러면 일이 언제 끝날지 기약할 수가 없습니
다. 처음에 코이카(KOIKA) 지원 사업을 한 적이 있는데 코이카 사업은
매년 종결을 해야 합니다. 그런데 민다나오에서는 계획대로 일이 되
는 곳이 아니기 때문에 코이카가 원하는 시기에 사업 종결이 안 될
뿐더러 결과도 그 안에 보여줄 수가 없습니다. 그래서 예산이 없으면
없는 대로 적게 하자고 해서 코이카 지원 사업은 중단했습니다.

　JTS 보고 체계도 그랬습니다. 대부분 한국에 들어가서 보고를 하
고 회의를 하고 결재를 받고 승인이 나면 진행할 수 있습니다. 그런

데 유일하게 '선 조치 후 보고'를 하는 게 민다나오 사업이었습니다. 그건 민다나오 상황을 본부에서도 잘 알고 법륜 스님마저도 "민다나오 사업만큼은 이 회장에게 맡깁니다" 하고 말씀하셔서 그런 방식으로 진행을 할 수 있었습니다. 원칙에 맞는 것은 아니지만 지역 특색에 맞게 일하는 방법이 새로 만들어졌다고 볼 수 있는 셈입니다. 그렇다고 큰 틀에서 벗어나는 결정을 한 적은 없습니다.

마을 사람들 일하는 것도 그렇습니다. 하루 여섯 시간이든 여덟 시간이든 일을 하면 3킬로그램 정도 쌀을 지원합니다. 그러니 마을 주민들도 완전히 무보수로 일을 한 건 아닌 셈입니다. 그렇게 기본 식량을 지원하면서 기능 훈련을 시키려는 목적도 있었습니다. 한번 학교를 지어본 사람은 나중에 자체적으로 지을 수 있는 기능을 익히게 하자는 겁니다. 예를 들어 한 지역에 학교를 짓고 있으면 다음에 학교 지을 마을 사람 세 명 정도 오라고 해서 지원을 하게 합니다. 그러면서 기술자들에게 일을 배우게 합니다. 그러면 다음 지역에 학교를 지을 때 이 사람들이 중심이 되어서 일을 할 수 있습니다. 특히 다물록 지역은 계속 연결이 잘 되었습니다. JTS가 학교만 지어주는 게 아닙니다. 마을 사람들이 서로 협력하는 게 일차적으로 중요하고 앞으로도 살아갈 수 있는 기능을 익히게 하는 것도 있습니다. 이 사람들이 자기 힘으로 자생할 수 있는 기회를 만들어주는 겁니다. 이게 바로 JTS가 추구하는 바입니다.

14   평화를 위한 기준

그전에는 종교와 문화가 서로 달라 오랜 세월 얘기조차 나누지 않았던
지역 사람들이 학교 건축을 매개로 이야기를 같이 하게 되고 그러면서
협력이 되는 겁니다. 그런 장면을 많이 봤습니다.

평화가 필요한데 왜 학교를 짓는가 하며 의문을 가진 분들도 많습니
다. 민다나오가 종교 분쟁으로 평화가 정착되는 게 무엇보다 중요하
지만 JTS가 분쟁 문제에 바로 개입하거나 그럴 수 있는 입장이 아닙
니다. 다시 말해 JTS의 이념은 배고픈 아이는 먹어야 하고, 아픈 사
람은 치료 받아야 하고, 아이들은 제때 배울 수 있어야 한다는 겁니
다. 그중에서 JTS필리핀은 문맹퇴치를 중심에 두고 민다나오 분쟁과
갈등이 왜 생기는지 알아보기로 했습니다.

민다나오는 위험하기도 하지만 길이라든가 인프라가 갖춰져 있지
않아서 외국인들 방문이 거의 없습니다. 지금으로부터 20년 전에는
더욱 그랬습니다. 그래서 도동과 트렐 등 현지 활동가에게 민다나오
문화, 풍습, 특히 무슬림에서 금기하는 사항들을 먼저 교육받았습니

다. 우리 활동가들과 같이 가는 방문객들의 안전을 우선해야 했으니까요. 그런 후에 어느 곳에 학교를 지을지 알아보기 시작했습니다.

우선 기준을 정했습니다. 마을 사람이 40가구는 될 것, 50명 이상의 취학 연령 아이들이 있을 것, 도로나 마을 기반 시설이 없는 외곽 지역인데 가까운 학교가 최소 4킬로미터 이상 떨어져 있는 곳이어야 학교 건축을 지원했습니다. 4킬로미터 정도면 아이들이 학교에 다니는 데 큰 문제가 없을 거라고 봤습니다. JTS가 가는 곳은 대부분 산간 오지 마을입니다. 정글 같은 산속에 있어서 비탈길 정도가 있다거나 큰 개울을 지나야 한다거나 배로 가지 않으면 갈 수 없는 그런 곳은 어린아이들이 통학하기 어렵다고 봐서 이런 기준을 정했습니다.

엄청난 시행착오를 해가면서 나중에는 표준합의안(agreement)도 만들었습니다. JTS는 자재를 대고 군청은 기술 지원을 한다. 그리고 마을 지도자인 바랑가이는 마을 사람들에게 푸드포워크(food for work, 임금 대신 지급하는 식량)를 설명하고 사람들을 조직해서 노동을 제공한다. 그렇게 JTS와 마을 사람들, 군청이 합심해서 학교를 지으면 교육청이 선생님과 교과서를 제공한다는 식으로 순서가 잡혔습니다.

JTS가 지원하는 곳은 분쟁 지역이거나 정부의 관심으로부터 소외된 지역입니다. 정부 지원이 원만한 지역은 따로 JTS의 지원이 필요하지 않습니다. 도(Province) 경계지역이라든가 군(Municipality) 경계지역, 양쪽 지방정부 어디에서도 지원이 미치지 못하는 곳, 지방정부의 행정 중심 지역에서 멀리 떨어져 주민들이 어디에서도 도움을 받을 수 없는 그런 사각지대가 JTS의 활동지이기 때문입니다. 특히 이런 지역은 대부분 행정구역과 생활권이 달라 양쪽 지방정부에서 지원과 관심이 멀어져 있는 소외된 지역입니다. 항상 그런 지역에는 갈등 원인이 있습니다. 그래서 JTS에서는 학교를 지으면서 '우선 아이들에게는 배움의 기회를 제공한다'는 걸 줄곧 얘기하면서 마을 사람들이 서로 이야기하게 하고, 뭐라도 나서서 돕게 하고, 그걸 계기로 마을개발을 하는 겁니다. 그전에는 종교와 문화가 서로 달라 오랜 세월 얘기조차 나누지 않았던 지역 사람들이 학교 건축을 매개로 이야기를 같이 하게 되고 그러면서 협력이 되는 겁니다. 그런 장면을 많이 봤습니다.

15   라나오 델 수르

이곳을 방문한다고 하니 필리핀 사람들조차도 위험한 곳이니 절대 가면
안 된다고 극구 만류했습니다. 거기 가면 납치되거나, 노예로 팔리거나,
죽거나 이 세 가지 중 하나의 운명을 맞이할 수 있다고 엄포를 놓기도
했습니다.

라나오 델 수르(Lanao del Sur)는 6개의 무슬림 자치구 중 하나입니다.
무슬림은 필리핀에서 오랜 세월 정치적으로 소외되었습니다. 경제적
으로도 어려우니 무슬림은 분리 독립을 주장했고 지난 50여 년 동
안 무력 투쟁이 이어졌습니다. 그 과정에서 종족 간의 분쟁도 심해
지고 사람을 납치하고 심지어는 죽는 일도 비일비재했습니다. 그러
니 안전을 보장할 수가 없습니다.

이곳은 라나오 델 노르테(Lanao del Norte)보다 종교적으로는 더 강성
입니다. 특히 이곳 여성들은 이란 여성처럼 눈만 빼고 전신을 검정
색 천으로 덮은 '차도르Chador'를 하거나 때로는 거기에 망사로 눈까
지 가린 '부르카Bruqa'를 착용합니다. 무슬림 율법이 엄격하게 적용되
는 지역입니다. 이곳을 방문한다고 하니 필리핀 사람들조차도 위험

한 곳이니 절대 가면 안 된다고 극구 만류했습니다. 거기 가면 납치되거나, 노예로 팔리거나, 죽거나 이 세 가지 중 하나의 운명을 맞이할 수 있다고 엄포를 놓기도 했습니다. 실제로 우리가 유아원을 건축했던 발린동(Municipal Balindong)의 경우에는 마닐라에서 분실된 차량들은 발린동에 가면 찾을 수 있다는 이야기들이 심심찮게 들릴 정도였습니다.

그러니 일단 이 지역은 출입부터 쉽지 않았습니다. 라나오 델 수르의 마라위Marawi시로 가기 위해선 무려 20개가 넘는 필리핀 경찰(PNP), 정부군 검문소를 통과해야 합니다. 마지막 해병대 초소를 지날 때는 이 지역을 방문하는 이유를 설명하고 출입 허가를 받아야 통과할 수 있습니다. 마라위에 도착해 오지 마을로 가는 과정은 긴장의 연속이었습니다. 안전을 위해 반드시 무슬림 휘장이 있는 차에 무슬림 운전사가 운전을 해야 했고, 조수석에는 무슬림 리더가 함께 타서 JTS 일행을 안내했습니다. 리더의 허락 없이 차에 내리는 것은 결코 안 됩니다. 창문을 열어 밖을 보는 것도 금지입니다. 에어컨이 없는 차량에서 무더운 필리핀 날씨에 몇 시간이나 차를 타고 험한 길을 이동하면서도 문을 못 열면 차 안은 바로 사우나가 됩니다. 중간에 화장실이 급하면 조금이라도 안전한 장소를 찾아 잠깐 내려서 용변을 볼 정도로 조심했습니다.

우리를 안내한 무슬림 리더는 이 지역에서 외국인은 주요 범죄 대상이기 때문에 반드시 안내에 따라 신중하게 행동할 것을 여러 차례 당부했습니다. 그렇게 조심 또 조심해서 이동하고 마지막 해병

JTS는 무슬림 민다나오 자치구의 반군 세력이 있는 마을에도 학교 건축을 진행하였다. 필리핀 내부에서도 민다나오를 방문한다고 하면 고개를 흔드는 지역이다. (왼쪽에서 두 번째가 필자)

대 초소에서는 일행 모두가 차에서 내려 방문자 전체 명단, 방문 목적, 복귀 시간 등을 기록해야 라나오 델 수르에 들어가는 허가를 받을 수 있었습니다. 그렇게 마지막 초소를 지나 300미터 정도 가면 MILF 군대의 소대 병력이 완전 군장을 하고 우리들을 환영했던 기억이 납니다. 영화에서나 볼 법한 장면들이 눈앞에 현실로 벌어지는 겁니다. 그곳은 우리나라로 치면 군사분계선이 위치한 지역처럼 아주 가까운 거리에 MILF 군대 경계가 있어 정부군도 그 이상 안 들어가고 MILF 군대도 그 밑으로 안 내려오는 그런 곳이었습니다. 이렇게 들어가기가 쉽지 않으니 당연히 우리가 자체적으로 사업을 진행할 수가 없었습니다. 그렇다고 교육 환경이 열악한 이 지역에 학교 건축을 포기할 수도 없는 일이었습니다. 이 지역이야말로 JTS가 민다나오에서 사업을 하고자 했던 이유 그 자체였기 때문입니다.

JTS는 분쟁과 내전으로 고통받는 지역에 학교 건축을 통해서 평화 정착을 하고자 했기 때문에 라나오 델 수르는 어느 곳보다 JTS의 도움이 필요한 지역이었습니다. 고심 끝에 도동의 소개로 한 단체와 연결이 되었습니다. 무카드MUCAARD는 무슬림이 중심이 되어 무슬림과 가톨릭이 협력해서 함께 활동하는 NGO였습니다. 우리는 무카드와 협조하여 라나오 델 수르에서 사업을 시작하기로 했습니다.

무카드와의 협력은 처음에는 잘 되는 듯했습니다. 그러나 나중에 JTS가 건축이 완료된 시점에서 유아원을 방문하였을 때 문제점을 발견했습니다. 실제로는 JTS가 지원한 일이 무카드가 주도적으로 지원하고 JTS가 일부 후원한 것처럼 유아원 후원 표지동판에 기록이 되어 있었습니다. 무카드가 JTS의 지원을 자기들의 성과로 포장하고 있음을 알게 된 것입니다. 배움이 필요한 아이들에게 어떤 식으로든지 지원하는 것이 필요하다고 생각해 시작한 협력이었지만 방법적인 면에서 이렇게 하는 것은 JTS 사업 원칙이 아니라고 판단했습니다. 이 이상 지속하기는 어려웠습니다. 그렇다고 이 지역에서 JTS가 주도적으로 사업을 진행하는 것이 현실적으로 불가능했기 때문에 안타깝게도 7개 유아원과 방코 초등학교를 마지막으로 이 지역에서 더 이상 추가 사업을 하지 않았습니다.

16   무슬림

민다나오 무슬림 문화 중에는 '눈에는 눈, 이에는 이' 이런 것이 있습니다. 예를 들어 어느 집 개가 우리 집 닭을 잡아먹으면 반드시 그 집의 닭을 죽여야 한다는 식으로 보복하는 행위를 '리도'라고 합니다.

라나오 델 수르의 방코Bangco 학교를 건축할 때 일입니다. 피아가포 Piagapo군은 라나오 델 수르 안에서도 차량 납치와 유괴의 중심지로 불릴 정도로 외지인에게는 위험한 지역입니다. 이곳을 방문하려면 일반 차량이 아닌 지프니를 타야 했고 이슬람교 메카 순례자에게만 부여하는 하지Hajj 칭호를 받은 마을 종교지도자가 함께 타고 있어야 안전했습니다. 안전 요원들은 JTS 활동가들에게 절대로 차창 밖으로 얼굴을 내놓지 말고 외부로 나오지 못하게 할 정도로 보안을 철저히 했습니다. 그나마 차가 다닐 수 있는 도로는 비만 오면 진흙밭이 되어 차로 이동이 안 되었습니다.

처음 이 마을에 방문했을 때, 마을 사람들이 의심스러운 눈초리로 크게 반가워하지 않는 듯한 눈치였습니다. 알고 보니 이전에도 많은 NGO가 방문해서 지원을 약속했지만 안전상 위험하고 사업 관리가 어려워 실제로 지원이 이뤄지지 않은 경우가 많았기 때문입니다. 그런 경험이 많다보니 주민들은 외부에서 NGO단체라고 오면 반가움보다는 불신이 앞섰던 겁니다. 그래서 처음에 이 지역에서 사업 시작할 때는 신뢰를 얻는 데 많은 시간과 정성을 들였습니다.

가장 중요한 것은 '지원하겠다'는 말을 절대 바로 하지 않는 겁니다. 일단 사업이 가능한가를 아주 면밀히 검토했습니다. 안전 문제, 공사 관리 문제, 사업 타당성 등을 면밀히 검토하고 내부적으로 완전히 승인되기 전까지는 지원 가능성을 내비치지 않았습니다. 이후 사업이 승인되면 그때부터 집중해서 활동을 시작했고 반드시 완수하여 주민들의 신뢰를 얻을 수 있었습니다.

그렇게 주민들과의 관계도 쉽지 않았고 접근도 쉽지 않은 곳이라 자재 운반에 애를 많이 먹었습니다. 민다나오 활동에서 자재 운반이 쉬운 곳을 찾기가 어렵지만 문제는 날씨도 한몫했습니다. 날씨가 좋다고 해서 자재 운반을 시도하면 어느새 비가 와서 중간에 내려놓고는 당나귀로 운반할 수밖에 없습니다. 시간도 많이 걸리지만 자재를 옮기는 도중에 분실됩니다. 그렇다고 별다른 대안이 없죠. 우리가 자유롭게 다닐 수 없으니 안타깝지만 어쩌겠습니까. 새로운 방법을 찾지 못하면 추가 지원이 어렵다는 게 우리 활동가들의 공통된 의견이었습니다. 도로 문제로 학교 건축이 지연되고 자재 운반에 문제가 많아도 마을 사람들이나 바랑가이, 군청 등에서는 길을 보수할 계획이 전혀 없었습니다. 몇 번이고 길 보수 관련 이야기를 하고 싶었지만 괜히 JTS가 길 보수 이야기를 하면 우리에게 도로까지 해달라고 할까봐 말도 못 꺼내고, 어떻게 해서든 학교 건축을 마무리하고 이 지역을 벗어날 궁리만 했던 게 당시 솔직한 심정이었습니다.

공사 중 발생한 여러 가지 다른 문제들도 있었습니다. 민다나오 무슬림 문화 중에는 '눈에는 눈, 이에는 이' 이런 것이 있습니다. 예를 들어 어느 집 개가 우리 집 닭을 잡아먹으면 반드시 그 집의 닭을 죽여야 한다는 식으로 보복하는 행위를 '리도'라고 합니다. 그렇기 때문에 항상 강성 무슬림 지역에서 활동을 할 때는 신중하고 조심해야 합니다. 지금도 무슬림 지역에 들어가서 사업을 할 때면 사전에 우리 활동가들에게 무슬림 문화, 금기 사항 등에 대해서 일러주곤 합니다. 그런데 공사 중에 마을에서 보복 행위인 리도가 발생해서 이를 해결하고 조정하느라 학교 건축이 잠깐 중단된 일도 있었고 공사를 진행하면서 마을 사람들은 자원봉사로 참여하는데 마을 리더는 JTS로부터 돈을 받는다는 오해가 생겨서 갈등이 커져 공사가 지연된 일도 있었습니다. 비가 오면 진흙탕이 되는 길이니 학교가 완성되어 준공식을 할 때는 군용 차량에 체인을 감고 짐칸에 모두 올라타서 이동하기도 했습니다. 그렇게 마을에 도착하니 아이들이 'SALAMAT^(감사합니다) JTS'라는 문구가 적힌 깃발을 흔들며 맞아주었던 기억도 생생합니다. 이후로 안전 문제 때문에 가보지 못하고 학교가 어떻게 운영되는지 확인할 수 없으니 아쉬운 마음이 큽니다.

이방인들에게 무슬림 문화는 독특하게 다가옵니다. 산속 오지에 있는 무슬림 마을을 방문했던 때였습니다. 그곳 무슬림 여자들은 하

'SALAMAT[감사합니다] JTS'

나같이 매니큐어와 립스틱을 진하게 바르고는 담배를 피웁니다. 나중에 알고 보니 일부다처제 특성상 여자들이 자신의 존재를 부각하기 위해서 꾸미고 있었던 것이 아닌가 생각했습니다. 또 하나는 무슬림의 극진한 접대 문화입니다. 라나오 델 수르 지역 무슬림도 예외는 아니었습니다. 구임바Guimba, 말리모노Malimono 마을 유아원 준공식에 참석했을 때의 일입니다. 여기도 진입로가 안 좋아 차량으로 들어갈 수가 없습니다. 이리저리 돌고 돌아 겨우 학교에 도착하니 주민들이 법륜 스님과 JTS 일행에게 꽃을 달아주며 열렬히 환영해주었습니다. 이런 의식은 다른 원주민 지역과는 또 달라 마치 잔치 분위기였습니다. 더 놀라운 것은 마을 사람들이 정성스럽게 준비한 음식이었습니다. 원주민들은 외부 사람들과 접촉할 일이 없기도 하고 본인들 먹을 것도 없어서 손님이 간다 해도 물 한잔 얻어 마시기 어려운 처지였습니다. 반면 무슬림 주민들은 없는 살림에도 다양한 나물 무침과 대나무 죽순 등 다채로운 요리를 아름답게 장식된 은빛 그릇에 담아 내놓았습니다. 법륜 스님과 우리 일행은 그들의 정성 가득한 접대 문화에 감명을 받았고 특히 죽순 요리를 맛 보고는 우리나라와 비교해 조리법은 다르지만 맛있다고 다들 극찬했습니다. 우리 일행이 죽순 요리를 맛있게 잘 먹으니, 주민들은 죽순 요리를 포장해주겠다고 했으나 갈 길이 멀어 마음만 받겠다고 한 뒤 발길을 돌린 적이 있습니다.

17 와오

아이들을 위한 학교 건축도 중요하지만 책임자로서 우리 활동가의 안전이 보장되지 않는 상황에서는 어떤 일도 진행할 수 없다고 판단했습니다. 지금도 가장 중요하게 생각하는 부분은 우리 활동가가 안전하게 일하는 것입니다.

까나안Canaan 마을에서 학교 건축을 하고 있을 때, 붐바란Bumbaran군에서 멀지 않은 오지 마을에서 방문해 달라고 요청을 받았습니다. 와오Wao군은 행정구역상 라나오 델 수르에 위치하고 동쪽으로 부키드논Bukidnon, 남쪽으로 노스코타바토North Cotabata와 작은 강을 경계로 인접해 있습니다. 행정구역은 라나오 델 수르에 위치했지만 실제 주민들의 생활권은 부키드논이었습니다. 이런 경계지역에 위치한 곳은 대개 어느 쪽으로부터든 지원을 못 받고 소외되는 경우가 많습니다. 와오군은 1970년대 정부군과 모로민족해방전선(MNLF, Moro National Liberation Front) 사이의 전쟁이 있었고 주민들은 다른 지역으로 대피할 수밖에 없었습니다. 오랜 분쟁으로 무슬림과 크리스천 간의 교류는 줄어들고 정부의 무슬림 고립 정책으로 크리스천은 중심지에 살고 무슬림은 외곽으로 밀려났습니다. 그렇게 오랫동안 소외받은 채 살아온 무슬림과 크리스천 간의 갈등도 자연스레 깊어지게 되었습니다. 실제로 와오군을 방문했을 때 주요 군청 관계자들 대부분이 크리스천이었고, 그들은 외곽에 사는 무슬림을 관리하고 통제하기 어렵다며 불평을 하였습니다.

바구아인굿(Bagua Ingud) 마을에 학교 건축을 위해서 방문했을 때 이 마을에는 와오군 전역을 관리했던 MNLF 전 코만도(사령관) 출신인 마마욕Mamayog이란 분이 있었습니다. 1990년에 코만도 마마욕은 그의 수하들과 함께 정부에 투항한 뒤 이 마을의 리더가 되었습니다. 그의 아버지는 그쪽 지역 무슬림 리더로서 활동을 하고 재력도 상당했던 분이었습니다. 그래서 부인 여덟 명에 자식이 무려 쉰네 명이나 된다고 했습니다. 나중에 학교를 지으면서 마마욕한테 물어봤습니다. 형제들이 그렇게 많은데 혹시 이름은 다 기억하느냐고요. 코만도 마마욕은 씨익 웃으며 안다고는 하는데 실제로는 잘 모르는 것 같았습니다. 코만도 마마욕은 무슬림 지역 중 어느 곳을 가도 전부 본인의 친인척이기 때문에 이 지역에서 사업하는 데 도움을 줄 수 있다고 하면서 본인의 세력을 과시했으나 실제 일은 순조롭지 못해 엄청나게 고생을 했습니다.

첫째는 자재 배달 사고가 자주 발생했습니다. 치안이 불안정한 펜둘로난Pendulonan 마을의 경우 우리 활동가가 콘크리트 기둥에 필요한 철근 16mm의 자재를 구매해서 배달을 했습니다. 그런데 이후 마을에 모니터링을 가보니 16mm 철근 여섯 개 중 4개만 사용하고 2개는 12mm를 사용하여 16mm 철근을 빼먹는 듯하다는 겁니다. 배달된 자재도 자주 하나둘씩 없어진다고 귀띔해주는데 강성 무슬림 지역이라 이런 내용을 바로 따지게 되면 분명 문제가 발생할 것 같았습니다. 심각성을 고려해 이번엔 에둘러 마을 리더와 마을 사람 보는 앞에서 일부러 우리 활동가에게 큰소리로 야단쳤습니다.

"모든 자재를 규격품으로 주문하고, 도착하면 규격품인지 확인해야 하며, 건축이 설계대로 잘 진행되는지 확인을 철저히 해야 건물에 하자가 안 생기는 겁니다."

우리 활동가는 영문도 모르고 "예, 예" 하면서 안절부절못했지만 사실 이렇게 한 이유는 우리 활동가가 현장에서 모니터링하는 데 조금이라도 도움이 되기 위한 고육책이었습니다. 무슬림 지역 사람들과 일한다는 게 여간 까다롭지 않아 활동가들이 감당하기 곤란한 일들이 매번 일어나니 조심을 한다고 해도 어려운 일이 많아 이 지역에서 계속해나가야 하는지 고민이 많았습니다.

둘째는 공사 진행이 무척 더뎠습니다. 앞에서도 이야기했지만 앉아서 공사 진행에 대해서 이야기를 할 때는 무조건 "예스"입니다. 말로는 안 되는 일이 없지만 실제로는 안 되는 일만 있습니다. 왜 진행이 안 되는지 물어보면 그들도 다 나름 이유가 있습니다. "옥수수 수확철이라 못했다" "비가 와서 못했다" "자재를 건축 장소까지 운반하지 못해서 못했다" 등 순간순간 이 사람들과 어떻게 관계를 맺고 어떤 식으로 접근을 해야 할지 굉장히 암담했습니다. 본인들의 아이들을 위한 학교를 짓는데 이렇게 무관심할까 하는 생각도 들고, 이러려고 내가 잠도 안 자고 새벽에 출발해 갖은 고생을 하며 이곳에 와 있나 하는 생각도 들어 마음이 안정이 안 되었습니다. 그럴 때면 잠시 눈을 감고 심호흡을 크게 하면서 '왜 내가 이곳까지 와서 이런 환경에서 학교 건축을 하려 했나' 돌이켜보곤 했습니다. 그럼 '이런 곳일수록 더욱 도움의 손길이 필요한 곳이지' 하는 생각이 들어 다시 마을 사람들과 대화하러 가기도 했습니다.

셋째는 군청과의 협력 문제였습니다. 2006년에 처음으로 와오군에 학교 건축을 논의할 당시 군수는 우호적이고 군청에서 적극적으로 지원하겠다고 해서 일을 시작하였습니다. 하지만 시작하는 과정에서 일이 원만하지 않아 2년 가까이 시간이 흘렀고 그동안 군수가 바뀌었습니다. 새로 당선된 젊은 군수는 가톨릭 신자로 JTS 활동이 외곽에 있는 무슬림들을 돕는 것이라며 몹시 못마땅해 했습니다. JTS가 지은 학교에 지원할 생각이 없다며 굉장히 소극적이었습니다. 나중에 알고 보니 지난 선거에서 자기를 지지하지 않아 못마땅해 했다는 것을 알 수 있었습니다. 그러니 학교 운영에 필요한 임시 교사 파견은 고사하고 최소한의 재정 지원도 해주지 않았습니다. 힘들게 건축한 학교가 운영되지 않아 새로운 군수와 몇 차례 논의를 하였지만 진행이 전혀 되지 않았습니다.

이런 사정은 키불락Kibulag 지역에 학교 건축을 했을 때도 일어났습니다. 이곳도 와오군과 비슷하게 행정권은 라나오 델 노르테(Lanao del Norte) 일리간Iligan시에 속해 있고 주민들의 생활권은 부키드논 딸라각Talakag군이었는데 건축 시작 당시 딸라각 군수는 키불락 주민들의 학교 건축을 위해서 적극적으로 지원하였으나 학교 건축하는 과정에서 군수가 바뀌었습니다. 새로운 군수는 키불락은 자기 행정구역에 포함되지 않는다며 딱 잘라 지원하지 않았고 이곳도 학교가 운영되지 않았습니다. 학교를 운영한다는 것이 건물만 짓는다고 끝이 아니고 운영에 대한 부분도 처음부터 같이 고민해야 한다는 걸 이런 경험을 통해 배웠습니다. 현실적으로 바랑가이 캡틴이 누구인지, 군수가 어떤 사람인지에 따라 우리 일도 큰 영향을 받을 수밖에 없었습니다.

넷째는 교육청에서 선생님을 지원하지 않는 일이었습니다. 교육청에서는 교육청에 등록된 정규 학교도 아니고 분쟁 지역이라는 이유로 선생님을 파견하지 않았고, 교과서도 지원해주지 않았습니다. 초창기에는 마을에서 학교가 필요하다는 이야기와 군청의 지원 약속만 받고 건물만 지으면 된다고 단순하게 생각했었습니다. 그런데 경험을 통해 학교 건축에 있어서는 반드시 교육청과 협의를 해야 한다는 사실을 절감했습니다. 와오군에 학교 건축을 진행했던 세 마을 중 두 마을은 정말 오랜 시간이 걸렸고, 갖은 어려움을 이겨내고 학교를 완성하였지만, 다른 한 개 마을 미나바이Minabai에서는 결국 학교를 완성하지 못했습니다. 미나바이는 민다나오의 무수히 많은 오지 마을 중에서도 손에 꼽을 정도로 접근하기 힘든 곳입니다. 마을로 올라가는 길이 진흙 밭이라 차는 물론이고 오토바이도 가기 어려워 걸어가야 했는데 세 걸음을 걸으면 진흙이 한쪽 신발에 1킬로씩 들러붙는 형국입니다. 나무 꼬챙이로 신발에 묻은 진흙을 떼어

도동(맨 오른쪽)과 함께 미나바이 학교 건축 부지를 점검하던 때 (2006)

내면서 가려니 도저히 속도가 안 나서 나중에는 자연스럽게 진흙이 떨어질 때까지 그냥 걷기도 했습니다. 마을 사람들은 발가락에 걸치는 슬리퍼 신고도 잘만 올라가는데 우리는 정글화를 신어도 마을 사람들 속도에 맞춰 걷기가 어려웠습니다. 그렇게 마을에 접근하는 것도 쉽지 않았지만 건축하면서 생긴 어려움에 비하면 이건 말 꺼낼 일도 아니었습니다.

배달된 자재가 분실되는 일이 발생해 책임 문제를 제기하는 과정에서 무슬림 리더의 자존심이 크게 상해버린 겁니다. 무슬림 정서상 리더 본인을 의심한 행위는 용인할 수 없다고 하면서 이의를 제기한 JTS 활동가와 더 이상 일을 할 수 없다고 군청 코디네이터와 JTS에 통보했습니다. 자존심이 강한 무슬림은 사람이 많은 곳에서 본인 잘못을 공개적으로 인정하는 것을 수치스럽게 생각하는 경향이 있다고 합니다. 그런 부분에 오해가 생기면서 문제가 걷잡을 수 없이 커졌습니다.

자재를 배달했는데 물건이 없어졌다면 이 부분을 확인하는 건 우리로서는 당연한 일이고, 인수한 담당자에게 물어보는 건 통상적인 일이라고 생각했지만 군청 코디네이터와 이야기를 하면서 문화적인 차이가 이런 상황을 빚었다고 이해했습니다. 나중에 돌이켜봤을 때 대화를 하는 과정에서 언어 표현 방식이나 표정 등 생각지 못한 부분에서 자기들을 추궁한다고 생각하지 않았을까 싶은 생각이 들어 이후에는 더욱 조심하는 계기가 되었습니다. 그러면서 마을 코디네이터, 마을 리더, 지방자치단체 담당자를 모아서 문화 차이와 언어 표현 방식에서 오해가 있었던 것 같다며 서로 이해시키고 오해를 풀고 다시 공사를 재개하기로 합의했습니다.

그런데 자재 문제로 갈등을 겪었던 MILF 코만도가 앙금이 제대로 풀리지 않았는지 "모두 이해하고 받아들이겠지만 앞으로 그 활동가와 일을 할 생각이 없으니 우리 마을에 보내지 말라"는 겁니다. 만약 그 사람이 우리 마을에 오면 다시 돌아가는 것은 장담할 수 없다는 말에 순간 섬뜩했습니다. 우리는 아이들 배움의 터전을 만들기 위해 여기까지 와서 힘들게 일하는데 잘못하면 예상치 못한 사고가 발생할 수 있겠다는 생각이 머릿속에 스쳐 지나갔습니다. 그래서 고심 끝에 이 공사는 중단하는 것이 더 큰 사고를 막는 방법이라 활동가들과 논의 후 최종 공사 중단이라는 뼈아픈 결정을 하게 되었습니다. 그렇게 미나바이는 안타깝게도 JTS 사업을 하면서 유일하게 건축 도중에 포기한 유일한 곳이 되었습니다.

아이들을 위한 학교 건축도 중요하지만 책임자로서 우리 활동가의 안전이 보장되지 않는 상황에서는 어떤 일도 진행할 수 없다고 판단했습니다. 20여 년이 지난 지금도 가장 중요하게 생각하는 부분은 우리 활동가가 안전하게 일하는 것입니다.

18   경험

힘든 일도 많았지만 그 경험을 통해서 무슬림 문화에 대한 이해가 생기고 우리가 사업을 지속해나가기 위해서 어떻게 해야 하는지를 잘 알게 된 점도 있습니다.

강성 무슬림 지역인 와오군에서 사업한 경험은 이후 무슬림 지역 사업을 하는 데 큰 도움이 되었습니다. 힘든 여건에서 배운 점도 많았습니다.

첫째, 자재 배달은 직접 우리가 하되 인수인계는 마을 리더, 자재 담당과 군청의 코디네이터가 배석한 자리에서 해야 한다는 것이었습니다. 한 명에게만 전달하는 것이 아니라 세 명이 배석한 자리에서 확인하는 것이 필요하다고 생각해서 이후 무슬림 지역 건축 시에는 위와 같은 원칙을 적용하였습니다. 우리가 직접 자재 배달을 할 수 없을 정도의 치안 상태라면 사업을 안 하는 것을 기본 원칙으로 정하였습니다.

둘째, 건축에서는 설계대로 따라야 한다고 충분히 설명하고 설계

변경이 필요할 때는 JTS와 협의 후에 해야 한다는 원칙입니다. 건축 담당 책임자 역할이 정말 중요하다고 생각합니다. 이는 이 지역뿐 아니라 전체 사업을 하면서도 많이 느낀 점인데 어떤 사람이 건축 담당 책임자가 되느냐에 따라서 학교 건축 진행 과정에 큰 차이가 있다는 점을 알았습니다. 건축 담당자가 리더십이 부족할 때 많은 갈등이 발생하는 것을 봐왔습니다. 지역 특성에 맞게끔 바랑가이나 군청 코디네이터가 중간 역할을 할 수 있도록 하는 장치가 필요한데 그때만 해도 건축에 대한 경험도 부족하고 변변한 매뉴얼이 없던 때였습니다. 우리 활동가가 더 많이 준비하고 챙겨서 군청 코디네이터, 바랑가이 리더 등과 더 많은 대화를 하고 문제가 발생하지 않도록 협의하는 과정이 절대적으로 필요하다는 것을 뼈저리게 느꼈습니다.

셋째, 무슬림 지역 학교일수록 건축 시에는 군청과 교육청의 절대적인 지원 없이는 학교 건축과 운영이 잘 되지 않는다는 것입니다. 정말 어렵사리 학교를 지었어도 군청이나 교육청에서 관심을 가지지 않으면 학교는 운영할 수 없었습니다. 이를 통해서 이후 학교 건축에서는 건축을 시작하기 전에 충분한 협의를 하고 JTS가 반드시 지방정부(LGU), 교육청(DepED) 등과 MOA(상호양해각서)를 맺고 건축하는 것을 원칙으로 하였습니다.

또한 무슬림과 대화를 할 때는 어떤 식으로 하고, 상황에 따른 금기 사항이 무엇인지, 하지 말아야 할 말과 행동을 따로 정리해서 활동가들을 교육했습니다. 내가 직접 겪으며 느낀 무슬림들의 특징들은 이렇습니다.

첫째, 자기를 의심하고 신뢰하지 못한다는 느낌을 받으면 굉장히 싫어하며 가장 크게 반발합니다. 뻔히 보이는 거짓말이라도 직접 대놓고 책임을 전가하듯이 말하거나 따지듯이 말을 하면 안 됩니다. 그런 상황이 있을 때는 시간을 가지고 어느 정도 방법을 찾은 다음 바랑가이 캡틴이나 군청 코디네이터와 함께 대화로 풀어나가는 것을 원칙으로 했습니다.

둘째, 여자들에 대한 문화였습니다. 여자들에게 결혼을 했는지 물어보거나 여자아이들 머리에 손을 대는 것도 절대적인 금기 사항입니다. 어느 날 마을 리더와 사업지 답사를 하던 중에 어느 마을에 들렀는데 여자아이들이 많이 모여 있는 집을 방문하게 되었습니다. 나는 여자아이들에게 학교는 다니는지, 몇 살인지 물어보기도 하고 어떻게 사는지 등을 물어봤습니다. 그런데 아무리 질문을 해도 대답을 안 합니다. 열두 살이나 되었나 싶은 아이가 말을 안 하고 있어서 재차 몇 살인지 물어보는데 저를 안내하던 마을 리더가 갑자기 소리를 버럭 지르며 "She is my wife!(내 부인이다!)" 그럽니다. 그때 깜짝 놀라 바로 미안하다고 사과하고 나왔습니다. 그때 너무 놀란 탓인지 한동안은 물어보는 것 자체가 망설여지기도 했습니다.

셋째, 대화 중에는 술, 돼지고기 요리 등에 대해서 이야기를 하면 안 된다는 것도 있습니다. 마지막으로 종교적인 부분과 관련된 질문은 가능하면 하지 않는 것이 좋습니다. 무슬림 지역에 학교 건축을 하면서 개인적으로 무슬림들에게 느낀 점이라면 조금 불리한 입장이면 오리발을 잘 내고 자신들은 약속을 잘 지키지 않아도 상대방은 약속을 반드시 이행해야 한다는 점, 무슨 일이든 안 되는 일이 없는 것처럼 말하지만 책임은 자기들 몫이 아닌 것처럼 능청을 잘 떤다는 점입니다. 힘든 일도 많았지만 그 경험을 통해서 무슬림 문화에 대한 이해가 생기고 우리가 사업을 지속해나가기 위해서 어떻게 해야 하는지를 잘 알게 된 점도 있습니다.

19   역사

이 지역은 MILF가 독자적인 세력을 구축하고 있고 외부인이 들어가면 납치당한다는 인식이 강했습니다. 그래서 민다나오 크리스천들은 무나 이에 간다고 하면 고개를 절래절래 흔들며 접근할 생각도 안 하는 곳이 되었어요.

2007년에 라나오 델 노르테의 무나이Munai군을 방문했습니다. 이곳은 2000년과 2003년에 일어난 대규모 무력 충돌 때문에 마을 전체가 초토화되어 있었습니다. 정부군과 MILF 간에 벌어진 내전 때문에 어떤 마을은 대부분의 젊은 남자들은 내전으로 전사하고 여자들과 노인들, 아이들만 남아 생활을 꾸려가는 지역도 있었습니다. 이런 지역들을 돕기 위해 유럽 특히, 독일 NGO에서 내전으로 남겨진 미망인들의 생계 유지를 돕기 위해 빵 굽는 기술을 가르치는 활동을 많이 했다고 들었습니다. 세상에서 이곳만 떨어져 있는 듯이 외부와 단절된 느낌이 강했습니다. 무나이의 여러 지역을 답사하던 중 방문한 핀둘루난Pindulunan 마을 남자들은 모두 우리나라로 치면 M16 같은 총을 하나씩 들고 있었습니다. 시장을 갈 때도 총을 가지고 다녔습니다. 라나오 델 노르테 지역 내전의 중심 인물인 MILF 사령관 코만도 브라보의 거점이기도 합니다.

저는 처음에 필리핀 민다나오 지역 전체가 위험하다고 생각했는데 나중에 보니 필리핀 사람들이 가장 위험하다고 생각하는 여러 지역 가운데 무나이와 땅깔Tangcal이 그 중심에 있었습니다. 이런 부분에서는 현지 상황과 오랜 역사를 이해하지 못하면 이 지역이 왜 이렇게 위험한 지역이 된 것인지 알기 힘듭니다.

앞에서 필리핀 역사를 잠깐 이야기했지만 이 갈등 상황은 너무나 오랜 세월에 걸쳐 있습니다. 1300년대 후반부터 무슬림은 말레이시아 쪽에서부터 필리핀 민다나오 쪽으로 이주를 시작했습니다. 무슬림은 부지런하고 조직력이 강해 어릴 때부터 아라빅(무슬림 기본 언어)을 가르쳐 무슬림 경전인 코란도 읽고 부족 단위에서 공부도 많이 시키는 경향이 있습니다. 그래서인지 이들은 원주민들의 좋은 터전을 야금야금 차지했고 원주민들은 이에 대항하는 게 힘이 부치니까 원래 보금자리를 무슬림에게 빼앗기고 밀려서 외곽으로 가거나 나중에는 깊은 산으로 들어가게 되었습니다.

그런데 이제는 스페인이 들어오면서 가톨릭 우선 정책을 폅니다. 저항이 일어날 수밖에 없지요. 무슬림이 이전에 쫓겨난 원주민과 외곽으로 밀려날 수밖에 없었던 겁니다. 나중에 미국이 식민지배를 하면서 민다나오 통치를 위해 더 많은 가톨릭 세력을 이주시켜 무슬림이 차지하고 있던 노른자 땅을 모두 가톨릭 세력이 차지할 수 있도록 하고 민다나오 주요 개발 사업권을 가톨릭인들에게 주는 정책을 쏩니다. 식민 해방 이후에도 그런 정책이 꾸준히 이어졌습니다. 스페인 식민 시절부터 미국 통치까지 긴 세월 탄압을 받은 무슬림은 자기들 보금자리를 투쟁을 통해 찾아야 한다는 오랜 생각을 그때부터 본격적으로 행동에 옮겼습니다.

1960년대부터 무슬림 해방운동이 본격적으로 이어졌습니다. 1970년대 초에는 필리핀대학교 정치학 강사 출신인 미주아리(Nur Mizuari)가 모로민족해방전선(Moro National Liberation Front, MNLF)을 결성했습니다. 당시 대통령이었던 마르코스의 독재정치를 두고 무장 투쟁을 시작한 겁니다. 이런 무장 투쟁은 금세 내전으로 확대가 되었고 급기야 MNLF는 무슬림 자치지구 수립을 요구했습니다. MNLF와 정부가 처음 평화적으로 협상을 시도한 건 1976년 12월이었습니다. 하지만 무슬림 자치지구 설정이 좌절되자 MNLF는 정부를 불신하게 되었고 무장 투쟁을 다시 시작했습니다. 게다가 미주아리의 지도력에 불만을 품은 일부 강성세력들은 협상 결과에 불복했어요. 핵심 지도자였던 하심 살라맛(Hashim Salamat)은 모로이슬람해방전선(Moro Islamic Liberation Front, MILF)이라는 독자적인 조직을 결성했는데 나중에는 MNLF 세력이 거의 소멸하고 MILF가 무슬림 해방운동의 새로운 축으로 부상해서 무장 투쟁을 이어가게 됩니다.

2001년에 정전 협정이 체결되었지만 2003년에 다시 큰 무력 충돌이 일어납니다. 게다가 이 MILF 중에서도 소수 무슬림 반군 세력인 아부 샤아프(Abu Sayyaf) 등이 나와서 정부를 상대로 무장 투쟁은 물론이고 테러까지 감행합니다. 2012년 10월이 되어서야 MILF와 정부는 방사모로Bangsamoro 평화협정을 맺을 수 있었고 그 이후로 분쟁은 소강 상태에 접어들었습니다.

무나이군은 지리적으로 정통 무슬림 강성 세력이 많은 라나오 델 수르 주에 인접한 라나오 델 노르테 주에 속해 있습니다. 이 지역은 산골 오지 마을이 많은 데다가 MILF가 독자적인 세력을 구축하고 있고 외부인이 들어가면 납치당한다는 인식이 강했습니다. 그래서 민다나오 크리스천들은 무나이에 간다고 하면 고개를 절래절래 흔들며 접근할 생각도 안 하는 곳이 되었습니다.

라나오 델 수르에 들어갈 때와 마찬가지로 무나이를 방문하는 과정도 정말 만만치 않았습니다. 일리간을 지나서 무나이 군청으로 들어가는데 필리핀 경찰과 군대 초소가 매 1킬로미터마다 있었습니다. 정부군 관할 지역을 벗어나 MILF 지역에 도착하면 보초를 서는 MILF 군인에게 다시 진입 허가를 받고, 지역 관계자에게 신고를 하였습니다. 이렇게 수많은 검문소를 지나야 겨우 마을로 들어갈 수 있었습니다. 마을로 가는 길은 돌투성이에다 비가 오면 진흙탕이 되어서 사륜구동도 진입하기가 어려운 상황이었습니다. 이토록 접근하기 어려웠기 때문에 외국 NGO도 이 지역에는 자금만 지원하고 직접 관리하지 않아서 공사가 몇 년씩 지연되는 경우가 많았습니다. 나중에 안 사실이긴 하지만 정기적으로 직접 방문하여 모니터링을 하고 단기간에 완공한 경우는 JTS가 처음이라고 하였습니다.

20 도동 반도호

방문하기 어려운 지역인 라나오 델 노르테, 라나오 델 수르 주의 JTS 자원봉사자로 활동해줄 수 있겠냐고 제안한 적이 있습니다. 그때 도동 반도호 씨는 본인이 은퇴하면 꼭 그렇게 하겠다고 대답해주었습니다.

처음 무나이 군청 소속 코디네이터 도동 반도호(Dodong F. Bandojo) 씨를 만나서 학교 건축에 대한 협력이 필요하다고 했을 때, 본인이 발 벗고 나서서 도와주겠다고 했습니다. 이분은 크리스천이지만 어머니가 무슬림이어서 마라나오어에 능통하고 무슬림 문화를 잘 이해하고 있어 마을에서 신뢰하는 인물이었습니다. JTS가 마을을 답사할 때면 항상 동행하여 적극적으로 지원해줬습니다. 라나오 델 노르테 관련 이야기를 할 때는 도동 반도호 씨랑 이야기를 많이 했습니다. 특히 마을에 안전 문제가 생겨 들어가기 힘들 때는 그런 상황들을 JTS에 알려주는 메신저 역할을 해주신 분입니다.

탐파란Tamparann 지역 학교 건축을 할 때였습니다. 탐파란은 민다나오 북부 지역 전체 MILF 코만도 브라보Bravo의 본거지가 있는 곳

2023년 무나이 군청 앞에서 JTS 활동가와 함께한 도동 반도호(왼쪽에서 일곱 번째)

이기도 하고 내전으로 인해 터전을 잃은 사람들이 모여서 새롭게 만들어진 마을이었습니다. 학교를 지원해달라고 MILF 쪽에서 도동 반도호 씨를 통해 요청해왔습니다. 우리가 갈 때마다 코만도 브라보의 오른팔 격인 코만도 탑사이더가 우리를 호위해서 방문하곤 했습니다. 도동 반도호 씨는 계속 코만도 브라보를 만나보라고 제안했는데, JTS 이념에 맞는 학교 건축 외에 다른 요청을 할 가능성이 많아서 그동안 만남을 피했습니다.

그러다 최근에 무나이를 다시 방문했을 때, 코만도 브라보와 만남이 성사되었습니다. 코만도 브라보가 자기를 아느냐 물어봅니다. 안다고 했더니 TV 뉴스를 보고 아느냐고 되물었어요. 나는 TV가 아니라 도동 반도호 씨를 통해 그간 이야기를 많이 들었는데 타이밍이 안 맞아 못 만났었다고 이야기를 하면서 당신 부하인 코만도 탑사이더가 많이 도와줘서 활동을 잘 했다고 했습니다.

지금도 도동 반도호 씨와는 아주 좋은 관계로 잘 지내고 있습니다. 우리가 방문하기 어려운 지역인 라나오 델 노르테주, 라나오 델 수르주의 JTS 자원봉사자로 활동해줄 수 있겠냐고 예전에 제안한 적이 있습니다. 그때 도동 반도호 씨는 본인이 은퇴하면 꼭 그렇게 하겠다고 했습니다. 2023년에 무나이를 방문했을 때 집으로 초대해 음식을 대접해주기도 하고 지금은 은퇴하여 이제는 JTS 봉사자라고 하며, 항상 우리를 만날 때면 JTS 조끼를 입고 나옵니다. JTS 일을 부탁하면 어떤 환경에서도 도와주려고 노력하는 라나오 델 노르테에서 없어서는 안 될 자원활동가입니다.

21   협의

이 건물은 처음 목적이 마드라사였기 때문에 건물 재건을 해도 마드라
사로만 써야 한다는 것이었습니다. 이미 그 건물은 형체도 보기 어려울
정도로 부서졌고 거의 새로 짓는 수준인데도 그 입장을 고수하는 술탄
을 이해하기 어려웠습니다.

무나이군에서 가장 먼저 방문한 마을이 마탐파이Matampay였습니다.
이곳은 오래전에 아랍에미리트에서 지원한 무슬림 전용 교육기관인
마드라사Madrasah 건물에서 학생들이 아랍어와 코란을 수업하고 있
었습니다. 그러나 이 건물은 정부군과 MILF 간의 내전에서 포격으
로 인해 지붕과 벽이 대부분 파손된 상태였고 잔해가 여기저기 흩
어져 있었습니다. 말이 재건이지 건물 기둥만 일부 남아있어 새로 짓
는 것과 다름이 없는 상태였습니다.

처음에는 무슬림 마을 리더 격인 술탄 디마시(Dimasi Condalo)와 마
을 사람들을 만나서 학교 재건에 대해서 이야기 하였습니다. 술탄은
아이들을 위한 학교가 필요하다며 적극적으로 학교 건축하는 데 참
여하겠다고 하였습니다. 학교 건축을 긍정적으로 생각하면서 학교

사용 용도에 대해서는 공립학교로 사용하는 것에 대해서 부정적이었습니다. 이런 입장이라 결정하지 못하고 두 번째 만남을 기약하며 돌아왔습니다.

두 번째 만남에서는 우리는 공립학교가 아니면 건축이 어렵다는 입장을 분명하게 전달했습니다. JTS는 문맹퇴치가 목적이지 무슬림 종교시설을 지원하는 것이 아니기 때문입니다. 그리고 그쪽은 학교가 필요한 입장이기 때문에 당시에는 우리 조건을 쉽게 들어줄 것이라 생각도 했습니다. 그러나 술탄은 아주 단호하게 학교가 새로 지어지면 마드라사로만 써야 한다고 주장했습니다. 왜냐하면 이 건물은 처음 목적이 마드라사였기 때문에 건물 재건을 해도 마드라사로만 써야 한다는 것이었습니다.

이미 그 건물은 형체도 보기 어려울 정도로 부서졌고 거의 새로 짓는 수준인데도 그 입장을 고수하는 술탄을 이해하기 어려웠습니다. 이런저런 이야기를 하며 아무리 설득해봐도 술탄은 무조건 마드라사로 써야 한다며 무엇보다 종교를 우선시하는 집념이 아주 단호했습니다. 그래서 학교를 안 지어도 되느냐고 하니 또 그건 아니라고 합니다. 이렇게 JTS와 술탄의 입장 차이가 전혀 좁혀지지 않고 평행선을 달렸습니다.

장시간 논의를 해도 결론을 내리기는 어려워 다음 만남에는 술탄뿐 아니라 마을에 있는 핵심 종교지도자들도 다 모여서 같이 논의하자고 마무리하고 돌아왔습니다. 이 부분에 대한 서로의 입장 차이가 전혀 좁혀지지 않으니 두 번째 만남과 같은 방법으로는 전혀 합

무나이군은
2000년과 2003년,
2008년에
정부군과 MILF 간의
큰 전쟁으로
피해를 많이 입었다.
내전 때 포격으로
부서진 마드라사 건물

의점을 찾기 어려울 것 같았습니다. 이 문제를 어떻게 해결할까 나름
대로 많이 생각하고 연구를 하였습니다. 그러다 문득 '이 사람들이
중요하게 생각하는 마드라사 교육을 인정해주자' 하는 생각이 들었
습니다. 그때부터는 저도 이전과 완전히 다른 전략을 세워 접근했습
니다.

　세 번째 협의를 할 때, 술탄과 마을 종교지도자, 마을 사람들이
모인 자리에서 우리는 마을 사람들이 아라빅 언어 공부와 종교 율
법 공부를 중시하는 것을 충분히 이해하고 동의를 한다고 먼저 이
야기를 꺼냈습니다. 그러면서 JTS가 학교를 짓는 목적과 이념에 대
해 설명하였습니다. JTS는 빈곤퇴치, 문맹퇴치, 질병퇴치가 설립 목표
이고 우리는 사람이 살아가는 데 아주 기초적인 권리, 최소한의 조
건을 누리며 살아야 하지만 그런 기본적인 권리도 보장받지 못하는

학교 건축을 위해
술탄(앞줄 왼쪽)과
MOA를 맺었다.
(2007)

사람들을 지원하는 단체라고 말입니다. 그래서 우리는 아이들이 기본적으로 글을 읽고 쓰고 간단한 셈을 할 수 있어야 세상과 동떨어지지 않고 사회 구성원으로서 기본 역할을 할 수 있다고 생각하기에 문맹퇴치를 위한 기초 학교 건축을 우선적으로 지원하고 있다고 설명했습니다.

그러면서 교육이라는 것이 무엇인지 다 함께 다시 한번 생각을 해봤으면 좋겠다고 했습니다. 앞으로 이 마을에서 자란 아이들이 훌륭한 종교지도자가 되기 위해서라도 기초적인 초등교육을 받아야 하고, 글을 깨쳐야 하고, 그래야 상급학교에 진학할 수 있고 나아가서 사회 구성원으로 역할을 하고 영향력 있는 무슬림 종교지도자도 될 수 있다고 생각한다고요. 그렇게 이 건물이 공립학교로 사용하는 것이 종교적인 신념을 저버리는 것이 아니라 향후 20년을 내다봤을 때, 결국 무슬림 문화를 더욱 잘 지켜나가고 잘 알릴 수 있는 그 시작이라고 설명했습니다. 더불어 평일에는 정규 학교로 운영하고 주말에는 마드라사로 운영을 하면 어떻겠냐고 제안했습니다. 그때까지 묵묵히 듣고 있던 종교지도자 몇 명이 고개를 끄덕이기 시작했습니다. 그 이후로는 서로 마음을 더 열고 이야기하게 되었고 어렵게 술탄과 마을 종교지도자들의 공립학교 건축에 대한 동의를 얻어 마탐파이 학교 건축도 순조롭게 진행할 수 있었습니다.

22   군대가 주둔한 학교

교육청을 방문해서 교육감을 만나 정부군의 퇴거를 간곡히 요청했습니다. 그러나 교육감의 답변은 정말 의외였습니다. 군대가 우리를 지켜주니 좋은 것이 아니냐고 했을 때, 정말 황당했습니다.

마탐파이 학교는 짓기 전까지 논의가 가장 어려워 우려가 많았습니다. 학교 짓기 전에 협의가 잘 되어도 공사 중간에 온갖 이유로 겪는 일이 많은데 학교를 짓기 전부터 순탄치가 않으니 앞으로 얼마나 더 많은 어려움이 있을까 걱정부터 드는 겁니다. 그러나 우려했던 것과 달리 막상 공사를 시작하고 나니 술탄을 중심으로 마을 사람들이 똘똘 뭉쳐서 학교 건축에 적극적으로 참여하고 단기간에 학교 건축을 끝낼 수 있도록 지원해서 놀랐습니다.

지방자치단체에서 임시 교사도 파견되고 정규 수업도 이루어지고 안정적으로 수업이 이루어졌습니다. 마을은 평화로운 듯했습니다. 그러나 1년 뒤, 정부군과 MILF 간의 대규모 내전이 일어나 이 일대 주민 전체가 대피해야 했습니다. 나중에 사태가 진정된 후 주민

2008년 내전 당시
학교 건물 앞에
설치된 포대는
방사모로 평화협정이
체결된 후
2012년이 되어서야
철수했다.

들이 마을로 돌아왔지만 정부군은 떠나지 않았습니다. 그들은 학교
가 MILF 본거지를 포격하기 좋은 위치여서 학교 건물을 주둔지로
사용하고 건물 앞에 커다란 견인포를 설치했습니다.

주민들과 교사들은 이러한 사태에 대해 정부군에게 항의했습니
다. 정부 정책에 따르면 군대는 학교에 주둔하지 못하게 되어 있거든
요. 그러나 정부군은 이 건물이 정규 학교가 아니니 괜찮다고 주장
하며 팽팽한 의견 대립이 있었습니다. 마탐파이 학교는 임시 교사로
운영 중이었고 정규 학교로 등록되지 않은 상태였기 때문이었습니
다. 그래서 저는 도동과 함께 뚜봇Tubot에 위치한 라나오 델 노르테
주 교육청을 방문해서 교육감을 만나 정부군의 퇴거를 간곡히 요청
했습니다. 그러나 교육감의 답변은 정말 의외였습니다. 본인들이 이
상황에서 할 수 있는 것이 없다는 겁니다. 오히려 군대가 우리를 지

켜주니 좋은 것이 아니냐고 했을 때, 정말 황당했습니다. 아이들의 교육을 책임져야 할 교육감이 정규 학교가 아니라고 해서 학교에 군대가 들어와서 아이들이 수업을 못하는데도 군대가 주둔해서 안전하지 않냐고 물어보는 것이 정말 이상했습니다. 기본적인 안전을 보장받지 못하니 군대가 주둔하고 있어도 아이들을 위해 학교를 되찾겠다는 생각보다는 그편이 오히려 좋다고 느끼는구나 하는 생각이 들어 안타까웠습니다.

그렇다고 학교를 포기할 수 없었습니다. 다방면으로 군대가 학교에서 나갈 수 있는 방법을 알아보았으나 쉽지 않았습니다. 교육청과 군청을 수차례 방문해서 간곡히 요청했지만 만날 때는 어떻게 해보겠다 하다가도 돌아서면 안 되기를 반복했습니다. 결국 방사모로 평화협정이 체결된 후 2012년이 되어서야 군대가 철수했습니다. 교육청으로부터 정규 학교 인가도 받을 수 있었습니다. 이렇게 사연이 많은 마탐파이 학교는 최근까지도 운영에 어려움을 겪다 현재는 안정적으로 운영되고 있습니다.

23   까뮬론

일을 하는 과정에서도 애로 사항이나 어려움을 호소하면 내용을 들어
보고 결정을 내려서 본인이 할 수 있는 일과 할 수 없는 일을 구분해서
이야기해주는 유일한 사람이었습니다.

무슬림의 리더십하면 무나이군 핀둘루난 바랑가이 캡틴 까뮬론
(Camulon C. Hj Adatu)이 떠오릅니다. 까뮬론은 제가 JTS 활동을 한 지난
20년 중에서 가장 인상 깊은 리더십을 발휘했던 분 가운데 한 분입
니다. 까뮬론은 JTS 활동에 대해서 굉장히 호의적이었는데 항상 군
청 있는 데까지 내려와서 우리를 데리고 마을까지 갔다가, 내려올
때도 함께 군청까지 호위해줬습니다. 무나이 군청에서 핀둘루난까지
는 18킬로미터나 됩니다. 길이 멀고 험한데도 우리들의 안전을 위해
서 그 정도 수고를 마다하지 않았습니다.

　일을 하는 과정에서도 애로 사항이나 어려움을 호소하면 내용을
들어보고 결정을 내려서 본인이 할 수 있는 일과 할 수 없는 일을 구
분해서 이야기해주는 유일한 사람이었습니다. 대개는 알겠다고 하고

무슬림의 리더십을 보여준
핀둘루난 바랑가이 캡틴 까뮬론

안 하는 경우가 많은데, 까뮬론은 자기가 결정할 수 없는 일은 마을 사람들과 의논해서 알려주겠다 하는 식으로 우리가 일하기 편하도록 배려해주었습니다. 지금까지 20년 동안 JTS 활동을 하면서 이런 식으로 일을 같이해준 사람은 이분이 유일합니다.

마룬둑Marundug 마을 술탄도 기억에 남습니다. 마룬둑을 방문할 때만 해도 크게 사업을 진행할 생각은 없었습니다. 앞서 방문한 마을 두 곳에 학교를 건축하기로 이미 결정이 된 상태였기 때문입니다. 마을 사람들이 JTS가 뭔지도 잘 모를 때였습니다. 그런데도 그 마을 술탄은 JTS가 온다는 소식에 유아원을 지을 부지를 정비해놓고 기다리고 있었습니다.

도착한 우리를 보고 이곳에다 유아원을 지어달라고 하는 겁니다. 여러 곳을 다녀봤지만 마을 리더가 부지를 정비하고 기다린 경우는 보지 못했습니다. 술탄의 그런 정성에 감동해서 처음 계획에는 없던 유아원 건축 사업도 시작했습니다.

술탄은 연세가 아주 많았는데도 항상 공사 현장에 나와서 마을 사람들을 지도하였습니다. 그리고 본인이 할 수 있는 역할에 최선을 다했습니다. 이에 감동받은 사람들도 헌신적으로 유아원을 건축하였고 순조롭게 공사가 마무리 되었습니다. 최근 방문하였을 때, 술탄은 이미 돌아가시고 없었지만 그분의 딸이 오래된 건물을 깨끗하게 잘 유지하고 관리하며 아버지의 뜻을 받들어 유아원을 잘 운영하는 모습을 봤습니다. 지어진 지 오래된 학교를 다시 방문했을 때 깨끗하게 유지하는 곳은 잘 없거든요. 리더의 역할이 얼마나 중요한지 이런 곳을 보면 새삼 느낍니다.

24 단테

침을 맞는 모습이 생소하기도 하고 두려워서 다들 치료받기를 꺼려했습니다. 그런 모습을 보고 단테 땅깔 군수는 본인이 먼저 솔선수범해서 치료를 받겠다며 나섰습니다.

술탄들의 리더십도 인상 깊었지만 라나오 델 노르테 지역은 땅깔 군수의 리더십이 가장 크게 남아있습니다. JTS가 무나이군의 네 개 마을에 학교를 지원했더니 인접한 땅깔군의 단테Dante 군수도 요청을 해왔습니다. 그는 무나이군 핀둘루난 출신입니다. 그리고 MNLF 코만도 출신으로 내전으로 황폐화된 땅깔군을 재건하는 데 아주 헌신적이었습니다.

"땅깔 지역도 이전에 내전을 심하게 겪었지만 JTS가 방문한 사실만으로도 이곳이 더 이상 위험하지 않다는 걸 증명합니다. 그래서 JTS가 이곳에 온 의미가 큽니다. 열여덟 개 바랑가이 중 네 개 바랑가이에만 학교가 있습니다. 이곳은 아직도 정부 지원에서 차별받고 있어요. 주민들과 마찬가지로 저도 변화와 교류, 그리고 발전을 원합

단테 전 군수를
찾아가 당시의
긴박했던 상황을
회고했다.
(2023)

니다. JTS에서 학교를 지원한다면 주민들이 자원봉사로 참여할 것이고 저도 자재라도 나르겠습니다."

이러한 그의 의지에 JTS는 땅깔군에 학교를 지원하기로 결정했습니다. 2007년 7월에 학교 건축 후보지를 답사할 때입니다. 평화협정 이후 비교적 안전해졌다고 하지만 아직까지도 치안이 좋지 않아 단테 군수가 우리와 동행했습니다. 단테 군수는 완전군장을 하고 총을 메고 맨 앞에 서서 자기를 따르라고 했습니다. 일행 중 이종섭 활동가도 대한민국 육군공수특전사 장교 출신이라 총을 들고 함께했습니다. 나는 단테 군수에게 물었습니다.

"군인들이 많은데 왜 본인이 직접 완전군장을 하나요?"

"MNLF 코만도 출신이라 내가 아직 건장하다는 모습을 보여줘야 부하들이 저를 진정한 리더라고 생각합니다."

산을 약 300미터쯤 올라가니 길 양옆 숲에서 약 100미터 간격으

로 숨어서 보초를 서는 군인들이 불쑥불쑥 튀어나와 경례를 하고 숲으로 숨었습니다. 그때마다 뒤를 따르는 우리 일행은 머리끝이 쭈뼛쭈뼛할 정도로 놀랐습니다.

이후 땅깔군에 학교 건축 사업을 할 때 단테 군수는 헌신적으로 지원하였습니다. KOMSTA(Korean Medicine Service Team Abroad)라는 한방 의료봉사팀이 왔을 때도 그랬습니다. 다섯 명의 한의사가 한약도 가져오고 침을 놓아주면서 인기가 엄청 좋았습니다. 그러나 처음부터 그랬던 건 아닙니다. 주민들은 침을 맞는 모습이 생소하기도 하고 두려워서 다들 치료받기를 꺼려했습니다. 그런 모습을 보고 단테 군수는 본인이 먼저 솔선수범해서 치료를 받겠다며 나섰고 그 모습을 보고 그제야 한두 명씩 줄을 서서 침 치료를 받았습니다.

25 서니보이와 앨리스

서니보이는 어느 날 까나안 마을을 습격하여 마을 목사의 딸이자 선교
사인 앨리스를 납치하였습니다. 그런데 납치하고 보니 그녀는 그가 며칠
전 꿈속에서 만난 여인이었습니다.

까나안Canaan 마을은 행정구역은 라나오 델 노르테의 붐바란Bumbaran
군에 속하고 생활권은 부키드논의 딸라각Talakag군에 속해 있었습니
다. 토착 무슬림 세력과 이주한 크리스천 세력 간의 분쟁이 심한 마
을이었습니다. 그러나 마을은 서니보이(Sunyboy Pondi)가 리더로 부임하
며 새로운 국면을 맞이하게 되었습니다. 이곳에는 서니보이와 그의
부인 앨리스의 영화 같은 이야기가 유명합니다.

원래 서니보이는 붐바란군의 MILF 코만도였습니다. 정부군 30여
명을 암살한 강성 무슬림이었습니다. 그는 어느 날 까나안 마을을
습격하여 마을 목사의 딸이자 선교사인 앨리스를 납치하였습니다.
그런데 납치하고 보니 그녀는 그가 며칠 전 꿈속에서 만난 여인이었
습니다. 그는 앨리스에게 첫눈에 반했고, 친인척 20여 명을 완전무

서니보이와 앨리스 부부 (2004)

2023년에 서니보이(가운데)와 앨리스(오른쪽)
부부를 다시 만나 당시를 회고했다.

장한 채로 대동하고는 그녀의 부모에게 결혼 승낙을 요청했습니다.
동네 사람들은 서니보이와 앨리스를 결혼시키라고 앨리스 부모에게
호소했고요. 거절하면 그들이 마을 사람들에게 보복을 할까봐 두려
웠던 겁니다. 앨리스 부모님도 어쩔 수 없이 두 사람의 결혼을 승낙
할 수밖에 없었죠.

　독실한 개신교 선교사와 이슬람 반군 사령관. 전혀 어울릴 것 같
지 않은 두 사람이 만난 것입니다. 서니보이는 앨리스와 결혼한 뒤,
이전과는 완전히 다른 삶을 살기 시작했습니다. 먼저 MILF 코만도
로서의 역할을 그만두고 정부군에 투항하였고, 까나안 마을의 새로
운 리더가 되었습니다. 크리스천이 주류인 이 지역에서 유일한 무슬
림 지도자였습니다. 이후 무슬림들이 크리스천에게 불만이 있고 분
쟁이 발생할 조짐이 보이면 서니보이는 무슬림과 소통해서 중재를
했습니다. 그는 MILF 코만도를 그만뒀지만 무슬림 내에서는 여전히
존경받는 인물이었습니다.

　서니보이를 만나게 된 건 그 마을 아래에 있는 티가손Tiga-ason 마

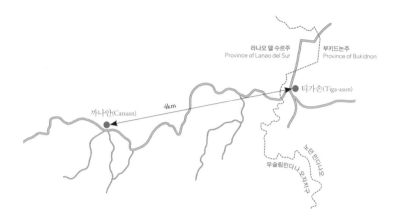

을에서 학교 건축을 할 때였습니다. 티가손 마을 사람이 서니보이에게 JTS가 우리 마을에 학교를 지어준다고 자랑을 했나봅니다. 이후 서니보이는 JTS에 까나안에도 학교가 필요하다며 까나안을 방문해줄 것을 요청했습니다. 서니보이는 아주 무더운 날씨에도 가죽잠바를 입고 있었습니다. 나중에야 눈치 챘는데 가죽잠바 속에 권총을 넣고 다니는데 자기 마을에 외국 사람들이 왔기 때문에 혹시 발생할 안전 문제에 대해서 경계하고 있었던 겁니다. 그는 말수가 전혀 없고 굉장히 무표정한 사람이었습니다. 그런데 법륜 스님과 함께 몇 번 가서 인사를 나눈 뒤부터는 마을을 방문했을 때 환하게 웃으면서 심지어 안아주기까지 했습니다. 서니보이는 대부분 말을 하지 않고 부인인 앨리스가 이야기를 주도했는데 여러 번 만난 뒤부터는 표정도 조금씩 밝아지고 질문을 하면 한마디씩 대답도 해주었습니다. 무시무시한 MILF 코만도 출신이라는 소문과는 다르게 아주 친절하

마을 리더
서니보이(오른쪽)와
학교 건축에 대해
회의
(2004)

고 겸손했습니다. 게다가 마을의 평화, 발전에 대해서 지대한 관심을
가지고 있었습니다.

까나안에서 티가손까지는 11킬로미터(직선거리 4킬로미터) 정도 되다
보니 어린 아이들이 걸어서 다니기는 어려웠습니다. 또 다른 이유는
티가손은 가톨릭이고 까나안은 분쟁이 많은 무슬림 지역이라 티가
손 학생과 선생님들은 까나안 학생들을 반가워 하지 않았습니다. 이
에 우리는 까나안 마을에 학교를 건축하기로 결정하고 건축을 시작
하였습니다. 이곳도 오래전부터 무슬림이 정착하여 살고 있던 땅에
크리스천이 이주해오면서 땅문제로 서로 분쟁이 있었습니다. 서니보
이가 마을 리더가 된 후로 서로 분쟁이 발생하지는 않았지만 서로
냉담하였습니다. 그러다 JTS의 학교 건축 프로젝트가 시작되었고 서
니보이는 리더십을 발휘하여 마을 사람들에게 서로 화합하여 적극
적으로 공사에 참여하도록 독려하였죠. 마을까지 차가 갈 수 없어

무거운 시멘트, 철근 등은 조랑말을 이용해 나르고 얇은 철근은 손으로 직접 나르기도 하였습니다. 어린아이들과 노인들도 역할을 하면서 다 함께 건축에 참여하였습니다. 교실 3칸을 계획해서 공사를 시작했는데 마을 사람들이 마음을 모아 건축비를 절약하여 3칸 지을 비용으로 교실 4칸을 건축했습니다. 학교 건축을 통해서 마을 사람들은 무슬림, 크리스천 할 것 없이 하나가 되어서 공사에 참여하였고 건축에 참여하기 어려운 부녀자들은 학교 주변 정원을 가꾸는 등 다 같이 열심히 하였습니다.

더욱 놀라운 건 이곳에 학교가 운영되면서 주위에 떨어져서 지내던 사람들이 마을 인근으로 모이기 시작하면서 마을이 굉장히 커졌다는 점입니다. 학생수가 늘어나 주가 증축을 해달라는 이야기도 나왔습니다. 서니보이와 앨리스가 마을을 잘 운영해서 단결이 잘 되던 때라 건물도 잘 지어졌습니다. 학교 가는 길에 늪지대 같은 곳이 있어 비가 오면 아이들이 학교 가기 힘드니 다리를 놓아 달라고 해서 나무 구름다리를 놓기도 했습니다.

어릴 때부터 무슬림, 크리스천이 다 함께 같은 학교에서 배우며 교류하자 마을은 한층 더 평화로워졌습니다. 이후에 한국과 필리핀 대학생들이 평화캠프를 와서 마을 주민들과 함께 마을 발전에 필요한 시설들을 지원하였습니다. 무엇보다도 문화 교류의 장을 열었는데 거기서 이슬람, 기독교, 불교 세 가지 형식으로 함께 기도를 드리는 모습은 종교 분쟁으로 신음하는 민다나오 섬의 작은 기적이었습니다.

26   구두

까나안의 경우는 아예 학교가 없던 곳에 단독으로 학교를 지어주고 거기서 처음으로 졸업생이 나오는 것이니 최초의 JTS학교 출신 졸업생이라는 데 큰 의미가 있었습니다.

마을에 평화가 찾아오니 마을로 유입되는 인구가 점점 늘었습니다. 처음에 우리가 지어준 교실이 부족하다고 해서 추가로 교실을 지었는데 후에 JTS가 지어준 학교 최초로 정규 학교로 승격되기도 하였습니다. 2010년 3월, 까나안 초등학교에서 첫 번째 졸업식이 열렸습니다. 이전까지 우리가 지어준 학교는 기존에 학교가 있는 상태에서 새로운 건물을 짓는 경우가 대부분이었는데 까나안의 경우는 아예 학교가 없던 곳에 단독으로 학교를 지었고 거기서 처음으로 졸업생이 나오는 것이니 최초의 JTS학교 출신 졸업생이라는 데 큰 의미가 있었습니다.

저는 졸업생들에게 기념이 될만한 선물을 해주고 싶었습니다. 까나안 초등학교는 마을에서 처음 생긴 학교이기 때문에 어린아이들뿐만 아니라 그 전까지 글을 배우지 못한 청년들도 다녔어요. 그래서 한 학급 내에서도 나이가 다양했습니다. 그중에서도 가장 나이가 많은 졸업생은 스물두 살이었죠. 이들을 위한 적절한 선물이 뭘까 고민을 하다가 구두를 한 켤레씩 사주면 좋겠다 싶었습니다.

졸업한 학생들이 타 지역에 나가서 일을 하거나, 중요한 자리가 있을 때 격식을 갖춰 신을 수 있는 신발이 있으면 좋겠다 싶어 이야기를 해보니 반응이 가히 폭발적이었어요. 마을 사람들은 구두는 고사하고 운동화도 한 켤레 제대로 가져본 적이 없기 때문에 구두를 갖는다는 것은 상상도 못한 일이었죠. 구두를 사려면 발 크기를 재야 하는데 사람들 발을 보니 일반 사람들 발과 다르게 발 볼이 넓어요. 그래서 샘플 구두를 몇 개 가져가서 사람들을 신겨보는데 다 안 맞았습니다. 그래서 아이디어를 낸 게 종이에다가 발을 대고 따라 그려서 그걸 가지고 주문 제작을 했습니다. 그런데도 발등이 높아서 안 맞는 사람도 있었어요. 몇 번 왔다 갔다 교환하는 과정이 있었지만 결국 졸업생 모두에게 구두를 선물할 수 있었습니다. 문제는 구두를 신으려면 양말이 있어야 편하게 신을 수 있는데 평생 신발이라고는 조리밖에 없었으니 양말이 있을 리가 없죠. 그래서 나중에 양말도 함께 선물을 했습니다. 졸업생 아이들이 좋아한 것은 말할 것도 없고 주변 아이들도 무척 부러워했습니다.

27   분쟁

서니보이가 떠나자 붐바란 지역 무슬림들이 비옥한 까나안 땅 소유권을
다시 주장하면서 분쟁이 시작되었습니다. 강성 무슬림들이 무장을 하고
자주 출몰하니 주민 절반은 마을을 떠나는 상황이 되었습니다.

2012년에 서니보이와 앨리스 부부는 선교 활동을 하러 마을을 떠
났습니다. 서니보이가 떠나자 붐바란 지역 무슬림들이 비옥한 까나
안 땅 소유권을 다시 주장하면서 분쟁이 시작되었습니다. 붐바란 쪽
의 강성 무슬림들이 무장을 하고 자주 출몰하니 주민 절반은 마을
을 떠나는 상황이 되었습니다. 당연히 학생도 줄고 그러다 보니 선생
님들도 몇 남지 않게 되었습니다. 치안이 불안정하니까 이곳으로는
선생님들이 부임하기 두려워했습니다. 이런 내용들이 교육청에 보고
가 되었고 부키드논주 교육청에서는 교사를 철수시켰습니다. 결국
학교는 문을 닫을 수밖에 없었습니다.

이후 어느 정도 분쟁이 잦아들었지만 정규 학교는 운영되지 않았
고 교육청에서도 교사 파견을 거부했습니다. 마을 사람들은 마을 가

까이에 있는 바랑가이 캡틴에게 학교를 운영해달라고 요청했고, 바랑가이 캡틴은 JTS학교를 본인이 운영하는 사립학교에 편입해서 운영하기 시작했습니다.

저는 이 부분에 대해서 고민이 많았습니다. 왜냐하면 JTS는 공립학교 교육을 기본으로 하기 때문에 학교를 사유화해서 운영하는 것을 원칙적으로 허가할 수 없습니다. 그러나 이 지역의 경우 마냥 원칙으로만 접근한다면 아이들은 교육을 받을 수 없는 상황이었습니다. 마침 바랑가이 캡틴인 사립학교 이사장이 마닐라에 온다고 하여 만나서 학교 운영에 대해 얘기를 나눴습니다.

사람이 진솔하고 교육자다운 인상이었습니다. 사립학교 학비를 얼마나 받는지, 그리고 학교 운영 자금을 어디서 소날하는지 물었습니다. 바랑가이 캡틴의 대답은 학비는 아이들 가정 형편에 따라 받는다고 했고, 부족한 운영 자금은 교육부에서 지원을 조금 받기는 하지만 본인이 개인적으로 융통을 한다고 했습니다. 그러면서 자금 문제에 대해 자신을 도와줄 방법이 없겠냐고 저에게 역제안을 해왔습니다. 논의 끝에 저 역시 운영 자금 문제는 뾰족한 수가 없으니 고민해보겠다고 하면서 JTS의 까나안 초등학교를 사립학교로 운영하도록 허용했습니다.

학교 운영권을 넘기는 대신 아이들에게 배움의 길이 막히지 않게 해달라고 부탁을 했습니다. 많은 고심을 했지만 우리의 목표는 아이들이 제때에 배우는 것이기 때문에 학교를 누가 운영하는가 하는 문제는 부차적이라고 생각했습니다.

JTS의 도움으로 졸업한
첫 번째 졸업생입니다

펄린 알라드 카반리트 아보이
(Perlyn Alad-ad Cabanlit-Aboy)

까나안 초등학교 졸업생,
예술무역학교 교사

저는 까나안 초등학교를 졸업하고 현재는 마이고Maigo
예술무역학교 교사를 하고 있습니다. 제 삶은 결코
쉽지 않았습니다. 왜냐하면 나는 부유한 가정의 딸이
아니었기 때문입니다. 아버지는 농부였고, 어머니는
가정주부였습니다. 저는 오지 마을인 까나안에
살았습니다. 까나안에서 가장 가까운 학교는
8킬로미터 떨어져 있었습니다. 말을 타거나 하이킹을
해야 학교에 갈 수 있었어요. 마을의 많은 아이들이
학교를 그만두었습니다. 아이들이 먼 거리를 걸어가는
것을 부모들이 걱정했기 때문입니다. JTS 덕분에 저는
그 먼 거리를 걸어서 학교에 가지 않아도 되었습니다.
부모님은 아이들이 안전하게 학교에 다닐 수 있어
안심했습니다. 제가 바로 JTS의 도움을 받은 수혜자 중
한 명입니다. 학교 건물뿐만 아니라 교복, 교과서
그리고 필기구까지 모두 지원해주실 줄은 몰랐습니다.
이런 도움들이 제가 공부를 잘 하고, 또 끝마칠 수
있었던 계기였습니다. 저는 JTS의 도움으로 졸업한
첫 번째 졸업생입니다. 나뿐만 아니라 함께 공부한
친구들이 누리는 오늘날의 성공은 JTS의 기부와
도움 덕분입니다. 내가 이 자리에 있을 수 있는 것은
여러분의 친절함 덕분입니다. 우리 마을에 도움의
손길을 주셔서 고맙습니다. 여러분이 제 삶을
바꿔주신 것을 절대 잊지 못할 것입니다.

28   MILF

> 첫 게이트에 도착하니 군인들이 차창을 내리게 합니다. 심문하듯 던진 첫 마디가 "경호원을 몇 명 데려왔나?"였습니다. 우리는 경호원이 없다고 대답했습니다.

다물록Damulog군에서 학교 건축 사업을 한창하던 때였습니다. 어느 날은 총코(Romeo P. Tiongco) 군수와 함께 다물록군 사업 이야기를 하면서 앞으로 다물록 지역 아래쪽으로 위치한 노스코타바토주 등 무슬림 자치구에 평화 정착을 위해 사업을 할 계획이 있다고 했습니다. 그러니까 총코 군수는 그 지역을 지원하는 일이 정말 필요하다면서, MILF 사령 본부의 수석 부위원장으로 대정부 협상 총책 역할을 하는 가자리 자파르(Ghazali Jaafar)를 본인이 알고 있으니 한번 만나볼 생각이 없냐고 물어보는 겁니다. JTS 소개도 하면 코타바토 지역에 학교 건축 사업을 할 때 안전 문제 등도 보장받을 수 있을 거라고 추천을 했습니다. 그 인연으로 MILF 측과 만남이 성사되었습니다.

총코 군수의 추천도 있었지만 JTS가 앞으로 정부 지원이 열악한 무슬림 6개 자치주 중, 우선적으로 노스코타바토와 마긴다나오 지역에 학교를 짓기 위해서는 MILF 지도부에 JTS 활동을 알려야 할 필요가 있다고 생각했습니다. 우리가 남쪽의 무슬림 강성 지역으로 넘어갈 수 있는 교두보를 만들어갈 필요가 있었습니다. 그러자면 MILF 측의 이해와 협조가 절실했습니다.

약속된 날짜에 아침 일찍 다물록을 출발해 약 4시간 반 만에 MILF 행정본부 사무실에 도착했습니다. 총코 군수와 JTS 활동가 몇 사람과 함께였습니다. JTS센터에서 다물록까지 가려고 해도 차로 4시간 반쯤 걸리니까 센터에서 MILF 행정본부까지 9시간 정도 소요된 셈입니다. 첫 게이트에 도착하니 군인들이 차창을 내리게 합니다. 심문하듯 던진 첫 마디가 "경호원을 몇 명 데려왔나?"였습니다. 우리는 경호원이 없다고 했습니다. 세 번을 묻는데도 같은 대답을 하니 차에서 내리게 합니다. 군인들이 차 안팎을 샅샅이 살피고 출입자 명부와 방문 목적을 기록하고도 그곳에서 1시간 넘게 기다렸습니다.

겨우 출발 허가를 받고 차로 5분쯤 가서 두 번째 초소에 도착하니 "경호원을 몇 명 데려왔나?"고 물었습니다. 앞에서 세 번 물었고, 우리는 경호원이 없다고 대답했다고 말을 해도 이번에도 앞 초소에서와 똑같은 과정이 반복되었습니다. 그렇게 두 번째 초소에서 30분 정도 기다리고 있으니 차를 두고 따라 오라고 합니다. 그렇게 걸어서 한 200미터 정도 가니 조그마한 사무실이 있습니다. 앉아 있으라고 해서 그렇게 또 하염없이 기다렸습니다.

얼마나 지났을까, 자그마한 키에 연세가 조금 드신 분이 와서 총코 군수와 인사를 나누고는 무슨 일로 찾아왔느냐고 합니다. 총코 군수가 우리 일행과 JTS를 잠깐 소개하면서 인사를 나눴습니다. MILF 수석 부위원장은 주로 정부와 MILF 간의 갈등 해소를 하고 긴박히 풀어야 할 사안에 대해 대정부 협상을 하는 역할이라고 했습니다. 우리는 만들어간 JTS 홍보물을 보여주면서 2003년부터 민다나오 지역에서 문맹퇴치와 빈곤퇴치, 질병퇴치를 위해 활동하는 단체라고 설명을 했습니다.

　나중에 다시 방문할 기회가 있었는데 그때는 출입 절차가 처음 왔을 때보다는 간략해지고 전처럼 심하게 굴지는 않았습니다. JTS가 어떤 활동을 하는지 PPT로 설명을 하려고 하니 이제는 안 해도 된다고 합니다. 이미 자기들이 JTS가 어느 곳에서 뭘 하는지 다 알고 있다는 겁니다. 그러면서 하는 말이, 앞으로 무슬림 지역에서 어떤 일을 하고 싶으면 목적과 위치만 정확하게 이야기하라는 겁니다. 그러면 본인들이 군청 별로 코만도들의 조직이 다 연결되어 있으니 그쪽으로 지시를 내려 JTS가 일을 하는 데 지장이 없도록 하겠다는 이야기를 들었습니다.

29   긴장 속에서

"며칠 전 한국 뉴스에서 필리핀 특수경찰 43명을 잔인하게 살해한 사건
이 있었다고 소식을 전했는데 왜 사람을 형체를 알아볼 수 없게 그렇게
무지막지하게 죽인 것입니까?" 옆에서 듣던 저는 너무 놀라서 등골이 오
싹해졌습니다.

마닐라에서 코타바토 공항으로 갈 때 공항 청사에 들어가기 전에 경
찰이 필리핀인과 외국인을 분리시켰습니다. 코타바토 공항에 외국인
이 오는 경우가 드물고 대부분은 자국민 무슬림들이 이용하기 때문
에 무슨 일로 방문을 하는지 검문을 하는 것입니다. 당시에 같이 활
동하던 이규초 부대표와 많이 다녔고 한번은 법륜 스님과 JTS 박지
나 대표 등 일행을 모시고 갔던 적이 있습니다.

사전에 방문하기로 약속이 잡힌 일정이었는데 방문하기 일주일
전에 인도네시아 쪽 아부사얍의 조직책인 강성 무슬림 지도자가 필
리핀 코타바토 지역에 숨어들면서 특수경찰 43명이 사살된 사건이
벌어졌던 겁니다. 미국 정보국에서 필리핀 정부에 강성 아부샤얍 테
러조직 지도자가 인도네시아에서 코타바토 지역에 숨어들어갔다는

법륜 스님과 MILF 수석 부위원장의 대담. 법륜 스님의 거침없는 질문에 등골이 오싹했다. (2016)

정보를 줬는데 필리핀 정부에서 경찰 특수부대 43명을 보내서 그 지도자를 생포하려고 잠복을 했답니다. 그런데 MILF 측에서 눈치를 채고 그 특수부대를 전원 몰살시킨 큰 사건이었습니다. 엄청난 사건이 일어난 직후라 우리가 가도 되는지 총코 군수에게 먼저 물었습니다. 총코 군수는 원래 약속대로 와도 좋다고 했습니다.

법륜 스님과 우리 일행이 사무실에 도착해서 인사를 나누고 차를 마시는데, 법륜 스님이 MILF 수석 부위원장에게 단도직입적으로 질문을 한 가지 해도 되겠냐고 하셨습니다. 그가 좋다고 합니다. 법륜 스님께서 물었습니다.

"며칠 전 한국 뉴스에서 필리핀 특수경찰 43명을 잔인하게 살해한 사건이 있었다고 소식을 전했는데 왜 사람을 형체를 알아볼 수 없게 그렇게 무지막지하게 죽인 것입니까?"

옆에서 듣던 저는 너무 놀라서 등골이 오싹해졌습니다. 부위원장은 태연하게 대답했습니다. 자기들 지역에서 무장경찰이나 군인들이 작전이 필요할 때는 사전 협의를 해야 한다는 정부와의 협약이 있는데 그들이 이를 무시하고 아무 신고 없이 자기들 지역에 들어와 작전을 했다는 겁니다. 그러니 우리는 그들을 우리 단체를 해치는 외부 세력으로 생각하고 정당방위 차원에서 했다는 것입니다.

법륜 스님이 다시 물었습니다.

"그런데 왜 그렇게 형체를 알아볼 수 없을 정도로 확인 사살을 했습니까?"

그러니 부위원장 대답이 자신들이 일부러 그런 건 아니고 자기네

MILF 수석 부위원장
가자리 자파르(가운데)와
대담을 마치고.
(2016)

무기 성능이 너무 좋아서 그랬다는 식이었습니다. 자신들의 힘을 파시하는 목적이 있었습니다.

법륜 스님이 방사모로 평화협정(2012년 10월 15일에 필리핀 정부와 모로이슬람해방전선(MILF)이 기본 조약에 따른 자치구 설립에 합의)에 대해 언질하면서 이렇게 무지막지하게 사람을 죽이면 원만하게 협상이 되겠는가 우려가 되어서 질문한다고 부드럽게 말했습니다. 그러니 부위원장은 평화협정과 이 사건은 별개라고 대답했습니다.

30 타푸칸

남은 자재는 어디 있느냐 물었더니 담당자가 하는 말이 다른 곳에 잘 챙
겨놓았다고 합니다. 순간 '자재를 이미 다른 곳에 빼돌려서 썼거나 팔았
구나' 생각이 들었지만 면전에서 따져 물을 수도 없었습니다.

긴장의 연속이었지만 시간이 지나면서 MILF 수석 부위원장과의 관
계는 돈독해지고 있었습니다. 그렇지만 타푸칸Tapukan의 학교 건축
과정은 어느 곳보다 쉽게 풀리지 않았습니다. 지역 특성상 그쪽의
허가를 받아야만 방문을 할 수 있었기 때문에 JTS에서 건축 과정을
모니터링 하기가 너무 어려웠습니다. 문제가 생겨서 해결을 하려고
해도 쉽지 않았습니다.

2006년에 와오군의 무슬림 지역에서 학교를 지으면서 경험하고
학습한 것들이 있기 때문에 무슬림을 상대할 때는 조심하고 또 조
심해야 한다고 우리는 알고 있었습니다. 무슬림은 자신을 의심하면
엄청나게 반발한다는 걸 알고 있었기 때문에 활동가들에게도 누차
주지시켰습니다. 문제가 있으면 절대 그 자리에서 따지듯이 이야기

MILF 본거지에는
항상 무장한 군인들이
지키고 있었다.

하면 안 된다, 무슨 문제가 있다면 모두 나에게 먼저 이야기하라고 당부했습니다. 내가 방문할 때 가서 이야기를 하겠다고 말입니다.

그렇게 시작을 했지만 문제는 기초공사를 할 때부터 터졌습니다. 방문해서 보니 땅을 제대로 깊이 파지 않고 타이빔이 땅 밖으로 튀어 나와 있는 상태에서 공사를 진행시키고 있었습니다. 이것도 문제지만 그 모습을 본 순간 '아, 이대로는 전체 공사가 제대로 안 되겠다' 싶어서 여기서부터 바로잡아야 한다는 생각이 들었습니다. 경험으로 보면 기초를 제대로 하지 않는 현장은 다른 공정도 제대로 하지 않기 때문입니다. 워낙 JTS 쪽에서 모니터링을 하기 힘든 지역이라 그쪽에서 공사를 관리하도록 전권을 맡겼지만 현장을 보니 이대로 가서는 안 되겠다는 생각이 들었습니다.

공사 담당자에게 이런 공법은 처음 보는데 이렇게 하는 게 맞는지 물었습니다. 설계도와 다르다고 얘기했더니 자기들은 원래 그렇

타푸칸 초등학교
준공식 기념 행사
(2016)

게 한다는 대답이 돌아왔습니다. 이런 상황에서 우리 쪽에서 어떻게 해서든 더 챙겨야겠다고 활동가들과도 이야기를 했지만 현실적으로 무리가 많았습니다. 어찌어찌 건물이 올라가고 지붕을 덮기 전이었는데 현장에서 보니 지붕 트러스를 교실 한 칸에 두 개씩 빼먹은 상태로 진행하고 있었습니다. 너무 기가 찼습니다. 왜 설계도대로 하지 않느냐고 담당자에게 물었더니 그냥 그렇게 해도 될 것 같아서 뺐다고 합니다. JTS에서는 설계도대로 자재를 모두 공급했는데 그렇게 뺐다면 남은 자재가 많아야 하는데 자재는 어디에도 보이지 않았습니다. 남은 자재는 어디 있느냐 물었더니 담당자가 하는 말이 다른 곳에 잘 챙겨놓았다고 합니다. 순간 '자재를 이미 다른 곳에 빼돌려서 썼거나 팔았구나' 생각이 들었지만 면전에서 따져 물을 수도 없었습니다. 일단 지금 상황부터 정리하려고 남은 자재를 다시 가져와서 설계도대로 작업해달라고 지시했습니다. 그리고 MILF 부위원장에게도 찾아가 모르는 척 이야기를 했습니다. 설계도대로 건축 진행이 안 되고 있는데 이렇게 하면 건물에 문제가 생겨서 아이들의 안전이 위험할 것 같다고 호소했습니다. 현장에 같이 가볼 수 있겠냐 부탁을 하니 부위원장은 그럴 리가 없다고 약간 언짢아했지만 그래도 현장에 당장 가보자고 일어났습니다.

부위원장은 현장에 도착해서 상황을 보더니 담당자에게 노발대발하고 일을 그만두라며 그 자리에서 바로 잘라버렸습니다. 자기 눈에 안 보이도록 하라고 언성을 높이면서 다른 공사 담당자를 찾아 제대로 건축을 마무리하라고 현장 지시했습니다. 그 순간 좀 당황하기도 했는데 후에는 그런 것이 강성 MILF 조직이 보여주는 하나의 액션이구나 하는 생각도 들었습니다.

현장만 문제가 있는 것도 아니었습니다. 그들은 설계대로 안 따르고 공정을 빼먹는다면 우리 활동가는 현장에 와서 그것을 점검해줘야 하는데 그것도 제대로 되지 않았습니다. 백 번 이해를 해서 활동가 선에서 해결하기 쉽지 않겠지 싶었지만 그래도 공정 별로 무엇을 점검해야 하는지 파악해서 방문하라고 누차 강조하지만 되지 않는 상황을 보면 속이 타들어갔습니다. 답사 보고서를 보면 큰 문제는 없고 자잘한 내용만 있고, 현장에서 자재가 부족하다고 하면 추가 지원하는 것을 반복하는 상황이었습니다. 지금 돌이켜보면 그래도 마음을 내서 자원봉사한다고 멀리 민다나오까지 와서 고생을 하는데 나까지 나무란 것은 아직까지 미안한 마음이 많습니다.

공정 관리도 쉽지 않은데 중간에 담당자도 바뀌고 공사 진행은 너무나 늘어져서 이런 속도라면 준공식 날짜에 완성이 안 될 것 같았습니다. 속도는 둘째고 이렇게 진행하면 무엇보다 안전해야 할 학교 곳곳이 위험천만해 보였습니다. 그래서 고민을 하다가 JTS 현지 활동가인 미오에게 도와달라고 부탁을 했습니다. 언제나 흔쾌히 "예스"라고 말하는 친구인데 이번 일은 너무 위험하다고 못 가겠다는 겁니다. 이해는 되었지만 저로서도 다른 방도가 떠오르지를 않아 미오를 설득했습니다. "나도 가능하면 너를 보내고 싶지 않지만 공사를 잘 마무리할 사람이 너 외에는 떠오르지를 않아. 어떻게 하면 좋을까?" 결국 미오도 상황을 받아들여서 자기를 보좌할 사람을 한 명 붙여주면 가서 마무리를 해보겠다고 했습니다.

그렇게 미오가 현장에 가서 3주 이상 숙식을 하며 학교 건축이 마무리되었습니다. 건물은 마무리가 되었지만 운동장 평탄화 작업을 하지 못한 상태로 준공식을 치렀습니다. 그걸 보면서 준공식 내내 마음이 불편했던 기억이 납니다.

모니터링 하는 것도 그 어떤 곳보다 쉽지 않았던 어려움, 문제가 생겼을 때 활동가가 그런 상황을 제대로 보고해줬다면 내부적으로 다른 대책을 세웠을 텐데 하는 아쉬움, 무슬림 담당자의 심기를 거스르지 않기 위해 삼킨 말들, 이미 벌어질 대로 일이 벌어진 아찔한 상황에서 해결하려고 고심한 시간들이 머릿속에 지나갔습니다.

31   미카실리

원주민들 입장에서는 학교라는 게 어떤 그림인지 모릅니다. 그런 건물을 본 적도 이용해본 적도 없으니 머릿속에 아무 이미지가 없는 겁니다. 나무로 얽어 만든 엉성한 집 외에 어떤 튼튼한 건물을 짓는다는 개념 자체가 없었습니다.

민다나오에서 쓰린 기억만 있는 건 아닙니다. 다물록은 JTS활동을 하면서 가장 성공적인 사례이자 소중한 인연을 많이 만난 곳입니다. 처음 다물록과의 인연은 미카실리Micasili 학교를 지을 때였습니다. 사실 미카실리 학교는 송코에 있는 딸란딕 부족 다투 미키타이(Victorino Migketay Saway) 씨가 같은 부족은 아니지만 어렵게 생활하는 원주민을 도와주고 싶어 그 마을 다투 토토(Toto Lahunay) 씨를 소개해서 방문했습니다. 마을에서는 JTS에 학교를 지어달라고 요청했습니다.

2007년에 처음 찾아갔는데 키바웨Kiibawe에서 4륜구동으로 비포장도로를 1시간 30분 넘게 달려 파탁Patag에 위치한 플랑이 강가에 도착했습니다. 그때부터 산길과 플랑이 강변을 오르내리며 마을로 향했습니다. 미끄러지면 강에 빠질 수밖에 없는 길이라 뙤약볕 아래 수풀을 헤치면서 오르락 내리락 서둘러 걸어야 네 시간 만에 미카실리에 도착할 수 있었습니다. 오지 마을이 다 그렇긴 하지만 이곳은 가는 길이 너무 힘들어서 제가 답사하면서 그랬습니다. 어렵게 첫 방문을 했으니 이제 여기는 건축하고 준공식 할 때만 와야겠다고요. 말은 그렇게 했지만 건축이 진행되다 말다 하니까 열 번도 넘게 방문을 했습니다.

미카실리에 처음 갔을 때는 키바웨 지역인 줄 알았습니다. 다투토토가 자기 부족이 강 옆에서 어렵게 살고 있는데 학교를 좀 지어 달라고 딸란딕 부족장에게 요청했다고 해서 가보니 학교를 지을 만한 마을도 안 보이고 땅도 없어 보였습니다. 그런데 가만 보니 숲속에 숨어 있듯이 조그마한 집이 하나씩 있기는 했어요. 몇 가구나 있냐 물으니 46가구가 있다고 했습니다. 거기다 가까이에서 올 수 있는 집이 20가구쯤 더 있다고 합니다. 여하튼 학교를 지으려면 땅이 있어야 할 텐데 마을 다투가 얘기하는 곳은 건물을 앉힐 만한 공간이 아니었습니다. 둘러보니 언덕이 하나 있어서 올라가보니 강이 보이고 전망이 아주 좋았습니다. 토목공사를 잘하면 학교를 앉힐 수 있을 것 같았습니다. 그래서 거기 땅을 내줄 수 있느냐 하니 부족장이 좋다며 내줄 수 있다고 합니다. 그렇게 해서 학교를 짓기로 했습니다.

무슬림은 지도자가 있어서 인솔하는 사람을 따라 일 진척이 좋은 반면에 원주민 리더는 배우지 못한 탓인지 통솔력도 없고 큰일을 해본 경험도 없어 모든 면에서 행동이 어설펐습니다. 무슬림과 비교

뗏목을 만들어 풀랑이강을 따라 내려가는 JTS 활동가들 (2007)

뙤약볕 아래 수풀을 헤치면서 오르락 내리락 서둘러 걸어야 네 시간 만에 미카실리에 도착할 수
있었다. 법륜 스님과 함께 (2008)

해보면 단합이 잘 되지도 않고 일을 하려고 모여도 앉아서 내내 담배만 피우고 있는 거죠.

그도 당연한 것이 원주민들 입장에서는 학교라는 게 어떤 그림인지 모릅니다. 그런 건물을 본 적도 이용해본 적도 없으니 머릿속에 아무 이미지가 없는 겁니다. 나무로 엮어 만든 엉성한 집 외에 어떤 튼튼한 건물을 짓는다는 개념 자체가 없으니 본인들이 뭘 어떻게 해야 할지 모르는 것이 당연했습니다. 옆에서 아무리 설명을 해도 자기들에게는 와 닿지 않는 겁니다.

예를 들어 못을 박아서 세운다고 해도 그게 무슨 소리인지 알아듣지를 못하는 겁니다. 그래서 처음에는 기술이 없다 하니 목수만 대주면 일이 되겠다고 생각했는데 목수가 가도 일이 안 됩니다. 왜냐면 일이라는 게 손발이 맞아야 진행이 되는데 얘기해도 알아듣는 사람이 없고 도울 사람이 없으니 몇 번을 와 봐도 일은 제자리걸음입니다. 1년이 지날 때까지 매번 봐도 진척이 없어서 다투와 마을 사람들을 원망하기도 하고 학교 공사가 중단된 시점에서는 그냥 포기를 해야 하나 속으로 고민이 많았습니다.

그때 도동의 소개로 당시 군수였던 총코를 만나게 되었습니다. 저는 JTS를 소개하며 문맹퇴치를 위한 학교 건축을 하는 NGO라고 말했습니다. 현재 진행 중인 프로젝트는 인근 미카실리 마을에서 학교 건축을 하는데 진행이 제대로 안 되어 어려움을 겪고 있다고 했습니다. 그 이야기를 들은 총코 군수가 그 마을은 다물록군 소속이라고 하는 겁니다. 그래서 미카실리 학교 건축을 시작하게 된 동기

2023년 미카실리 학교에서 함께한 총코 전 군수(왼쪽)와 제시 코디네이터(오른쪽)

부터 과정, 2년 넘게 마무리를 하지 못하고 있는 상황을 자세히 설명했습니다. 총코 군수는 군청 목수와 엔지니어, 마을개발 담당 책임자를 보내주겠다고 합니다. 그때 담당자로 온 사람이 제시(Jesus S. Suarez)입니다. 최근에 제가 다물록을 답사할 때도 제시가 같이 와줬는데 지금까지 좋은 인연이지요. 그렇게 제시와 목수가 미카실리에 와서 학교를 마무리할 때까지 거의 3개월을 살았습니다.

땀으로 절여져서 걸어다니던 초창기와 달리 요즘은 미카실리에 갈 때 방카(작은 배)로 다닙니다. 처음엔 배로 갈 수 있는지 몰라서 걸어다녔는데 요즘은 시간 절약을 핑계로 방카를 이용합니다. 그래도 20년 동안 배가 제 시간에 와서 우리를 태워준 건 2023년에 갔을 때 딱 한 번뿐입니다. 보고도 믿기지가 않을 정도였으니까요.

슬리퍼를 선물받은 아이들 (2023)

　부군수와 함께 미카실리를 방문했을 때 아이들에게 슬리퍼를 지원해줄 수 있는지 요청했는데 옆에서 듣고 있던 아내 한금화 보살이 손주들과 의논해서 손주들 용돈으로 슬리퍼를 지원하고 싶다고 했던 적이 있습니다. 그 약속을 지키기 위해서 다시 방문했었지요.

　꽃무늬가 있거나 그림 캐릭터가 있는 슬리퍼를 마련해서 갔는데 아이들이 좋아하는 모습을 보니 저도 어릴 적에 운동화 한 켤레 사주면 좋아서 이불 속에 넣고 자던 옛 생각이 떠올랐습니다. 작은 슬리퍼 하나에 이렇게 좋아하는 아이들을 보고 있으니 앞으로 이런 지원은 멈추지 말아야겠다는 생각이 들었습니다.

32 　　배운다는 것

학교를 짓는다는 것은 학교를 다니는 아이들만 배운다는 의미가 아닙니다. 학교를 지으면서 어른들도 배웁니다.

학교를 짓는다는 것은 학교를 다니는 아이들만 배운다는 의미가 아닙니다. 학교를 지으면서 어른들도 배웁니다. 제시가 다물록 군청 소속으로 미카실리 학교 마무리를 위해 담당자로 왔을 때를 예로 들어봅시다.

　제시가 담당자로 미카실리에 도착해보니 학교 건축은 중단되어 풀은 머리꼭대기까지 자라있고 자재도 많이 파손이 된 상태였습니다. 일할 사람은 더 없었구요. 그래서 돌아가서 군수에게 상태 보고를 했더니 학교를 어떻게 마무리할지 논의를 해보라고 해서 JTS에는 필요한 추가 자재 지원 요청을 하고, 마을에 와서는 마을 사람들을 어떻게 조직을 새롭게 구성해서 운영할 건지 회의를 했습니다. 제시는 마을 사람들을 세 팀으로 나눴습니다. 한 팀이 이틀씩 일을 하도록 했습니다. 그럼 일주일 일할 사람이 정해진 것이지요. JTS가 자재를 싣고 왔는데 이제 강에서부터 언덕까지 팀별로 나눠서 옮기게 했습니다. 군에서는 시멘트 다룰 수 있는 기술자 등 몇 명을 지원받아 일을 하는데, 마을 사람 팀원 중에 일을 잘 배울 수 있는 사람에게 가르치면서 하게 했습니다. 그러면서 계속 학교를 짓는 이유, 지어야만 하는 이유에 대해서 얘기했다고 합니다. '가난도 문제지만 마을에서 아이를 학교를 보내고 싶어도 거리가 멀고 갈 수 있는 교통편이 없지 않느냐' '가는 데 반나절, 오는 데 반나절인데 학교가 여기 있으면 아이들이 기초 교육은 받을 수 있지 않느냐' 하니 마을 사람들도 중요성을 느껴서 나중에는 적극적으로 협력하게 된 것입니다.

그리고 학교를 지으면서 건축 기술을 배운 사람들 중에는 이제 외부 지역으로 나가 기술자로 일하는 사람도 있습니다. 다른 지역에 가서 자기가 아는 기술을 가르쳐주는 사람도 있고요. 이 마을에는 단순히 학교 하나가 지어진 게 아닙니다. 어른들의 인식도 새로워졌습니다. 아이들은 제때 배워야 하고, 배고픈 사람은 먹어야 하고, 아프면 치료받아야 합니다. 사람으로서의 당연한 권리를 누리기 위해 스스로 움직이기 시작한 겁니다. 이게 바로 JTS가 하고자 하는 일입니다.

33   사라와곤

무슬림과 가톨릭, 원주민들 간의 문화 차이로 의견을 표현하는 데서도 서로 많이 다릅니다. 무슬림은 좀더 적극적이고 강한 기세라면 원주민은 자기들 의견을 잘 말하지 못하는 경향이 있습니다.

사라와곤Sarawagon은 마노보 원주민, 무슬림, 가톨릭이 세 지역으로 나눠져 공존하는 특이한 마을입니다. 그중에서 마노보 원주민이 60퍼센트, 무슬림이 30퍼센트, 가톨릭이 10퍼센트를 차지하고 있는데, 각 종교 대표가 마을의 공동지도자 역할을 맡고 있었습니다.

 학교 건축을 위한 마을회의를 하기로 약속하고 마을을 방문했더니 세 종교의 마을 리더들이 다 모였는데 처음부터 약간의 기싸움이 느껴졌습니다. 필리핀은 아주 작은 회의를 하더라도 회의 시작 전에 기도하는 문화가 있습니다. 그런데 이 기도를 누가 먼저 할 건지 정하는 과정에서 인원수가 제일 많은 원주민이 아니라 무슬림이 먼저 하겠다고 나왔습니다. 그렇게 하니 다음에 가톨릭이 뒤이어서 하겠다고 했고 자연스럽게 밀린 원주민들은 마지막에 했습니다. 무슬림은 다른 종교에 비해 엄청 길게 기도를 했습니다. 이렇게 기도를 마치고 회의를 시작했습니다.

무슬림과 가톨릭, 원주민들 간의 문화 차이로 의견을 표현하는 데서도 서로 많이 다릅니다. 무슬림은 좀더 적극적이고 강한 기세라면 상대적으로 원주민은 세력이 많은데도 한쪽에서 자기들 의견을 잘 말하지 못하는 경향이 있습니다. 이런 부분은 리더가 교육을 받았는지 그렇지 않은지와 연관이 많다는 걸 익히 알고 있었습니다.

사라와곤 마을은 JTS필리핀이 정식으로 지방자치단체, 교육청과 MOA를 처음 맺은 곳이라 의미가 있습니다. 학교를 짓기 전에는 마을 학생의 3분의 2가 학교를 다니지 못하고 있었습니다. 가장 가까운 오모나이Omonay 초등학교는 이곳에서 5킬로미터 떨어져 있고, 넓은 강을 건너야 하는데 강을 건너는 다리가 자주 파손되고 부실하여 일부 부모들은 아이들이 열 살이 되어야 겨우 학교에 보낼 수 있었다고 했습니다.

이 마을은 종교가 다른 세 부족 간에 갈등이 큰 것은 아니지만 JTS가 방문해서 학교를 짓자고 제안하기 전까지는 서로 가까이 살면서도 세 부족 간의 왕래가 거의 없었다고 합니다. 학교가 생기면서 자연스럽게 이야기를 나누고 논의하고 화합하는 분위기가 만들어진 것입니다.

저는 학교 건축에서 가장 중요한 것은 건축하는 과정에서 마을 사람들이 협력하는 데 있다고 봅니다. 빨리 건물을 짓는 게 중요한 게 아니라 함께 만드는 과정에서 마을 사람들이 협력하는 방법을

사라와곤 워터탱크가 있는 곳에서 내려다보면 원주민, 무슬림, 가톨릭의 세 마을이 내려다보인
다. 이들은 적대적 관계는 아니었지만 학교 건축 이전에는 서로 왕래하는 일이 없었다.

배우는 겁니다. 그 과정을 통해 학교라는 결과물이 나오는 것입니다. 마을 사람들은 보람도 느끼고 성장해서 자체적으로 협력해서 문제 해결을 해나가는 힘을 기르는 겁니다. 그러기 위해서는 마을 사람들의 협력과 상당한 노력이 필요하지만요. 그래서 학교 건축을 결정하기 전에 마을 회의하는 데 많은 시간을 할애합니다. 회의를 통해서 '해보자!' 하고 단합이 되어도 현실적인 과정에서는 많은 어려움이 발생하는데 첫 단추부터 서로가 제대로 합의를 하지 않으면 결과는 당연히 좋게 나오기 어렵기 때문입니다.

아이들이 교육받았으면 하는 부모 마음은 같지만 종교가 서로 다른 마을은 서로가 냉담하거나 대립하는 경우가 많습니다. 학교가 있어도 서로 섞여서 공부하고 싶어 하지 않는 경향이 있습니다. 그런 경우 우선 인구조사를 해서 원주민, 무슬림, 가톨릭이 각각 몇 명 정도 되는지 파악을 합니다. 그 다음에 학교를 지으면 이 학교는 종교와 상관이 없는데 아이들을 학교에 보낼 것이냐고 학부모들에게 물어봅니다. 마을 사람들은 학교가 생기면 아이들을 학교에 보내고 싶다고 말은 합니다. 어찌 보면 형식적으로 보일 수도 있지만 저는 이 과정을 항상 확인합니다. 이렇게 확인을 받으면 이후 일을 진행할 때 훨씬 도움이 됩니다.

먼저 학교에 보내겠다는 답을 들은 뒤에는 두 번째로 학교 짓는 것에 자원봉사로 참여할 의사가 있는지 물어봅니다. 그럼 사람들은 열심히 참여하겠다고 합니다. 저는 학교를 건축하기 위해서는 마을 사람들이 가진 재원을 보태야 한다고 이야기합니다. 기술이 있으면 기술을 보태야 하고, 기술이 없으면 노동력이라도 보태야 한다며 협력을 이끌어 냅니다.

여기까지 모두 동의를 한다면 이제는 각각 종교별로 모여서 회의를 하고 학교 건축에 자원봉사 참여를 하고 아이들을 보내겠다는 내용을 적어 부족별로 다시 설명을 합니다. 그리고는 각각 사인을 받아오라고 합니다. 혹시라도 이해를 제대로 못한 사람들을 위한 과정이기도 하고 말로 하는 것과 글로 남기는 것은 책임에 대한 무게가 다르기 때문에 그렇게 합니다. 그리고 가능한 회의는 바랑가이 캡틴, 바랑가이 가가와드 등의 입회 하에 진행합니다. 이런 과정을 거치면 뒤에 가서 자기는 동의하지 않았다고 문제 제기하는 주민이 거의 없습니다.

이 과정에는 바랑가이 캡틴이나 군청 코디네이터가 절대적으로 협력해줘야 한다고 계속 강조하는 것도 필요합니다. 그렇게 하지 않으면 나중에 예상치 못한 갈등이 언제 어디서 터질지 모르기 때문입니다.

JTS가 학교 짓는 것 자체가 목표라면 마을 사람들과 함께하는 것보다 공사 전문가를 초빙해서 일하는 편이 훨씬 빠르고 효율적입니다. 그러나 JTS 활동의 핵심은 학교 건축 그 자체가 아니라 함께하는 과정에 있습니다. 우리는 그것을 항상 잊지 않으려고 합니다.

34   워터시스템

처음 학교를 짓자고 논의하던 때와는 완전히 다른 분위기였습니다. 마을 사람들은 학교를 지으면서 이미 협력해서 일을 해본 경험이 있는데다 분위기도 친밀하게 바뀌어서 아주 적극적으로 역할을 맡았습니다. 자연히 공사도 원활히 진행되었습니다.

학교가 잘 운영되면 뿔뿔이 흩어져 살던 사람들도 학교 근처 마을로 유입되기 시작합니다. 그런데 그렇게 마을 인구가 증가하면 기존에 사용하던 수원지로는 사람들의 물 수요를 감당하기 어려워집니다. 오모나이 마을도 그런 경우였습니다.

새로운 수원지를 개발하고 물탱크를 포함한 상수도 시설이 절실한 시점에 마을과 오모나이 바랑가이 측에서 JTS에 상수도 지원 요청을 해왔습니다. 문제가 생기면 해결해달라고 JTS에 도움만 요청하던 것이 과거의 방식이었다면 이제는 마을 사람들이 바랑가이에게 먼저 도움을 요청하고 바랑가이도 문제 해결을 위해서 고민하다가 JTS에 도움을 요청하는 식으로 예전보다 사람들의 의식이 한 단계 더 발전했다는 느낌도 들었습니다. 요청 내용은 수원지부터 탱크까지, 탱크에서 마을까지, 마을에서 학교와 오모나이 바랑가이까지 이어지는 엄청난 프로젝트였습니다.

마을과 학교를 우선 연결하는 것으로 시작했는데, 이때도 마을 수도를 놓는 위치부터 자원봉사로 참여하는 것 등에 대해 논의를 했습니다. 처음 학교를 짓자고 논의하던 때와는 완전히 다른 분위기였습니다. 마을 사람들은 학교를 지으면서 이미 협력해서 일을 해본 경험이 있는데다 분위기도 친밀하게 바뀌어서 아주 적극적으로 역할을 맡았습니다. 자연히 공사도 원활히 진행되었습니다.

다만 사라와곤의 경우 공사 초기에 발생한 코로나 사태로 지역이 봉쇄되면서 활동가들이 오도 가도 못하고 마을에 갇혀 오로지 공사만 할 수밖에 없었던 어려운 상황도 있었습니다. 공사가 마무리 될 즈음에는 코로나로 학교도 못 가고 있는 아이들을 위해서 페인트를 사서 다함께 물탱크에 그림도 그리면서 잠깐이나마 즐거운 시간을 보내기도 했습니다.

마을 인구가 늘어나서 학교 학생 수가 증가하면 교육청에서도 관심을 갖습니다. 그럼 추가 교실이 필요할 때 교육청에서 지원을 해주기도 합니다. 이럴 때 큰 보람을 느낍니다. 분쟁이 있던 지역에 학교를 지으면서 주민들이 서로 협력하는 방법을 배우고 마을에 평화가 자리 잡는 것도 뿌듯하지만 이 지역에 전혀 무관심하던 교육청이나 군청 등 정부기관이 이러한 변화에 관심을 갖기 시작할 때 우리가 심은 씨앗이 꽃을 피우고 열매를 맺는 것 같아 큰 보람을 느낍니다. 민다나오에서 경험한 바로는 아무리 마을 사람들끼리 사이좋게 평

2023년 방문하여 미오(가운데), 제시(오른쪽)와 함께 워터시스템 개발 당시를 회고했다.

화롭게 지내고 있어도 갑자기 외부 요인으로 내전이 생기거나, 교육청에서 선생님을 파견하지 않거나, 군청에서 무관심하여 지원을 하지 않으면 마을이 쉽게 와해되는 것을 많이 봐왔기 때문입니다.

35   교사 연수

학교가 들어서기 전까지는 여러 긴장 관계에 일절 왕래 없이 살던 사람
들이 학교를 짓는 과정을 통해서 서로 말을 트고 협력을 하고 이제는 자
체적으로 발전해나가면서 교육청과 군청의 지원까지 이끌어내는 평화
의 현장을 제 눈으로 확인하는 시간이었습니다.

학교를 짓는 과정이 어렵긴 하지만 중요한 문제들은 주로 학교 운영
과정에서 발생합니다. 사라와곤의 경우, 학생 수는 늘고 있는데 아이
들을 담당하는 선생님들은 대부분 크리스천이었습니다. 이분들은
자신과 다른 부족의 언어도 모르고 문화도 이해하지 못했기 때문에
아이들을 가르치는 데 어려움을 겪고 있다는 이야기가 계속 나오고
있었습니다. 그래서 이 문제를 어떻게 해결할 수 있을까 고민을 하다
가 시작한 것이 교사 연수 프로그램입니다.

여러 명사를 초빙해서 무슬림 문화와 원주민 문화에 대한 교육
시간을 마련했습니다. 선생님들이 현장에서 사용할 수 있는 방법을
강의를 통해 알게 하고 토론을 통해 서로 정보를 공유하게 했습니
다. 나중에 사라와곤 마을을 방문했을 때, 교사 연수 프로그램에 참

사라와곤
학교 준공식
(2008)

학교 선생님,
마을 리더 등과
함께한 JTS 활동가들
(2023)

여했던 선생님들이 여전히 아이들을 가르치고 있었고 프로그램이 많은 도움이 되었다고 감사 인사를 전했습니다. 그뿐만 아니라 학부모들이 무슬림, 원주민, 가톨릭 할 것 없이 학교를 가꾸고 운영해 나가는 데 아주 적극적이고 협력이 잘 된다고 합니다. 가장 잘 가꾼 학교로 선정되어 교육청에서 상도 받고, JTS가 워터시스템을 해준 이후로 학교에서도 물을 쓸 수 있어 코로나 이후 학교를 다시 열었을 때 손 씻기 프로그램을 잘 운영할 수 있었고 그것으로도 상을 받았다고 한참을 신이 나서 자랑을 했습니다. 듣는 저도 아주 기분이 좋아지는 이야기였습니다.

게다가 현재 마을에 많지는 않지만 원주민과 무슬림 간의 결혼, 크리스천과 원주민 간의 결혼이 이어지면서 다른 부족 간의 경계가 점점 더 허물어지고 있다는 기분 좋은 이야기도 마을 원로에게 들었습니다. 학교가 들어서기 전까지는 여러 긴장 관계에 일절 왕래 없이 살던 사람들이 학교를 짓는 과정을 통해서 서로 말을 트고 협력을 하고 이제는 자체적으로 발전해나가면서 교육청과 군청의 지원까지 이끌어내는 평화의 현장을 제 눈으로 확인하는 시간이었습니다. 이는 큰 변화입니다.

인터뷰

천국에서 보내준
선물

총코
(Romy. D. Tiongco)

다물록 전 군수

미카실리에서 처음 JTS를 만났을 때,
저는 JTS를 천국에서 보내준 선물이라고
생각했습니다. 아마 하느님이 보냈든
부처님이 보냈든 전지전능한 누군가가 보낸
선물이에요.
JTS와 만나기 전에 평소에 저와 잘 알던
교육청 관계자가 찾아왔습니다. 그는 다물록의
모든 어린이들이 학교에 다닐 수 있게,
학교에 다니는 아이들이 그만두지 않게
도와 달라고 말했습니다. 오지 마을의 아이들은
7세에는 학교에 다닐 수 없어요. 학교가 너무 멀어서
걸어 다닐 수가 없기 때문입니다. 10세가 되면
아이들은 학교에 걸어 다닐 수 있지만
12월과 1월에는 춘궁기라 먹을 것이 없어
학교에 다닐 수 없었습니다. 보통 바나나 잎에
밥을 싸서 학교에 가져가는데 춘궁기에는
쌀조차 없었죠. 저는 제시와 밀, 엘시와 함께
어떻게 그들을 도울 수 있을지 논의했습니다.
해답은 마을에 학교를 지어주는 것이었어요.
그 후 JTS와 만났을 때 이원주 대표의 이야기를
들었습니다.
"JTS는 40가구 이상의 집이 모여 있고,
가장 가까운 학교가 4킬로미터 이상 떨어져 있으면

그 마을에 학교를 짓습니다."
그 말을 듣고 저는 생각했어요. 이것은 천국에서
보내준 선물이라고. 만약 JTS와 같이 협력한다면
우리는 주민들을 도울 수 있겠다고 생각했습니다.
2007년 4월, 군수 선거에 출마했을 때
저는 이렇게 말했어요.
"저는 다물록의 평화를 원합니다.
제가 군수가 된다면 다물록에서 군대가 철수할 것을
요청할 것입니다. 평화의 해답은 군대가 아닙니다.
우리는 다른 해답을 찾을 것입니다.
저는 다물록에 평화를 가져오기 위해
배고픈 사람에게 먹을 것을 주고,
아픈 사람을 치료하고,
아이들을 교육시킬 것입니다."
그후 법륜 스님을 만나고 JTS 홍보물에 적힌
JTS 설립 이념을 보았습니다.

배고픈 사람은 먹어야 합니다.
아픈 사람은 치료받아야 합니다.
아이들은 제때 배워야 합니다.

저는 외쳤어요. "Oh, Same! Same! (와, 똑같아! 똑같아!)"
JTS는 진정 천국에서 보내준 선물이었습니다.
우리는 같은 꿈을 가지고 같은 목적을 추구하고
있었습니다.

2015년 8월 21일

36 평화협정

코만도는 자신의 조직원들에게 총을 내려놓고 학교 짓는 데 동참하라고 했습니다. 그의 말에 조직원들은 총 대신 곡괭이와 삽을 들었습니다. 군수도 평화협정을 맺어 주위에 배치되어 있던 정부군을 다물록 밖으로 내보내니 서로 신뢰가 생겼습니다.

플랑이 강변에 위치한 발루드Balud에 학교를 지을 때 이야기입니다. 이곳의 대장 격인 MILF의 코만도 타운팅Taunting은 JTS가 학교를 짓겠다는 얘기에 굉장히 환영했습니다. 당시 다물록 군수였던 총코가 평화협정을 얘기할 때도 호의적이었다고 합니다. 코만도 타운팅은 무슬림으로 부인도 많고 아이들도 많았습니다. 그런데 그 많은 아이들 중 한 아이도 학교에 보내지 못하고 있었습니다. 자신의 아이들이 멀리 있는 학교를 가다가 상대 군인들에게 납치를 당할 수 있었기 때문입니다. 상대측에서는 코만도 타운팅의 아이를 볼모로 이 지역 MILF 리더를 항복시키려고 할 테니 말입니다. 그런 와중에 학교를 짓는다는 얘기가 나오니 환영했던 겁니다.

코만도는 자신의 조직원들에게 총을 내려놓고 학교 짓는 데 동참하라고 했습니다. 그의 말에 조직원들은 총 대신 곡괭이와 삽을 들었습니다. 군수도 평화협정을 맺어 주위에 배치되어 있던 정부군을 다물록 밖으로 내보내니 서로 신뢰가 생겼습니다. 코만도 타운팅 입장에서는 총코 군수를 믿고 이 사람과는 대화를 해도 되겠다는 생각이 있었다고 합니다.

JTS에서 처음 발루드 마을을 방문할 때 안내자가 길을 잘못 들어서 언덕 주변을 몇 바퀴 돌면서 헤매기도 했습니다. 그때 한 아이를 만났는데 주머니에서 깨진 거울을 꺼내더니 어디론가 비춥니다. 마을 쪽 사람들과 빛 반사로 교신을 하는 것 같았습니다. 우리가 왔다는 걸 마을 사람들에게 알리는 듯했습니다. 나중에 완전무장한 군인 여섯 명이 박격포까지 어깨에 메고 언덕을 올라오는 모습이 보였습니다. 그들이 우리를 코만도 타운팅에게 데려갔는데 나중에 왜 그렇게 했느냐고 물으니 그게 바로 자기들이 JTS를 환영하는 의식이라고 하더군요.

발루드에서는 자재를 옮길 때도 마을 아이부터 어른까지 모두 나와 같이 힘을 썼습니다. 보트로 자재를 운반해오면 강에서 마을까지 옮겨와야 했는데 어른들은 블록 하나씩 메고 아이들도 페인트 통에 모래를 담아 함께 동참했습니다. 한번은 총코 군수가 건축 현장에 갔는데 연세가 좀 드신 분이 있더랍니다. 그래서 손주가 학교에 다닐 거냐고 물으니 자녀가 있든 없든 우리 마을 일이니 자신이 함께 돕는 게 당연한 일이 아니냐고 오히려 반문했다고 합니다. MILF 소속 주민들은 그렇게 총을 내려놓고 마을 사람 모두가 힘을 합해서 60

총코 전 군수(가운데)는 2007년에 군수에 당선되면서 당시 MILF 사령관(오른쪽)과 평화협정을 맺었다. 2023년 3월, 당시 군수였던 총코, MILF 사령관이었던 타운팅이 한자리에 만나 지난 세월을 돌아보며 평화의 시대에 대해 이야기 나누었다.

일 만에 학교를 지었습니다.

총코 군수가 당시 MILF 측에 제안한 것이 있다고 합니다. '지금부터는 총이나 새로운 무기를 사는 것을 중단하고 그 대신에 농기구를 사라.' 그런 의견이 오갔는데 코만도 타운팅은 그 후에 실제로 농기구를 사서 농사를 지었습니다. 그리고 본인 아이들 중 열두 명이 JTS가 지은 학교에서 공부를 했고 그중에는 초등학교 선생님으로 재직하는 자녀도 있다고 합니다. 이 모든 것이 학교가 생기면서 일어난 일입니다.

최근 면의원인 코만도 타운팅의 딸 노메이다 사마르(Nomaida Samal)와 마을에 어떤 변화가 있었는지 이야기를 나누는데 이렇게 말했습니다.

"우리 마을은 다물록군에서 가장 행복한 마을입니다. JTS가 우리 마을에 학교를 지어주기 전에는 36가구만 살고 있었고 학교를 다니는 학생이 없었습니다. 왜냐면 무슬림과 크리스천의 갈등이 심했기 때문입니다. 무슬림은 크리스천을 보면 도망갔고, 크리스천은 무슬림을 보면 도망갔습니다. 그러나 JTS가 학교를 지어준 뒤, 오늘날 우리 마을은 113가구가 살고 있고 마을에도 많은 발전이 있었습니다. 도로도 생기고, 전기도 생기고, 워터시스템도 만들어졌습니다. 만약 JTS가 없었다면 이런 발전과 평화도 없었을 것입니다. 이제는 자신 있게 말할 수 있습니다. 우리 마을이 다물록군에서 가장 행복한 마을 중 하나일 것이라고요. 이 모든 것이 가능할 수 있게 관심과 지원을 해준 JTS에 감사합니다."

37 다른 방식

코만도 타운팅이 이 마을을 떠나는 조건으로 보트와 쌀 100킬로그램 지원을 약속하자 80여 명에 달하는 NPA가 마을을 떠났습니다. 이전에는 문제가 생기면 바로 무력 충돌이 일어났어요.

코만도 타운팅은 발루드 학교 건축을 진행할 때도 리더십을 보이며 단기간에 학교 건축을 완성하였지만 주변 마을에 안전 문제가 생겼을 때도 많은 역할을 했습니다. 한 예로 인라보Inlabo 마을에 학교 건축을 하려던 때였습니다.

이 지역은 플랑이강에서 1킬로미터 떨어져 있고 발루드 마을과도 가까운 곳에 위치하고 있습니다. 우리는 인라보 마을에 학교 건축을 위해서 2007년 한 번 방문했지만 이곳 치안이 불안정해서 도저히 사업을 진행할 수 없었습니다. 그러다 시간이 흘러 2012년에 학교 건축을 시작하려던 때에 NPA(New People's Army, 신인민군)가 마을에서 본격적으로 활동을 하는 겁니다. 그러니 또 건축이 잠정 중단되었습니다. NPA가 계속 이 마을에 있을 경우 정부군과 충돌하는 것도 우려지만 정부군이 개입하기 시작하면 MILF 쪽에서도 이를 명분 삼아 무력 충돌이 발생할 위험이 컸습니다. 당시 군수였던 총코는 이를 우려해서 NPA와 지방자치단체, MILF 간의 3자 대화를 하기로 하고 NPA 코만도를 직접 만나러 갔습니다.

총코 군수는 그때를 회상하며 말했습니다.

"주민들의 요청으로 NPA를 직접 만나기로 결정했어요. NPA는 토요일에 만나자고 했고 정확한 시간과 장소는 그때 말해준다고 했습니다. 사실 저는 많이 두려웠지만 공포에 지배받고 싶지 않았어요. 나와 제시, MILF 코만도 트라벨 폭스가 NPA 코만도와 만나기 위해 함께 갔습니다. 코만도 트라벨 폭스는 코만도 타운팅의 오른팔이며 그의 사위입니다. 회담 장소에서 100미터 떨어진 곳에 MILF 군인들이 우리를 지키기 위해 대기했고, 반대쪽에서는 NPA 군인들이 대기했습니다. 정말 긴장되었죠. 저는 어떤 무기도 들고 가지 않았습니다.

마침내 NPA 코만도를 만났고 다물록군에서 이 마을을 지원하고 있으니 마을을 떠나달라고 부탁했습니다. 그러나 회담이 끝나도 NPA는 떠나지 않았어요. 이후 코만도 타운팅이 직접 나서서 세 번 정도 NPA 코만도를 만나 설득했어요. 마지막에는 코만도 타운팅이 이 마을을 떠나는 조건으로 보트와 쌀 100킬로그램 지원을 약속하자 80여 명에 달하는 NPA가 마을을 떠났습니다. 이건 이전과는 다른 방식입니다. 이전에는 문제가 생기면 바로 무력 충돌이 일어났어요. 그럼 그 피해는 고스란히 주민들이 떠안았습니다. 그러나 평화협정을 맺은 이후로는 대화로 문제를 해결해나가고 있습니다."

JTS도 이런 과정을 거쳐 인라보 마을에 학교를 지을 수 있었습니다. 후에 이 마을에서 철수한 NPA들이 킬라올라오Kilaolao 마을로 이동해서 활동을 했는데 JTS가 킬라올라오에 학교를 지을 때도 코만도 타운팅과 총코 군수가 문제를 해결하여 학교 건축을 진행할 수 있었습니다.

38   키타스

2013년에 인구가 135가구가 되면서 2007년에 비해 세 배 가까이 늘었습니다. 분쟁으로 사람이 없던 마을에 학교가 생기면서 생긴 변화였습니다.

퓰리타 강변은 행정구역으로 상류는 부키드논주 다물록군과 노스코타바트주 프레지던트-로하스군과 경계를 이루는 지역입니다. 플랑이강의 대표적인 지역으로 발루드가 있다면 퓰리타 강변의 대표적인 지역으로는 키타스Kitas가 있습니다. 2008년 발루드 학교 건축을 통해 MILF 내에서 다물록군과 JTS의 적극적인 지원이 소문이 났던 것 같습니다.

퓰리타 강변 MILF 코만도 블랑코(Blanco Mamalinta)는 가까운 오모나이 바랑가이 캡틴을 찾아가 자기들 지역에도 학교가 필요하다고 지원 요청을 해왔습니다. 바랑가이 캡틴은 당시 군수였던 총코에게 이런 내용을 전달했고 총코 군수가 JTS에 답사를 요청해왔어요. 그게 키타스 마을과 JTS가 인연 맺게 된 시작입니다. '키타스'는 마긴다나오어로 모여 들었다가 다시 흩어지는 개울을 뜻합니다. 마긴다 나오 무슬림과 마노보 원주민이 함께 살고 있고, 코코넛과 옥수수, 각종 야채를 재배하며 생계를 이어갑니다. 이 마을도 2003년 분쟁으로 많은 주민들이 다른 지역으로 피난 가있는 상태였습니다. 행정적으로 프레지던트-로하스군에 속해 있으나 오랫동안 지방자치단체의 행정 지원을 받지 못해 주민들의 생계는 열악했습니다. 그러나 코만도 블랑코의 리더십이 강력해서 이전에 떠났던 주민들이 그의 도움으로 서서히 돌아오고 있었고 생활 형편도 전보다 나아지고 있는 상황이었습니다.

2008년에 키타스를 처음 방문했습니다. 당시 57가구의 주민들이 살고 있었고, 부모들은 여기서 10킬로미터 이상 떨어진 카르멘Carmen, 릴리용안Lilyongan, 카디스Kadiis 등에 옮겨 살며 아이들을 학교에 보냈습니다. 가장 가까운 마을인 발라Bala에 마드라사가 있었지만, 아이들이 가기에는 너무 멀었습니다. 코만도 블랑코는 학교를 짓기 위해 개인 땅 1헥타르를 흔쾌히 기부했습니다. 그런데 사업 계획을 검토하는 과정에서 이 지역 치안이 아직 완전히 안정되지 않았다고 최종 판단했고 건축 시작을 미룰 수밖에 없었습니다. 코만도 블랑코는 먼저 학교 건축이 시작된 파굼퐁Pagumpong 마을의 건축 현장에 직접 참여하면서 건축 기술도 배우며 때를 기다렸습니다. 2011년쯤 치안이 완전히 안정된 뒤에야 JTS는 이 마을에 학교를 지을 것을 결정하고 공사를 시작할 수 있었습니다.

건축 책임을 맡은 코만도 블랑코는 파굼퐁 학교 건축 과정에서

MILF 코만도가
마을 리더인
키타스 마을 학교
준공식 기념 행사
(2012)

목수 기술을 배운 덕에 사실상 마을의 유일한 목수였습니다. 그는 자신이 소유한 보트를 이용해 자재를 운반했고, 주민들에게 목수 기술을 가르쳐주었습니다. 2009년 파굼퐁 학교 건축 당시 맺어진 '풀리타 공동체 협력 협정'을 통해 파굼퐁의 리더 아바스와 발라Bala의 리더 살릭이 이곳 학교 건축에 동참하기도 했습니다.

처음 코만도 블랑코를 만났을 때는 MILF의 코만도라는 느낌이 전혀 들지 않았습니다. 이제껏 제가 봐온 코만도들과는 너무 다른 이미지였기 때문입니다. 말수도 적고 생김새도 순한 것이 굉장히 온순한 성격이라고 느껴졌습니다. 이런 사람이 이 지역의 코만도라는 게 쉽게 납득이 가지 않았습니다. 그런데 실제로 같이 일을 해보니 왜 이 사람이 코만도인지 알게 되었습니다. 코만도 블랑코에게는 남다른 리더십이 있었습니다.

학교 건축을 위해 마을 회의를 하면 그가 특별한 의견을 내는 건 아니었습니다. 하지만 JTS가 필요한 부분을 요청하면 다 지원을 해주겠다고 했습니다. 그리고 실제로 필요한 부분을 성심껏 지원해주었습니다. 나중에 보니 당시 같이 활동하던 JTS필리핀 이규초 부대표와 동갑이었습니다. 그때부터 이규초 부대표는 열악한 키타스 마을에 개인적으로 더 많은 관심을 가졌고 학교가 세워지면 개인적으로 친구 마을에 과일나무 등을 지원하고 싶다는 이야기도 했습니다.

어느 정도 시간이 흐른 뒤 JTS에서 뮬리타 강변에 의료지원용으로 보트를 한 대 구입하는 것이 어떨까 생각했습니다. 이 지역 사람들은 아파서 병원에 가고 싶어도 교통수단이 제한적이라 의료 혜택을 거의 못 받고 있었습니다. 그래서 우리가 보트를 한 대 사서 지원하면 의료서비스에도 용이하고 JTS가 학교 건축을 할 때에도 더 이상 보트를 기다리지 않고 사용 할 수 있을 것 같아 총코 군수와 논의를 했습니다. 그런데 총코 군수는 현재 코만도 블랑코가 보트를 하나 건조하고 있으니 보트가 완성되면 JTS가 활용을 해도 될 것 같다며 본인이 코만도 블랑코와 이야기해보겠다고 했습니다. 코만도 블랑코는 JTS가 많이 쓰는 것이 아니니 본인 보트가 만들어지면 그것을 JTS가 활용해도 좋다고 답했습니다. 그래서 지금까지도 뮬리타 강변에 있는 마을 답사를 갈 때면 코만도 블랑코의 보트를 기름 값만 내고 이용하고 있습니다. 그는 이후에도 JTS가 하는 활동이라면 적극적으로 협조해줬습니다.

학교를 짓는 기간에도 코만도 블랑코의 지도 아래 마을 주민들은 전원이 단결하는 모습을 보여줬습니다. 코만도 블랑코는 학교를 지으면서 "주민들이 다 같이 일하는 것을 보니 행복하다"고 말하기도 했어요. 학교가 완성되고 학교가 잘 운영되니 마을에 이주해오는 사람들도 더 많아졌습니다. 코만도 블랑코는 이주민들을 위해 자신의 목수 기술을 이용해 집 짓는 것도 적극적으로 도왔습니다. 이러한 노력으로 2013년에 인구가 135가구가 되면서 2007년에 비해 세 배 가까이 늘었습니다. 분쟁으로 사람이 없던 마을에 학교가 생기면서 생긴 변화였습니다. 코만도 블랑코는 2012년 뮬리타 강변 마을 타포난Taponan 학교 공사 때도 개인 보트를 지원해주고 기술적으로 어려운 부분이 있으면 해결해줬습니다. JTS 활동가들이 뮬리타 강변의 마을을 방문할 때마다 항상 보트를 지원해줘서 지금도 안전하게 잘 다니고 있습니다.

39   키다마

이렇게 단합이 잘 된 마을은 처음이었습니다. 그 결과 43일 만에 학교를
완성하는 놀라운 일이 벌어졌습니다. 키다마는 이후 군청에서 시행한
마을개발 프로젝트에도 적극적으로 참여했습니다.

키다마Kidama는 JTS필리핀 학교 건축 사상 최단 기간 학교 건물 완
성이라는 기록을 가진 마을입니다. 무슬림과 마노보 원주민이 공존
하는 이 지역에 처음 방문했을 때 아이들은 총을 가지고 놀고 있었
습니다. 그래서 마을 회의를 할 때 물었습니다. 아이들이 연필을 가
지고 놀아야지 총을 가지고 놀고 있는 걸 어떻게 생각하는지 말입
니다. 어른들은 학교를 빨리 지었으면 좋겠다고 말했습니다. 저 역시
아이들이 총 대신 책과 연필을 가지고 놀 수 있도록 학교를 짓자고
마을 사람들을 독려했습니다.

이 마을 사람들은 정말 건축에 열심이었습니다. 마을 리더의 리더
십 아래 항상 '일 먼저 하자!'를 슬로건으로 내세워 움직였습니다. 지
방자치단체의 푸드 포 워크를 기다리면 그만큼 공사가 늦어지므로

먼저 일을 하고 나서 나중에 푸드 포 워크가 나오면 그때 나누어 주는 식으로 공사를 진행했습니다. 마을 사람들은 토요일에도 쉬지 않고 일하고, 무슬림의 주요 기도인 라마단 기간에도 이른 아침에 일어나 두 시간을 일하고 라마단에 참여했습니다. 라마단 기간에는 낮에는 물도 마실 수 없고 밤에만 먹을 수 있기 때문에 보통 이 기간에 무슬림은 일을 거의 하지 않음에도 이들은 공사를 계속했습니다. 작업 공정을 기간별로 나누어서 항상 목표치 달성을 위해 노력했고 그 결과 공사가 한 번도 지연된 적이 없었습니다.

민다나오에서 수차례 학교 건축을 했지만 이렇게 단합이 잘 된 마을은 처음이었습니다. 그 결과 43일 만에 학교를 완성하는 놀라운 일이 벌어졌습니다. 키다마는 이후 군청에서 시행한 마을개발 프로젝트에도 적극적으로 참여했습니다.

JTS는 이후에 이 마을 사람들이 자체적으로 발전할 수 있도록 농업 기술 훈련을 위해 마닐라에 있는 가나안 농군학교에 다녀 올 수 있도록 경비를 지원하기도 했습니다. 이후 옥수수 등 곡물 수확량이 증가하면서 곡식 건조장도 지원하고 그런 과정을 통해서 키다마 마을은 이전과는 다른 모습으로 발전할 수 있었습니다.

40   군청과 파트너십

다물록군을 모델로 한 특별 프로젝트를 제안했습니다. 다물록군과 파트
너십으로 시범 사업장을 만들어보자는 내용이었습니다.

군청과 협력이 잘 안 되어 힘들었던 다른 지역과 달리 다물록에서는
JTS의 이념을 잘 이해하고 있었고 손발이 척척 잘 맞았습니다. 그래
서 다물록군을 모델로 한 특별 프로젝트를 제안했습니다. 다물록군
과 파트너십으로 시범 사업장을 만들어보자는 내용이었습니다.

이제까지는 민다나오 전체 지역에서 띄엄띄엄 여기저기 사업을
진행했기 때문에 관리하기도 어렵고 평가하기도 어려운 문제가 있었
습니다. 무슬림자치구로 사업을 확장하려면 지리적으로도 다물록군
을 모델로 삼기 적합했고, 당시 군수인 총코가 다물록군 개발 목표
를 빈곤·교육·의료 지원에 두고 있어 JTS 이념과도 같았기 때문입
니다. 법륜 스님도 좋은 아이디어라고 추진해보자고 하셨습니다.

그렇게 2010년에 총코 군수에게 다물록군 개발 마스터플랜을 제

안했습니다. 자체적으로 10년 계획을 세우고 그 안에서 먼저 추진할 5개년 계획을 세운다면 그 계획을 바탕으로 JTS가 어떤 지원을 할 수 있는지 살펴보고 싶었습니다.

최근에 총코 전 군수를 만나 그때 JTS가 제안했을 때 어떤 생각이었는지 물었습니다.

"저는 JTS와 사업하면서 다물록의 비전과 JTS의 비전이 참 잘 맞았다고 생각했습니다. 어느 날 다물록 특별 프로젝트를 제안하면서 마스터플랜과 5개년 계획 수립을 제안했습니다. 그 이야기를 듣는 순간 제가 갖고 있던 꿈과 목표가 드디어 현실이 되는구나 생각했습니다. 그때부터 조금 더 구체적으로 계획하고 구상했어요. 마을 사람들의 수입을 어떻게 증대해나갈 것인지, 그렇게 하기 위해서 필요한 조건은 무엇인지, 삶의 질을 높이는 데 필요한 것이 무엇인지 등입니다. 저의 첫 번째 임기를 평화를 위해 보냈다면 두 번째, 세 번째 임기는 다물록의 발전을 위해서 보냈다고 할 수 있습니다. JTS와 함께 사업을 하면서 JTS의 문맹퇴치, 빈곤퇴치, 질병퇴치를 통해 주민들의 기본적인 권리를 지켜나가는 일에 큰 도움을 받았습니다.

다물록군은 어떤 일을 해야 하는가를 살펴봤을 때, 결국 인프라를 구축해야 한다고 생각했습니다. 마을 사람들이 마을에서 수확한 옥수수를 운반할 때 길이 없어서 어려움이 많았습니다. 생산보다 운반에 많은 비용이 들어가니까 수익이 높지 않고, 식수 수원지가 너무 멀어서 삶의 질이 떨어졌습니다. 그런 여러 문제를 해결하기 위해서 장기 프로젝트로 마을을 잇는 도로 건설과 기타 인프라 구축하는 일에 집중했습니다."

2011년에 총코 군수를 비롯한 군 관계자들과 JTS 활동가들이 모여 다물록군 5개년 개발 계획 프로젝트에 대해 구체적으로 논의하였습니다. 다물록군은 워낙 개발되지 않은 지역이라 많은 것들이 필요했지만 그중에서도 JTS가 지원한 초등학교 졸업생이 다닐 수 있는 고등학교와 아픈 사람들을 치료할 수 있는 보건소 시설 지원, 마을 개발에 필요한 묘목장 등을 짓기로 결정했습니다. 프로젝트에 필요한 자재는 JTS가 직접 구입하여 제공하고, 다물록군은 자재의 반입 반출과 공사 관리 감독 및 기술 지원을 담당하기로 서로 역할을 나눴습니다.

다물록 프로젝트를 진행할 때 JTS는 코이카(KOICA)와 협력하여 진행했습니다. 코이카 지원 사업은 매년 프로젝트를 완결하고 회계 보고를 해야 하는 구조였습니다. 그렇게 진행하려면 사람을 고용해서 그해 일을 마무리 해야 하는데 그건 JTS 원칙에 어긋나게 됩니다. 그런 일들이 반복되다 보니 나중에는 코이카 지원 사업을 더 이상 하지 않게 되었습니다.

41   고등학교

순간순간 놓칠 때가 있지만 '무엇을 하려 했던가?'라는 본래 취지를 생
각하면서 저를 살펴보곤 했습니다. 마음을 크게 내면 낼수록 제 마음이
훨씬 가벼워지는 경험을 이후로도 많이 했습니다.

JTS 지원으로 다물록 외곽 지역인 뮬리타, 플랑이 강변의 학교가 13
곳으로 늘어났습니다. 초등교육을 마친 학생들이 늘어나면서 일부
는 고등학교에 진학하고 싶어 했어요. 하지만 다물록군에는 고등학
교가 중심지에 하나밖에 없었습니다. JTS가 지원한 오지 마을에 사
는 아이들이 고등학교를 가려면 아주 멀리 유학을 가는 것과 비슷
한 수준이라 진학을 포기하는 아이들이 많았습니다. 이런 상황을
보고 총코 군수는 고등학교 건축이 필요하다고 여러 번 얘기했어요.

그런 상황은 충분히 이해하지만 문맹퇴치를 위한 초등교육을 지
원하는 JTS 원칙을 매번 이야기할 수밖에 없었습니다. 총코 군수는
한 마을에서 몇 명이라도 상급 학교에 진학해 마을 리더로 성장할
수 있는 기회를 만들어주고 싶다고 거듭 말했습니다.

다물록군
마카파리 고등학교
준공 기념식
(2013)

이러한 상황에 대해 JTS는 여러 차례 논의를 진행했습니다. 그 결과 법륜 스님께서 다물록군은 특별 프로젝트이니 고등학교를 하나 짓는 것도 괜찮겠다는 의견을 주셨습니다.

마카파리 고등학교가 개교하니 멀리서 기존 고등학교에 다니던 학생들이 일부 전학을 와서 곧바로 추가 교실이 필요했습니다. 이듬해 교실 5개를 추가 건축해서 총 10개의 교실을 지원했습니다.

민다나오에서 여러 마을을 다녀보면 어느 학교 하나 변변한 운동장이 없었습니다. 그래서 마카파리 고등학교는 운동장이 있었으면 좋겠다고 생각했어요. 이곳 부지는 평평해서 부지 정비가 크게 필요한 상황이 아니었지만 운동장을 만들려면 푹 꺼진 부분에는 흙을 한참 채워야 하는 문제가 있었습니다. 군청 협조가 필요한 사안이라 총코 군수에게 제안했습니다. 부지 정비 공사를 시작했는데 예상보다 평탄화 작업에 시간이 많이 걸렸습니다. 불도저로도 쉽지 않은

사랑의 PC보내기
운동으로
완성된 컴퓨터실
(왼쪽부터 필자,
법륜 스님,
박지나 JTS 대표,
2013)

암반 같은 돌이 많은 땅이었습니다. 나중에 보니 처음 계획보다 시간도 돈도 세 배 이상 들어가 마음고생을 좀 했습니다.

이후에 학교에서 직업훈련에 필요한 컴퓨터를 지원해달라고 요청했습니다. JTS 한국 본부에서 중고 컴퓨터를 해외에 지원하는 '사랑의 그린 PC 프로젝트'를 연결해주었습니다. 컴퓨터 50대를 기부받기로 했는데 문제는 필리핀에 들어올 때 수입 세금을 내는 통관 절차가 복잡했습니다. JTS필리핀 이규초 부대표가 운영하는 회사에서 알아보니 세금 때문에 배보다 배꼽이 클 수 있다고 했습니다. 이규초 부대표는 회사 직원들과 오랜 시간과 노력을 들여 절세 방법을 강구했습니다. 그렇게 어렵사리 학교에 컴퓨터를 전달했습니다.

그런데 이번에는 컴퓨터 교실에 에어컨 시설이 필요하다고 요청하는 겁니다. 그때 그 말을 듣자마자 속에서 화가 치밀어 올랐습니다. 컴퓨터 건도 얼마나 어렵게 통관을 해서 지원을 했는데, '이런 정도는 자체적으로 해결해야 하는 것 아닌가, JTS에 너무 의존하는구나' 하는 생각이 들었던 겁니다. 학교나 군청에서 해결할 수 있는 일인데 JTS에 이런 것까지 요구를 하는 것이 맞는 건가 싶어 서운한 마음도 함께 들었습니다.

그런 생각들에 잠시 망설이긴 했지만 큰일을 하면서 작은 일을 시비해 본래 순수한 뜻을 훼손하지 말자 싶었습니다. 에어컨 시설까지 지원하기로 결정하고 돌아나오는데 마음이 한결 가벼웠습니다. 사람 마음이라는 게 늘 왔다 갔다 하는 것 같습니다. 순간순간 놓칠 때가 있지만 '무엇을 하려 했던가?'라는 본래 취지를 생각하면서 저를 살펴보곤 했습니다. 마음을 크게 내면 낼수록 제 마음이 훨씬 가벼워지는 경험을 이후로도 많이 했습니다. JTS 활동을 하면서 얻을 수 있던 경험이었습니다.

42 　기숙사

여기서 공부하고 생활한 학생들 중에서 50년 뒤에 이 민다나오 지역뿐
만 아니라 필리핀 사회에 꼭 필요한 훌륭한 리더가 나올 것입니다.

JTS가 민다나오에서 학교를 지은 마을은 대부분 산속에 있거나 강
을 끼고 있어 도로가 없습니다. 비 오는 날이면 공사 현장 모니터링
도 취소할 정도로 이동에 제약이 많은 곳입니다. 또 초등학교를 졸업
한 아이들이 고등학교에서 더 공부하고 싶지만 학교가 너무 멀고 가
난해서 진학을 포기한다는 이야기를 누차 들었습니다.

　마카파리 고등학교가 없던 때보다는 고등학교로 진학하는 아이
들이 많아졌지만 마카파리 고등학교도 너무 멀어서 못 간다는 아이
들도 많았습니다. 통학을 하려면 비용과 시간이 많이 들고 비가 오
면 결석을 해야 하고, 그렇다고 학교 근처에서 하숙을 하려고 해도
하숙집이 절대적으로 부족할뿐더러 하숙비를 마련할 수 없으니 진
학을 포기할 수밖에 없다는 안타까운 사연들이었습니다.

100명 정도 수용할 수 있는 마카파리 고등학교 기숙사는 역대 JTS필리
핀 사업 중 단일 프로젝트로서는 최대 규모였다. 법륜 스님은 준공식에
서 "50년 뒤에 필리핀 사회에 꼭 필요한 훌륭한 리더가 나올 것"이라고
축원해주었다. (2017)

학생들에게 장학금을 지원하는 방안도 고려해보았으나 장기적인 비용 측면에서도 기숙사를 신축하는 편이 더 많은 학생에게 지속적으로 혜택을 줄 수 있다고 판단했습니다.

여러 번 회의를 거치면서 100명 정도 수용할 수 있는 기숙사 건축을 결정했습니다. 기숙사를 운영할 때 JTS가 지은 학교 출신을 전체 수용 인원의 70퍼센트 정도로 우선권을 주는 것으로 합의했습니다. 이렇게 진행한 기숙사 건축이 역대 JTS필리핀 사업 중 단일 프로젝트로서는 최대 규모가 되었습니다.

마카파리 고등학교 기숙사를 지으면서 사용할 학생들의 안전을 우선적으로 고려했습니다. 전문성이 필요한 작업이 많아 전문 건축업자와 계약을 맺어 공사를 진행했습니다. 그런데 예상치 못한 문제가 발생했습니다.

이 공사를 논의할 때가 총코 군수의 마지막 임기였습니다. 보통 군수가 바뀌면 정책적인 부분이 많이 변하기 때문에 JTS 사업에도 영향을 받아왔습니다. 그런데 다물록군은 크게 걱정하지 않았습니다. 총코 군수 임기 동안 부군수를 맡았던 게팅안이 새로운 군수에 출마한다고 하였고, 그 역시 JTS를 아주 잘 알고 있었기 때문입니다. 총코 군수도 게팅안이 출마하는 데 적극적으로 지원하는 등 우호적인 관계였습니다.

그러나 게팅안은 군수가 된 직후부터 총코 전 군수를 기피하기 시작했고, JTS 사업도 초반에는 지원했지만 점점 이런저런 이유로 지원하지 않았습니다. 정치적인 이유로 JTS 사업에 문제가 생기는 것

다물록군
마카파리 고등학교
기숙사 공사 현장

을 우려해 여러 차례 게팅안을 만나 이야기를 해보려고 했지만 어렵
게 약속을 잡아도 핑계를 대며 나타나지 않았습니다. 어떻게든 공사
를 마무리하려고 무던히도 애를 썼습니다.

마카파리 고등학교 기숙사에서 가장 자랑할 만한 공간은 202.4
제곱미터 규모의 다목적 강당입니다. 처음에는 강당을 마련한다고
했을 때도 반대하는 의견이 많았습니다. 기숙사에서 잠만 자면 되지
강당이 무슨 필요가 있냐는 것이지요. 그런데 저로서는 강당을 포기
할 수 없는 이유가 있었습니다. 식사 시간에는 식당으로 사용하고,
방과 후에는 공부하는 독서실로 이용할 수 있다고 생각했습니다. 학
생들이 이곳에서 언제든지 자유롭게 토론하며 창의성을 키우고 공
연이나 세미나 등 다양한 교내 활동도 하는 다목적 공간으로 사용
하기를 바란 것입니다.

학생들이 기숙사를 자체적으로 운영하는 시스템을 만들어서 사

회생활을 미리 경험해볼 수 있는 장이 되었으면 했습니다. 그래서 기숙사 관리 선생님이 운영과 학생 관리 매뉴얼의 초안을 마련하고 학생과 학부모, 교사가 함께 논의해 기숙사 운영 원칙을 만들었습니다. 단체 생활에 필요한 기본 규칙을 지키면서 전기와 수도 사용료 등 기숙사 관리 비용은 학생들이 매달 100페소씩 내어 충당하도록 정했습니다.

기숙사가 완공되었을 때 법륜 스님이 학생들에게 전한 말씀에 가슴 뭉클했습니다.

"제가 50년 전 여러분 나이일 때 자라고 공부한 환경이 이보다 더 열악했습니다. 여기서 공부하고 생활한 학생들 중에서 50년 뒤에 이민다나오 지역뿐만 아니라 필리핀 사회에 꼭 필요한 훌륭한 리더가 나올 것입니다."

43 　보건소

총코 군수의 정책이 JTS 이념과 거의 일치하여 의욕적으로 사업을 진행할 수 있었습니다.

다물록 프로젝트를 논의할 때 보건소 이야기가 나왔습니다. 가장 필요한 시설이 무엇이냐 물었을 때 나온 대답이었습니다. 제 생각에 이 지역에 보건소가 없는 것도 아닌데 왜 가장 필요하다고 하는지 의아했습니다. 군청 입장에서는 보건소가 있기는 하지만 시설이 열악해서 사실상 군민들은 의료 혜택을 거의 받지 못한다는 겁니다. 그래서 현장에 직접 가보니 다 쓰러져가는 건물 하나 있는 수준이었습니다. 총코 군수는 건물 보수 공사를 요청했지만 아무리 봐도 새로 짓는 편이 여러 모로 타당했습니다.

보건소 부지는 중심부인 포블라시온Poblacion 바랑가이에 마련하였고, 보건소 내부에는 임상병리실과 치료실, 가족 계획실, 치과 진료실 등을 마련하였습니다. 2013년에는 결핵 환자 진단을 위한 객담

새로 건축한 다물록 군보건소에서 담당 의사, 간호사 등 직원들과 함께한 JTS 활동가들 (2023)

수거실을 추가로 건축했습니다. 또한 오지에서 온 산모들이 안전하게 출산할 수 있도록 분만 대기실과 조리원도 같이 건축했습니다.

　JTS는 건물 신축과 더불어 필요한 의료 장비를 지원했습니다. 임산부를 위한 자연 분만 기구, 치과 진료기구 등을 구입하고 정전을 대비해 자동발전기도 같이 지원했습니다. 이로써 다물록 군 보건소는 1차 병원에 버금가는 진료 시설을 갖추게 되었습니다. 산간 오지 마을에 거주하는 주민들에게 보건의료 서비스를 제공하기 위해 바랑가이 보건지소에도 필수 의료 장비와 키트를 지원했습니다. 종코 군수의 정책이 JTS 이념과 거의 일치하여 의욕적으로 사업을 진행할 수 있었습니다.

사람답게 살아갈 권리

총코
(Romy. D. Tiongco)

다물록 전 군수

JTS와 함께 일했던 순간 가운데, 가장 기억에 남는
일을 꼽으라면 보건소 건축할 때입니다.
어느 날 이원주 대표가 저에게 말했습니다.
"JTS가 약 10여 년 동안 민다나오에서 일을 해왔는데
군청이나 정부기관 등 지역사회에서
이 정도 수준의 협력 관계는 처음이라고 했습니다.
그러면서 학교 건축뿐만 아니라
다물록에 있는 소외되고 어려운 사람들을 위해서
JTS 지원이 필요한 일이 있는지 물어봤습니다.
저는 바로 다물록에는 보건소가 있는데
오래되어 그 건물을 보수해주면 좋겠다고 했습니다.
그러면서 이원주 대표에게 보건소를 보여줬습니다.
그는 건물을 보더니, 미안하지만 이 건물을
보수할 수 없다고 하는 거예요.
저는 많이 아쉬웠지만 보건소를 보수하는 것은
우선순위가 아니니 현재 진행하고 있는 학교에
집중하자고 이야기했습니다.
그랬더니 이원주 대표는 웃으면서 말했습니다.
"현재 이 건물은 너무 오래되어서
새로 짓는 것보다 보수하는 비용이 더 많이 들어가니
새 건물을 짓는 게 어떻습니까?"
그 말을 듣는 순간을 아직도 잊지 못합니다.
저는 너무 기뻤어요. 마카파리 고등학교 기숙사를
지을 때도 그랬습니다. 저는 20여 명 정도 수용 가능한

기숙사를 지으면 좋겠다고 말을 꺼냈는데
이원주 대표는 그 정도 건물로는 학생 수요를 감당하기
어렵다며 100명이 머물 수 있는 기숙사를 짓자고
이야기했습니다.
제가 아는 이원주 대표는 그런 사람입니다.
제가 생각하는 것보다 항상 더 넓고 멀리 보며
어려운 사람들, 힘든 사람들을 생각하는 마음이 깊고
진심으로 그들을 도와주기 위해 노력하는 사람입니다.
그와 함께 오랜 시간 활동하며 다물록군은 정말 많이
발전했습니다. 그중에서도 제가 가장 감동이 있었던
부분은 그가 사람들이 사람답게 살아갈 수 있도록
도왔다는 점입니다. 이원주 대표는 사람들을 도울 때
종교나 부족에 상관하지 않았습니다.
도움이 필요한 사람이라면 도움을 줬습니다.
그건 제가 바라던 바와 일치했습니다.
저는 다물록의 모두가 사람답게 살 수 있는
최소한의 권리를 누릴 수 있는 곳으로
만들고 싶다는 꿈이 있었습니다.
사람으로서 누릴 가장 기본적인 것이지만
이곳에서는 종교나 부족이 다르다는 이유 외에도
여러 원인 때문에 그런 최소한의 권리를 누릴 환경을
만들기가 어려웠습니다.
그런데 JTS와 이원주 대표는 달랐습니다.
종교와 부족이 무엇이든 상관없이 누구라도
사람답게 살아갈 수 있도록 지원했습니다.
그것이 우리가 함께 일한 시간 동안 얻은
가장 큰 성과라고 생각합니다.

44 협력의 열매

흩어져 살던 사람들이 학교를 중심으로 마을로 돌아오게 되니 마을 인구가 증가하였습니다. 군청, 교육청에서도 마을에 더 관심을 갖게 되고 자체적으로 교실을 추가로 지원하거나 도로, 전기 등의 인프라도 지원을 하기 시작했습니다.

다물록에서 우연한 만남으로 시작하였지만, 그동안의 시간들을 돌아보니 운명이 아니었나 싶을 만큼 좋은 관계였습니다. JTS가 추구하는 이념과 총코 군수가 다물록을 발전시키려는 방향이 잘 맞았습니다. 특히 평화에 대한 부분도 뜻이 잘 맞았습니다. 오랜 기간 민다나오에서 활동했지만 지방정부와 뜻이 맞기는 쉽지 않았습니다.

군청 입장에서는 JTS가 제안하는 일들이 필요하긴 하지만 다른 일을 더 우선시 합니다. 그런데 총코 군수는 JTS와 뜻이 맞아 적극적인 협력 관계가 되었습니다.

총코 군수는 평소에도 경호원 한 명 없이 손수 차를 운전하거나 오토바이를 몰고 마을을 방문하는 것을 보고 놀랐습니다. 왜냐하면 군수 정도 되면 본인 안전을 위해서 오지 마을로 가는 일도 없거니

와 가더라도 여러 명의 경호원을 데리고 다니는 것이 일반적인 모습이기 때문입니다.

필리핀은 우리나라와 다르게 군수라는 공직을 맡아도 개인이 사업을 운영할 수 있습니다. 그래서 보통 군수를 하면서 자기 이권을 챙기는 경우가 대부분입니다. 그런데 이분은 다른 군수들과는 다른 모습이었습니다. 보통 정부에서 도로 건설 프로젝트를 수주하면 업자는 20~30퍼센트를 커미션으로 상납하기 때문에 부실공사를 할 수밖에 없습니다. 총코 군수는 도로 공사가 결정되면 업자들을 군청으로 불러 말합니다.

"나한테는 한 푼도 안 줘도 되니까 도로가 부실 공사 되지 않도록 기준에 맞는 자재로 공사를 잘해주세요."

총코 군수가 청렴결백한 것은 알았지만 말과 행동이 정말 일치하는 사람이구나 하는 생각이 들었습니다. 그래서 군수에서 은퇴한 지금도 그는 돈이 없습니다. 그런데도 여전히 오지마을을 다니면서 마을 곳곳의 어려운 사람들을 돕고 있습니다.

총코가 군수를 맡은 9년, 이후에도 6년 정도 더했으니 총 15년을 같이했습니다. 그 시간 동안 다물록은 눈부시게 발전했는데 그 시작은 총코 군수가 맺은 평화협정에서 시작되었습니다. 평화협정을 맺어 마을의 치안 문제가 우선 해결되었고 그 바탕 위에 JTS도 마을에 들어가 마을 사람들과 학교를 건축할 수 있었습니다.

JTS를 통해서 교육 환경이 좋아지니 흩어져 살던 사람들이 학교를 중심으로 마을로 돌아오게 되니 마을 인구가 증가하였습니다. 군청, 교육청에서도 마을에 더 관심을 갖게 되고 자체적으로 교실을 추가로 지원하거나 도로, 전기 등의 인프라도 지원을 하기 시작했습니다. 그 기반으로 마을도 농작물 운반 효율이 높아져 수익이 증대되고, 마을 인구는 더욱 증가하는 자체 발전의 순환 구조가 생성된 것입니다.

JTS가 지원한 보건소, 의약품, 묘목장, 건조장 등도 큰 영향이 있었습니다. 워터시스템도 빼놓을 수 없습니다. 마을에 인구가 증가하면서 기존의 수원지로는 물 공급이 부족해 2018년부터 워터시스템을 본격적으로 시작했습니다.

그동안 15개 마을에 취수관 및 상수도 지원 활동을 진행해왔습니다. 이 사업은 단순히 마을에 식수를 지원하는 것뿐 아니라 물로 인해 발생하는 각종 질병을 해결하는 데도 큰 기여를 했습니다. 사람들의 선호도만 보면 학교 건축할 때보다 워터시스템 사업할 때 훨씬 기뻐합니다. 이렇게 되니 발전하는 것은 당연한 수순입니다. JTS와 사업을 시작했던 때는 다물록군이 5등급 군청이었는데 지금은 4등급으로 승격했습니다. 개발 전에 1만 7,000명이던 인구가 2022년 기준으로 약 4만 명 정도로 증가했고요. 사람들이 많이 늘었다는 건 다물록이 평화롭고 살기 좋게 발전했다는 반증입니다.

45   가가후만

당시 지원이 필요한 열악한 지역을 다니면 오해를 많이 받았습니다. 금
광을 알아보러 다니는 거 아닌가부터 뭔가 이권을 가져가기 위해서 온
외부인으로 보는 시선이 많았습니다.

2023년에 가가후만Kagahuman 지역의 군수였던 오스문도(Osmundo dela Rosa) 씨를 오랜만에 만났습니다. 세월이 지나 만나니 당시에는 알지 못했던 여러 얘기를 들을 수 있었습니다.

이 지역은 전부 산악지역입니다. JTS에서 지은 가가후만 학교 아래로 광산이 있고 그 옆 가까운 곳 키한아이, 콘솔라시온에도 학교를 지었습니다. 키한아이에서 보이는 산언덕이 가가후만이라고 하여 가보게 되었습니다.

눈앞에 보여 가까운 줄 알고 가게 되었습니다. 법륜 스님과 산길로 올라가는데 산이 너무 가팔라 힘들어서 정말이지 기절할 뻔했습니다. 물살이 센 큰 내를 몇 번이나 대나무 같은 걸 잡고는 건너가야 했습니다. 옛날에는 누구보다 산을 잘 타셨던 법륜 스님마저도 그때

는 "아이고 나는 이제 다 됐다" 하시면서 우리보고 먼저 가라고 했던 기억이 납니다.

지금은 길이 생겼지만 그때만 해도 길이 없으니 산으로 다녀야 했고, 군수와 관계가 안 좋을 때는 반대쪽 길로 다녀야 했습니다. 당시 지원이 필요한 열악한 지역을 다니면 오해를 많이 받았습니다. 금광을 알아보러 다니는 거 아닌가부터 뭔가 이권을 가져가기 위해서 온 외부인으로 보는 시선이 많았습니다. 그 사람들 입장에서는 아무 대가 없이 그저 돕겠다고 오는 사람을 한 번도 본 적이 없었던 겁니다.

2003년에 가가후만에 학교를 건축하려고 했을 때도 그랬습니다. 당시 지방 선거가 얼마 남지 않은 시점이었는데 그때 오스문도 군수는 재임을 목표로 선거 운동을 한참 할 때였습니다. 마을 방문하기 전에 JTS가 왜 이곳에 왔는지 설명을 하고 방문을 하고 싶다고 이야기했더니 딱 잘라서 거절하는 겁니다. 군청 협조도 얻어야 하는데 협조는커녕 마을에 가는 것도 허가할 수 없다는 겁니다. JTS가 가고자 했던 오지 마을들이 NPA(신인민군)가 활동하는 곳이 많아 군청이 방문 허가를 내주고 어느 정도 안전을 보장해주지 않으면 안 되었기 때문에 참 곤란한 상황이었습니다.

가가후만에 학교를 짓겠다고 하니 아주 의심스러워하며 반대를 했죠. 군수는 JTS가 가가후만 마을 사람들을 돕는다면 그건 NPA를 돕는 일이고 그 마을 리더인 만사이사얀을 돕는 일이라며 펄펄 뛰는 겁니다. 알고 보니 오스문도 군수와 마을 리더였던 만사이사얀은 젊었을 때부터 친구였다고 하는데 어떤 일을 계기로 서로 관계가 틀어졌다고 합니다. 틀어진 정도가 아니라 나중에는 적대적으로 변한 겁니다. 크롬 광산을 둘러싼 이권 개발에 대한 다투의 개입과 마을에 살인사건 용의자로 지목된 일 때문이었습니다. 이 일 이후로 두 사람 관계는 더욱 악화되었고 만사이사얀은 외출할 때 지름길로는 다니지 못하고 한참을 둘러서 다니는 상황까지 벌어졌다고 해요.

그런 상황에서 JTS 일을 봐주는 코디네이터가 선거에서 그의 상대편을 지원하고 있다는 주장이 나왔던 겁니다. 학교 건설 예정지는 반군의 은신처로 알려져 있었고, 지방정부는 JTS와 반군의 연계에 대해 자연스레 의심을 품은 겁니다. 지역사회 지도자들도 현직 군수를 반대한다는 소문이 돌았습니다.

JTS는 가가후만에 학교를 지으려면 이런 갈등 상황부터 우선 풀어야겠다고 생각해서 방법을 알아보던 중, 우연한 기회로 군수 자녀 가운데 딸 한 명이 세비어 농업대학 트렐의 제자였습니다. 트렐은 평판이 높은 지역 대학의 교수이고, 도동은 지방정부와의 협력 경험이 있는 활동가였기 때문에 지방정부와 소통하는 것이 조금은 나아졌습니다. 학교 건축의 필요성에 대해 여러 차례 설명하고 설득하면서 군수의 마음이 조금씩 누그러졌습니다. 마을 환경이 어떤지 점검만 하겠다고 해서 겨우 방문 허가를 받을 수 있었습니다. 그런데 허가를 받아도 마을까지 가는 건 허가받는 일만큼이나 쉽지 않았습니다.

가가후만 마을에 가기 위해서는 차를 타고 임파하농Impahanon 마을로 갑니다. 큰 다리가 나오는데 거기서부터 11킬로미터를 걸어야 합니다. 잘 닦인 도로 11킬로미터를 걷는 것도 마음을 먹어야 하는

데 가가후만까지는 길이라고 말하기도 어려운 처지였습니다. 좁기도 하고 발 디딜 공간마저도 농작물 나르는 말들이 지나가면 60센티미터 깊이의 도랑이 되어 비가 오면 그대로 물길이 됩니다.

그런 길을 몇 시간이고 걷다보면 손가락을 타고 땀이 빗물처럼 떨어집니다. 온몸이 땀에 절어 비 맞은 듯한 상태로 산등성이를 올라 꼭대기에 도착하면 이제 다 왔나 싶은 마음이 막 듭니다. 그 산 건너편에 가가후만 마을이 옹기종기 보여요. 이제까지 걸어온 몇 시간만큼 계곡을 따라 다시 내려갔다가 또 그만큼 다시 올라가야 그 마을에 닿는 겁니다.

그때만 해도 많이 걷는 버릇이 안 되어 있어 힘들었습니다. 다른 곳에 답사 갈 때도 올라가다가 기절할 것만 같고, 이미 옷은 땀에 다 젖었고 해서 '에라 모르겠다' 하며 중간에 다 같이 개울물에 누워서 쉬었던 기억도 납니다. 한번은 마닐라 정토회 회원들이 답사에 동참했던 적이 있어요. 길이 없고 워낙 험준한 언덕을 오르락 내리락 하니까 사람들 신발 밑창이 다 떨어져서 신발을 손에 들고 올라간 일도 있었습니다. 또 한번은 한참을 기다리고 돌아봐도 사람이 오지 않아 내려갔더니 나중에 '도저히 힘들어 중간에 포기했다. 다시는 여기 못 올 것 같다'며 고개를 내저었습니다.

그렇게 어른들이 걸어가기도 힘든 먼 길을 마을 아이들이 어떻게 다니겠습니까. 직접 걸어서 가보니 '이 아이들은 학교에 갈 수 없겠구나' 절절하게 이해가 갔습니다.

46 화해

가가후만 마을 사람들은 악조건에도 굴하지 않고 먼 길을 돌아서 자재를 운반했습니다. 자식들을 학교에 보내겠다는 오로지 그 마음 하나로 그 힘든 수고를 감당한 겁니다.

법륜 스님과 인연이 닿기 전에 1991년 피나투보 화산 대폭발 이후, 어려움을 겪고 있는 팜팡가Pampanga 지역 아이타 원주민들에게 필요한 식료품과 옷가지들을 지원하는 봉사활동을 선교사들과 함께 했던 적이 있습니다. 이때 본 원주민들은 키가 평균 150센티미터 정도에 완전 곱슬머리, 얼굴색은 흑인에 가까웠습니다. 그래서 원주민들은 다 그런 줄 알고 있었는데 가가후만 원주민들을 보니 비슷한 면도 있지만 전혀 다른 외모였습니다.

히가오논 원주민이었는데 히가오논어로 이야기를 했습니다. 민다나오 현지 코디네이터는 비사야어를 썼으니, 마을 사람들이 히가오논어로 말하면 그 마을에서 비사야어를 할 줄 아는 사람이 코디네이터에게 통역을 하고, 그럼 코디네이터가 다시 영어로 통역을 했습

가가후만 마을 주민들은 학교 건축이 조상 대대로의 꿈이었다고 한다.

니다. 그럼 그 영어를 듣고 다시 한국어로 통역을 하는 겁니다. 법륜
스님이 말씀을 하시면 세 개의 언어를 거쳐 통역을 해야 마을 사람
들과 대화가 가능했습니다. 서로 말이 통하지 않아 겪는 이런 어려
움은 민다나오에서 활동을 하는 내내 어디를 가도 따라다녔습니다.

마을 리더인 만사이사얀Mansaysayan은 아이들이 학교에 다니는 일
이 조상 대대로의 꿈이라고 학교 건축을 간절하게 요청했습니다. 통
역을 여러 번 거치면서도 마을 사람의 그런 심정은 우리에게도 깊이
와닿았습니다.

JTS는 가가후만에 학교를 짓기로 결정했지만 군수가 반대하는
문제가 여전히 풀리지 않고 있었어요. 나는 도동과 함께 계속 군수
를 찾아갔습니다. 결국 군수는 학교 건축을 반대하지는 않겠지만 지
원하지도 않겠다는 입장을 냈습니다. 그 정도 입장을 받아내는 데만

도 엄청난 노력과 시간이 들었습니다. 지방자치단체장 지원은 얻어내지 못했지만 그래도 학교를 지을 수 있게 되었습니다.

군수 문제까지 해결했는데 정작 마을에는 학교를 지을 만한 평평한 땅이 없었습니다. 산꼭대기에 자리 잡은 마을이고 원주민들은 능선을 따라 조그맣게 집을 지어서 군데군데 흩어져 살고 있었습니다. 조금이라도 평평한 땅을 찾아서 거기를 앞쪽으로 하여 경사진 부분은 기초를 닦아 기둥을 만들어 올리고 그 위에 건축을 하면 어떨까 아이디어를 냈습니다.

걸어오기도 힘든 곳에 건축 자재를 들여올 걸 고려하니 어쨌든 최소한 꼭 필요한 자재만 가지고 오기로 했습니다. 자연히 목조 건물이 되었습니다. 11킬로미터 떨어진 임파하농 마을에서부터 마을 사람들이 자재를 이고 지고 산 고개를 두번 넘어 운반을 했습니다.

가가후만은 임파하농 원주민들 중에서 일부가 갈라져 나와 생긴 마을이었는데 두 마을 간의 관계가 좋지 않았어요. 임파하농 마을 리더가 가가후만으로 통하는 길을 막아버렸습니다. 길이 없으면 다른 길을 뚫어야지요.

가가후만 마을 사람들은 악조건에도 굴하지 않고 먼 길을 돌아서 자재를 운반했습니다. 마을 리더인 만사이사안을 중심으로 서로 격려하면서 시멘트, 모래 등 무게 나가는 자재를 옮겼습니다. 자식들을 학교에 보내겠다는 오로지 그 마음 하나로 그 힘든 수고를 감당한 겁니다. 그들 역시 그렇게 큰 건물을 지어본 경험도 없고 기술도 당연히 없었지만 누구도 포기하지 않았고 식사 시간이 되면 JTS에서 지원한 쌀로 다 함께 밥을 지어먹으면서 웃으면서 일했습니다.

그쯤 되니 학교 준공식에는 참석하지 않겠지만 마을로 가는 진입로는 보수해주겠다는 군수의 약속도 얻어냈습니다. 학교가 지어지고 그에 따라 마을로 들어가는 진입로가 정비되면서 리더와 군수 사이에 팽팽하게 날이 섰던 적대 관계가 서서히 풀어지기 시작했습니다. 그러던 중에 살인사건의 가해자가 만사이사얀이 아니라는 사실이 밝혀지면서 그동안의 오해가 많이 풀렸습니다.

학교 준공식을 하던 날 마을 리더 만사이사얀은 물론이고 모두들 그동안의 고생에 서로 감사하며 기뻐했습니다. 만사이사얀은 눈물을 흘리며 JTS에 감사하다며 이렇게 이야기했습니다.

"우리는 이 깊은 산속에서 세상에 그 존재를 잃어버린 채 그렇게 살아왔습니다. 아무도 세상에 우리가 있는 것을 알지 못했고 아무도 우리에게 관심을 가지지 않았습니다. 아이들은 책이 아닌 총을 가지고 놀았습니다. 그런데 JTS가 처음으로 마을을 방문하여 아이들을 위해 학교를 만들자는 이야기를 했습니다. 나의 할아버지도 학교를 다니지 못했고, 아버지도, 나도 학교를 다니지 못했습니다. 나의 아이들이 학교를 다니는 것은 조상 대대로의 꿈이었습니다. 그런데 JTS가 그 꿈을 실현시켜 주었습니다.

마을 주민들은 모두 이 꿈을 이루기 위해 아침부터 자재를 등에 메고 산을 오르고, 계곡을 넘었습니다. 그리고 이 소중한 학교를 우리 아이들이 또 그의 아들들이 공부할 수 있도록 100년이 지나도 잘 보존될 수 있도록 튼튼하게 만들었습니다. 이 고마움은 세상의

2023년 오스문도 전 군수를 방문하여 당시를 회고했다.(오른쪽에서 두 번째가 오스문도)

그 어떤 고마움보다 큽니다. 세상에 있는 모든 것을 다 넣을 수 있는 큰 바구니가 있다 해도 오늘의 이 고마움을 다 채워넣을 수 없을 것입니다."

준공식 날 선물로 옷을 많이 가지고 갔는데 리더인 만사이사얀이 마을 사람들에게 옷을 배분해주는 모습을 보고 어떤 교육을 받은 적도 없는 그가 조직 관리 능력이 탁월하다는 것도 새삼 느꼈습니다. 만사이사얀은 마을 사람들이 각자 공사에 어느 정도 참여했는지 적은 장부를 근거로 일은 많이 한 순서대로 선물을 나눠주었습니다.

준공식이 끝나고 시간이 좀 흘렀을 때, 나는 오스문도 군수와 만사이사얀이 이제는 서로 오해를 풀 수 있지 않을까 싶은 생각이 들었습니다. 그래서 자리를 마련해 두 사람을 초대했습니다. 오스문도

평화 캠프에서
한국 대학생과
다투 만사이사얀이
악수하는 모습
(2005)

군수와 마을 리더 만사이사얀은 오래 이야기를 나눴습니다. 그날 이후 두 사람은 이전처럼 친구가 되었습니다. 서로 협력하는 관계로 돌아간 것입니다.

이후 JTS에서는 한국 대학생과 필리핀 대학생이 함께하는 평화캠프(Peace Camp)를 가가후만에서 두 차례 진행했습니다. 최근에 방문해서 알게 된 얘기지만 JTS 측에서 평화캠프를 한다고 했을 때 오스문도 군수는 고민이 정말 많았다고 합니다. 이전보다는 정세가 안정이 되어 있었지만 산발적으로 NPA의 활동이 있었기 때문에 평화캠프를 한다는 상황을 알리면 군에서 허락을 안 할 게 분명했기 때문입니다. 마을 입장에서는 평화캠프를 하는 것이 필요한데 군인이나 경찰에 알릴 수도 없고 해서 자기 입장에서는 유일하게 할 수 있는 것이 하늘에 기도하는 일이었다는 겁니다.

학교를 지으면서 하나가 된 마을 사람들은 이전처럼 군청과 적대

갈등을 풀고
서로 화해한
만사이사얀(왼쪽)과
오스문도(왼쪽 두 번째)

적인 상황을 걱정하는 대신에 어떻게 하면 마을을 발전시킬까 고민하게 되었고 JTS는 마을에 꼭 필요한 상수 시설, 농기구, 물소 등을 지원했고 나중에는 양어장도 만들고 한국에서 코스모스 씨앗을 주어 학교 주변 정원도 가꿨습니다. 이런 변화에 말리복군에서도 소외되었던 가가후만 마을에 관심을 두고 지원을 이어갔습니다. 마을 원주민들은 그들이 원한 것처럼 아이들은 배울 수 있고, 물이 필요하면 물을 마실 수 있는 전보다 훨씬 나은 삶을 살 수 있었습니다.

평화캠프를 진행하면서 한국 대학생들, 세비어 대학생들, 송코 청년들도 함께 마을을 지원한 것도 중요한 일이었지만 평화캠프 자체가 문화교류의 장이 되기도 했습니다. 서로 다른 문화권에서 생활한 학생들이 함께 땀 흘리고 일하며 서로서로 배우는 좋은 기회가 된 겁니다.

47 광산

순수했던 마을공동체는 파괴되었어요. 사람들은 일을 안 하고도 큰 돈을 벌게 되니 더 이상 농사를 짓지 않았습니다. 그리고 돈을 흥청망청 쓰기 시작했습니다.

2007년에 한국인이 운영하는 광산 회사가 크롬을 캔다고 가가후만에 들어왔습니다. 회사는 광산 채굴권을 얻기 위해서 가가후만 주민들에게 접근했습니다. 광산 산업에 협조를 하면 거액을 벌 수 있다고 마을 리더인 만사이사얀과 주민들을 설득했던 겁니다. 주민들은 JTS가 학교도 같이 지었고 마을개발도 적극 지원했기 때문에 그 이후로 한국 사람들은 다 좋은 사람들이라는 인식이 있었던 거예요. 그래서 그 광산 회사도 자기들을 도와줄 것이라고 믿은 겁니다.

민다나오는 천연 자원이 풍부해서 수많은 다국적기업들이 눈독을 들이고 있습니다. 기업들이 민다나오에 앞다퉈 진출하면서 현지 사람들 사이에 수많은 이해관계를 만들어냈어요. 원주민 공동체에 악영향을 미치는 일이 대부분이었습니다.

법륜 스님은 그런 점을 염려해서 리더인 만사이사얀에게 광산업에 절대로 손을 대서는 안 된다고 계속 만류했고, 오스문도 군수도 반대를 했지만 소용이 없었습니다. 마을 리더인 만사이사얀은 광산업이 부족의 희망이 될 거라고 생각했어요. 큰돈을 벌 수 있는 기회라고 생각하고 가난에서 벗어날 거라고 믿은 겁니다. 그 후 사람이 다치는 사건도 있었고 여러 이해관계가 얽히니까 인근의 다른 부족들은 광산업에서 손을 뗐습니다. 그러나 만사이사얀과 가가후만 주민들은 광산업을 계속했어요. 결국 그들은 큰돈을 벌었습니다. 원하는 대로 된 것이지요.

그러나 순수했던 마을공동체는 파괴되었어요. 사람들은 일을 안 하고도 큰 돈을 벌게 되니 더 이상 농사를 짓지 않았습니다. 그리고 돈을 흥청망청 쓰기 시작했습니다. 카가얀 데 오로 시내에 나가서 유흥가 출입을 하는 등 이전의 본인들 삶과는 동떨어진 삶을 살기 시작했습니다. 그렇게 돈맛을 본 사람들은 더 이상 예전으로 돌아가지 못했습니다. 부족의 관습과 가치관이 완전 바뀌어버렸습니다. 만사이사얀은 이 마을에서 광산업을 할 수 있도록 해준 대가로 돈을 받았을 텐데 그 돈으로 비싼 시계와 휴대폰을 장만하고 픽업트럭까지 몰게 되었습니다. 그러다 차량이 절벽으로 떨어지는 사고가 발생하면서 만사이사얀은 죽게 되었습니다.

그가 죽은 이후로 마을은 더 큰 혼란에 빠졌습니다. 광산 개발 이권과 관련된 여러 정부기관과 광산 회사, 마을 주민들 간의 의견 차와 NPA의 지속적인 혁명세금 요구 등으로 인해 광산 회사는 결국 사업을 포기하고 마을에서 철수했습니다. 비극은 계속되었습니다.

가가후만 주민들은 이미 농사를 포기한 지 오래 되었고 원주민의 전통문화도 잃어버린 상태였습니다. 예전에 어떻게 농사를 지으며 살았는지 잊어버렸고 할 수 있는 일이 없었습니다. 그러니 자연스럽게 옆 마을에서 농사지을 때 일을 거들거나 심지어 마을을 떠나는 경우도 많았습니다. 지금은 JTS가 방문하기 전보다 더 가난한 마을이 되었습니다.

처음 가가후만을 방문하여 마을 사람들과 함께 학교를 짓고 마을을 가꿀 때만 해도 리더십있는 다투 아래 마을 주민들이 잘 협력하여 큰 발전을 할 수 있다고 생각했으나 결국에는 이렇게 된 것을 보니 안타까운 마음이 듭니다.

48   알라원

길이 없어서 앞에서 원주민이 지나가면서 풀을 쳐주면 몇 걸음 따라가는데, 정글숲 헤치고 가는 게 너무 힘들어서 좀 서 있으려고 하면 나무 위에서 거머리가 사람 피 냄새를 맡고 떨어진다고 합니다.

알라원은 예전에 배우 한지민 씨도 봉사를 와서 일일 교사도 했던 마을입니다. 그때 우리 집 작은아들이 통역을 맡았습니다. 이곳은 국립공원 구역이기도 하고 사람 왕래가 없는 위험지역이라고 해서 매번 바랑가이에 출입 허가를 받아야 했습니다. JTS 측은 외국인이니까 특히 더 가기 전에 신고하고 다녀와서 신고하는 과정이 필요했습니다.

알라원 첫 방문 일정이 잡혔을 때 도동과 트렐이 마닐라에 있는 저에게 여러 가지 준비물을 일러줬습니다. 밧줄, 헤드랜턴, 플래시 라이트, 모자, 장갑, 비옷 등과 산악 거머리가 많으니 머리부터 발끝까지 우주복처럼 준비해야 한다고 하는 겁니다. 그냥 마을을 방문하는 건데 이런 것들이 다 왜 필요한지 이해가 가지 않았습니다. 거머리 얘기를 들어도 저 역시 어릴 때 시골에 살면서 거머리한테 많이 물려봤기 때문에 그게 무슨 대수인가 생각했습니다.

원주민의 안내를 따라 가는데 알라원으로 들어가는 첫 입구부터 절벽을 보고 눈앞이 캄캄했습니다. 발을 놓을 데도 없는 좁은 수풀 길에 옆으로 미끄러지면 끝이 안 보이게 떨어지는 절벽이라 머리가 쭈뼛쭈뼛 설 정도로 긴장이 되었습니다. 처음에는 다닐 수 있는 길이 없어서 앞에서 원주민이 지나가면서 풀을 쳐주면 몇 걸음 따라가는데, 정글숲 헤치고 가는 게 너무 힘들어서 좀 서 있으려고 하면 나무 위에서 거머리가 사람 피 냄새를 맡고 떨어진다고 겁을 주는 겁니다. 그러니 나무 아래서는 쉴 수도 없고 그나마 땡볕인 돌밭이 나오면 잠깐 숨을 돌릴 수 있는 정도였습니다. 몇 번 강을 건너 산을 오르내리니 마을에 도착하는 데만 5시간 반 정도 걸렸습니다.

알라원 마을 사람들은 수입이라도 할 게 없었습니다. 산에서 마을로 내려오는 경우는 소금을 구하는 것 외에는 없었고요. 마을에 나이가 제일 많아 보이는 할머니에게 첫 질문으로 언제부터 이곳에 사셨는지 여쭤봤습니다. 할머니는 그냥 옛날부터 살았다고만 했습니다. 그래도 재차 옛날 기억을 더듬어 보시길 부탁드리니 자신이 어렸을 적 부모님, 친척들과 함께 손을 잡고 이곳으로 왔는데 비행기 소리가 많이 났던 것으로 기억한다고 했어요. 그래서 도동과 트렐은 아마도 2차 세계대전 당시 전쟁을 피해 이곳으로 피난온 것 같다고 했습니다.

방문할 당시 마을에는 30여 가구 정도가 산다고 했는데 글을 아는 사람이 몇 사람인지 물어보니 초등학교 2학년 정도의 교육을 받은 사람이 딱 두 명 있었습니다. 그나마도 학교를 다니다 그만두어서 겨우 글을 조금 아는데 그 정도가 알라원에서는 최고 학력이었습니다. 이 마을에 교육이 절실하다고 생각은 했지만 학교 건축에 대한 논의는 하지 못하고 서둘러 하산할 수밖에 없었습니다. 오후가 되면 비가 와 이동이 어렵다고 도동과 트렐이 옆에서 얼른 하산해야 한다고 재촉했기 때문입니다.

나는 그때도 비가 오면 좀 맞으면 되지 이렇게 어렵게 왔는데 제대로 논의도 못해보고 돌아간다는 게 아쉬웠습니다. 하지만 도동과 트렐이 왜 그토록 재촉했는지는 금방 알게 됐습니다. 중간쯤 내려오니 새까만 먹구름이 하늘을 덮기 시작하더니 순식간에 비가 세차게 내리며 숲속은 한순간에 밤이 된 것처럼 어두워졌습니다. 풀을 치며 올라왔기 때문에 길을 어느 정도 알아볼 수 있었지만 비가 갑자기 내리니 겨우 만들어 온 길은 물길이 되어 엄청나게 빠른 속도로 물이 흘러 내렸고 곳곳에 폭포가 생겼습니다.

필리핀은 매일 오후에 소나기가 쏟아져 내리는 스콜Squall이 있기 때문에 갑자기 내리는 소나기에는 크게 놀라지 않는데 알라원 마을에서 내려올 때 쏟아지는 비는 하늘에서 물 바가지를 몇 시간 동안 붓는 것 같았습니다. 앞도 보이지 않고 길도 제대로 없는 숲속에서 옆에서는 폭포가 쏟아져 내리고 또 한쪽은 낭떠러지니까 정말 두려웠습니다. 눈앞의 폭포를 도저히 건널 수 없을 것만 같았습니다. 그렇다고 다시 돌아갈 수도 없는 노릇이었습니다. 밧줄 없이는 건널 수

산 아래에서 알라원까지 다섯 시간 반이 걸렸지만, 지금은 그나마 좁은 길이 만들어져 세 시간 반 정도 걸려서 도착할 수 있다.

없는 위험천만한 상황에 당황했지만 그래도 현지인 안내자가 건너편으로 가서 나무에 밧줄을 묶은 다음 그걸 던져줘서 센 물길을 간신히 건널 수 있었습니다. 서로 의지하며 간신히 산 아래에 도착해 생각하니 트렐이 왜 그렇게 준비를 하라고 당부했는지 이해가 갔습니다. 준비 없이 갔다면 과연 살아 돌아올 수 있었을까 아찔했습니다.

그러니 학교를 짓자고 해도 이 산속까지 자재를 운반하는 것이 난제였습니다. 그래서 토론 끝에 기초공사에 필요한 시멘트, 철근, 지붕재 등 최소한의 자재만 가지고 오기로 하였습니다. 그래서 알라원의 학교는 대부분 목재로 짓고 자갈, 모래 등은 개울에서 퍼왔습니다. 그냥 맨몸으로 걸어 올라가도 힘든 길을 정글을 헤치고 강을 네 번씩 건너서 자재를 운반한다니 지금도 그때를 생각하면 어떻게 그 일을 했을까 싶습니다.

제일 힘들었던 건 마을 사람들이 자기들이 같이 자재를 나르고 봉사를 하겠다고 했는데 나중에는 못하겠다는 겁니다. 그래서 자재 1킬로그램당 쌀 1킬로그램을 지원하기로 제안을 했습니다. 그러니 힘을 내서 나릅니다. JTS는 현금을 지원하는 일은 일체 없으니 쌀이라든가 식량을 지원하는 거지요. 그러한 식량 지원이 구호의 다른 방법이기도 했습니다. 이곳 사람들은 그 이전에는 밥을 먹은 적이 거의 없었습니다. 농사를 짓지 않으니까요. 그런데 학교를 지으면서 일하는 품삯으로 쌀을 주니까 밥도 해먹고, 또 공사를 시작하면서 외부에서 기술자들이 오면서 그 사람들이 밥을 해먹으니까 같이 나눠 먹기 시작한 것입니다.

국립공원이기도 하고 위험한 지역이라며 지방정부에서 산 아래로 이주하라고 하지만 그들은 국립공원으로 지정되기 전부터 살았다며 이주하기를 거부하고 있다.

천신만고 끝에 학교를 건축했는데 교육청에서는 정규 학교가 아니라서 교사를 파견할 수 없다고 했습니다. 군청에 선생님을 배정해 달라니까 못 해준다고 합니다. JTS가 지원한 학교는 국립공원 안에 무허가로 건축한 학교라는 거지요. 그래서 JTS에서 교육대학 졸업생으로 아직 임용을 받지 못한 사람들을 수소문해서 임금을 주고 임시 선생님을 배치하려는데 이 사람들도 이 마을까지 올라갔다 내려가는 게 너무 힘드니까 안 가려는 겁니다. 그래서 마을 안에 교사 숙소도 지었습니다. 월요일에 출근을 하고 금요일에 내려오는 방식으로 차비도 보조해주고 가끔 쌀과 부식도 지원을 해서 겨우 임시로 학교 운영을 했습니다. 그러나 그것도 한계가 있습니다. 이 교사들이 정식 발령이 나면 가버리는 겁니다.

그래서 리보나 군청에 가서 군수를 만나 설득을 했습니다. 군수는 JTS가 빈곤퇴치를 위해 지원 요청하는 것을 알겠다며 교사를 지원하겠다고 했습니다. 그렇게 한동안 군에서 임시 선생님 월급을 지원했습니다. 교육청 사람들과 좋은 방법이 없는가 고민하던 중 알라원을 산 아래 마을 실리폰 초등학교 분교로 지정해서 실리폰 초등학교에 교사 배정을 받고, 거기서 알라원 분교로 선생님을 보내자는 의견이 있었습니다. 그때 서류 작성해서 마련하는 일이 학교 짓는 것만큼이나 힘들었습니다. 하지만 그렇게라도 JTS가 관리에 적극적으로 나서지 않으면 학교는 바로 폐교가 되기 때문에 어떻게 해서든 성사시켜야 했습니다.

49   지름길

> 마을 사람들이 나무를 잘라서 기둥을 세우면 학생들은 흙을 파서 조금
> 씩 길을 만들기 시작했습니다. 그러니 불가능하다던 마을 사람들도 가
> 능하다는 것을 알게 된 겁니다.

2006년 즈음에 활동가들이 알라원을 한번 가려면 오르락 내리락 물속을 들어갔다 나왔다 몇 번을 해야 해서 지름길을 만들자고 했습니다. 그런데 대부분 안 된다고 해요. 군청에서 엔지니어를 데리고 와서 방법을 찾아봐달라고 했는데도 자기로서는 길을 내는 게 불가능하다는 겁니다.

그때 마침 대학생들이 주축이 된 선재수련팀이 봉사를 오면서 마을 청년들과 함께 길을 만들기 시작했습니다. 마을 사람들이 나무를 잘라서 기둥을 세우면 학생들은 흙을 파서 조금씩 길을 만들기 시작했습니다. 불가능하다던 마을 사람들도 가능하다는 것을 알게 된 겁니다. 그때부터는 자체적으로 꾸준히 길을 만들어나갔습니다.

그래도 워낙 구간이 길고 험난하다 보니 완성하기는 쉽지 않았습

대나무로 만들어진
오래된 다리는
이후 더욱 튼튼하게
만들어졌다.

니다. 한참 지나서 두 번째 선재수련팀이 참여하여 길을 완성하였습니다. 그렇게 선재수련 참가한 대학생과 마을 사람들이 힘을 합쳐서 지름길을 만들었고 그 덕에 마을까지 가는 시간이 30분 정도 단축되었습니다. 그것보다 더 좋아진 것은 개울을 네 번이나 건너야 했는데 더 이상 신발 벗고 양말 벗는 일을 하지 않아도 된다는 겁니다.

10년 뒤 토네이도가 이곳을 강타해서 알라원 마을이 완전히 쑥대밭이 됐습니다. 마을 사람들은 아름드리 고목나무가 다 쓰러지면서 이전에 만든 다리도 완전히 파손되었습니다. 그래서 다리는 코크리트 기둥을 세우고 아연도금 상판을 마닐라에서 구입해와 완전히 새롭게 복구하였습니다. 이때 유실된 대부분의 길도 복구하였습니다.

50 원칙과 한계

알라원 사람들은 아이들이 학교에서 위험한지 어떤지 그런 문제보다 당장 하루하루 먹고 사는 것이 더 큰 문제였던 겁니다.

시간이 지나고 JTS가 여러 지원을 하면서 알라원 사람들의 삶이 나아지기는 했지만 의식 개선은 잘 되지 않았습니다. 마을 어른들 중에는 정규교육 과정을 거친 사람이 한 명도 없었고 리더는 마을에 헌신적이었지만 다른 마을에 비해서 리더십이 부족했습니다. 알라원 마을에 지원을 많이 하기도 했고 여러 번 리더 교육도 했지만 나아지지 않았습니다. 마땅한 수입원이 없는 상태에서 JTS가 지원을 해주니까 마을 사람들은 자꾸 여기에만 의지하려고 했던 것이지요.

어느 날, 한 활동가가 저한테 찾아와서 물어봅니다. 왜 알라원 같이 계속 JTS에 의지하는 마을을 도와주느냐고요. 우리가 추구하는 방향은 이런 게 아니지 않냐면서요. 백 번 맞는 말입니다. 저도 지원하면서도 좌절감이 들 때가 많았습니다. 학교 복도 난간이 비에 썩고 부서져서 아이들이 다니기 위험한데도 마을 사람들은 전혀 고칠 생각을 안 합니다. 마을 사람들한테 물어봤습니다. 아이들이 이렇게 위험한데 왜 안 고치느냐고요. 돌아오는 대답은 자기들 입에 풀칠하기도 바쁘다는 겁니다. 그래서 나무를 지원해줄 테니 고치겠냐고 물으면 그건 하겠다고 합니다.

어떻게 하면 마을 사람들이 자체적으로 꾸려갈 수 있을지 여러 방법을 시도해봤지만 그저 JTS에 의지하려고 하는 모습을 볼 때는 고민이 많았습니다. 그렇다고 그곳 상황을 뻔히 아는데 알고도 안 도와줄 수는 없었습니다. 제 개인적으로는 산속 알라원 마을에 남아 있는 얼마 안 되는 사람들도 산 아래 마을로 내려와 정착했으면 좋겠다는 생각이 있었습니다. 이곳은 국립공원 지역이라 학교 지원도 어렵고 그동안 무던히도 노력했지만 마을 사람들의 삶의 질 개선이 잘 안 되었기 때문입니다.

알라원은 농사 지을 땅이 없으니 민다나오의 다른 어떤 마을보다 빈곤했습니다. 주수입원이라고 치자면 아바카와 커피가 전부이고, 옥수수나 고구마는 자기들 식량으로 하는데 가뭄이 심한 해는 농작물 수확량이 거의 없어 산 아래 마을로 내려와서 구걸을 하는 경우가 많았습니다. 그럴 때면 JTS가 쌀과 식료품을 사서 지원하기도 했습니다. 그것도 배고픔을 달래기에는 충분하지 않을 때가 많았고요.

그러니 알라원 사람들은 아이들이 학교에서 위험한지 어떤지 그런 문제보다 당장 하루하루 먹고 사는 것이 더 큰 문제였던 겁니다. 알라원이 그들의 삶의 터전이지만 생계 유지가 쉽지 않으니 마을로

알라원으로 올라는 길에 다리를 건설하기도 하고, 학교 건축 후 보수 공사도 여러 차례 진행하면서 JTS는 알라원 마을에 지속적으로 지원하고 있다.

내려와 일용직 노동자라도 하면서 사는 사람들이 점점 늘어나고 마을 인구수도 처음 우리가 방문했을 때보다 더 줄었습니다.

나는 이런 상황들을 알기에 알라원 사람들이 그들 스스로 더 나은 삶을 살아가기를 바라는 마음을 내려놓았습니다. 연초에 민다나오 사업 계획을 논의할 때면 법륜 스님은 알라원과 가가후만은 JTS가 지속적으로 관심을 가지고 지원을 해야 한다고 자주 이야기하셨습니다. 그동안의 상황을 겪으면서 마을 사람들의 의식이 개선되지 않는다고 우리마저 관심을 끊는다면 이 사람들은 더 힘들어질 수밖에 없다는 걸 절감했습니다.

JTS가 이 사람들의 삶을 모두 책임질 수는 없습니다. 하지만 학교가 부서져서 아이들이 위험하면 나무를 지원할 수 있습니다. 먹을 것이 없으면 구호활동을 할 수 있습니다. 발생하는 현안에 맞춰 JTS가 할 수 있는 한도 내에서 관심을 가지고 나아가자 생각했습니다. 필요 이상으로 의지하려고 하면 단호하게 거절하기도 하면서 최소한의 지원은 할 수 있다고 생각했습니다.

이런 생각을 나누니 알라원 지원에 의구심을 가졌던 활동가도 납득이 된다고 했습니다. 마을 사람들이 의지하는 모습을 보면서 JTS가 오히려 이들의 의지심을 자꾸 키우는 것이 아닌가 생각했는데 그 사람들이 처한 현실과 우리가 할 수 있는 현안을 잘 살피지 못한 것 같다고도 했습니다. 대표를 맡아 20여 년 동안 봉사해왔던 나 역시 이런 상황을 받아들이고 일을 계속해나가는 것이 쉽지 않은데 활동한 지 몇 년 되지도 않은 활동가들이 이런 부분을 이해하기 어려워하는 건 당연하다고 생각합니다. 그렇지만 이게 JTS 활동인 겁니다. '원칙만을 고집하지 않고 현장에서 정말 필요한 역할을 수행한다.' 이것이 제가 생각하는 JTS의 원칙입니다.

51   자원봉사

수천 명의 일반 정토회 회원 한 명 한 명이 매일 새벽에 기도하면서 하루 1달러 이상 기부하는 금액으로 기금이 형성된다고 알렸습니다.

JTS 활동은 자원봉사가 기본입니다. 나를 포함한 한국에서 온 활동가들도, 건축에 참여하는 마을 사람들도 모두 자원봉사로 JTS 사업을 진행합니다. 그런데 이런 활동이 필리핀에서는 익숙한 일이 아니다 보니 이로 인한 오해가 참 많았습니다.

마을 사람들이 볼 때는 한국 사람이라 하고, 학교를 지어준다고 하니 엄청 돈이 많은 부자인 줄 아는 겁니다. 모두가 자원봉사고 무보수로 일을 한다고 아무리 설명해도 마을 사람들은 우리가 돈이 많은 부자라서 돈을 안 받고 일을 한다고 생각하거나, 아니면 뒤에서 돈을 받는다고 생각하는 사람들이 많았습니다. JTS 활동가들은 학교를 다니다가 자원봉사에 뜻이 있어 이곳에 온 젊은 친구들이거나 직장 생활을 하다 마음을 내서 몇 년씩 무보수로 일을 하는 사람이 대부분이었는데도 말입니다.

그러다보니 헌신적으로 일하는 마을 리더 중에는 JTS에서 혼자 돈을 받으니 열심히 한다는 오해를 사는 일이 종종 있었습니다. 와오군 방코Bangco 마을에서 학교를 지을 때도 열심히 건축에 참여하는 리더가 그런 오해를 받아서 JTS는 돈을 주지 않는다고 설명을 하고 마을 리더도 적극적으로 마을 사람들에게 해명을 해서 오해가 풀린 경우가 있었습니다. 대부분은 이런 정도로 얘기하면 마무리가 되는데 티가손Tiga-ason 마을에서는 문제가 심각하게 커졌습니다.

티가손 마을은 행정구역상 깔랑아난군과 딸라각군 경계에 위치해서 마을 주민들도 일부는 깔랑아난군에 속한 바랑가이에 주민등록을 하고 일부는 딸라각군에 속한 바랑가이에 등록을 하는 상황이었습니다. 그래서 주민들이 두 파로 나눠져 있는 양상이었죠. 딸라각군에 속한 바랑가이 소속 리더가 헌신적으로 학교 건축에 참여하고 있었는데 이를 본 깔랑아난군 바랑가이 소속 리더는 이 사람이 JTS에서 혼자 돈을 받고 일한다고 생각했습니다.

이런 소문은 마을 사람들 사이에서 빠르게 퍼져 나갔습니다. 급기야 마을 사람들은 학교 짓는 데 참여하지 않는 지경에 이르렀습니다. 그런 상황에서도 마을 리더는 공사를 마무리 지으려고 혼자 계속 고군분투하니 오히려 이런 모습을 보고 마을 사람들은 더욱 오해가 깊어졌고 갈등이 심해졌습니다.

나는 티가손 마을에 찾아가 오해를 풀기 위해서 설명을 했습니다. 먼저 JTS 기금이 어떻게 형성되는지 알렸습니다. 마을 사람들에게는 한국 사람들은 부자니까 그냥 도와주는 거라는 생각이 기본적으로 있었고 그렇게 돈이 많으니 리더를 따로 챙겨줄 것이라는 오해가 깊었기 때문에 그 부분부터 바로잡아야 한다고 생각했기 때문입니다.

JTS는 몇몇 부자 독지가들이 지원한 기금으로 운영되는 단체가 아니라 수천 명의 일반 정토회 회원 한 명 한 명이 매일 새벽에 기도하면서 하루 1달러 이상 기부하는 금액으로 기금이 형성된다고 알렸습니다. 그런 기금을 JTS 활동비로 쓰지 않고 전부 학교 건축을 하는 데 사용하기 위해 일하는 사람 모두가 자원봉사로 활동한다고 말입니다. 가끔은 길거리에서 모금함을 들고 필리핀 아이들이 교육받을 수 있도록 지원을 해달라고 호소해 1,000원, 2,000원씩 모아서 이렇게 학교 건축을 할 수 있는 기금이 마련되는 것이라고 얘기했습니다. 그렇게 모은 소중한 기금이기 때문에 JTS는 어떤 활동가에게도 돈을 지급하지 않는다고 설명했습니다.

JTS는 군청에도, 바랑가이에도 돈을 주는 일은 없고, 오히려 군청과 바랑가이의 지원을 받아서 사업을 한다고요. 군청과 바랑가이에도 돈을 주지 않는데 마을 리더에게 돈을 줄 일이 있겠느냐, 지금껏 절대 그런 일은 없다고 했습니다. 사람들은 고개를 끄덕이고 수긍하는 듯했습니다. JTS의 방식은 이러하니 헌신적으로 일하는 마을 리더를 도와서 건축을 마무리하자고 설득했지만 결국 마을 사람들은 받아들이지 못했습니다. 그 자리에서는 알았다는 듯이 행동했지만 그때뿐이었습니다. 이미 깊어질 대로 깊어진 갈등은 이후에도 잘 해결되지 않았습니다. JTS 본부의 박지나 대표까지 와서 다시 한번 마을 사람들에게 설명을 하고 오해를 풀려고 했지만 받아들여지지 않았습니다.

마을 입장에서는 교실이 많이 필요한 상황이라 이후 추가 교실을 짓자는 계획도 초기에는 있었지만 학교를 지으면서 마을 사람들이 서로 협력을 배우는 것도 일의 과정인데 이렇게 서로 화합하지 않고 갈등하는 마을에서는 더 이상 추가 지원이 어려웠습니다. 결국 건축 계획은 취소되었습니다.

52   장애인 특수학교

장애를 갖고 있는 것이 인생을 행복하게 사는 데 아무런 문제가 되지 않
는다는 것을 자각할 수 있도록 돕는 것도 필요합니다.

장애인 특수학교와 인연이 된 것은 활동을 시작한 초기 2003년이었
습니다. 초기에는 민다나오에서 활동한 경험이 없다보니 시작하기가
쉽지 않았어요. 그래서 중심지에 있는 학교 가운데 지원이 필요한
곳을 법륜 스님과 답사를 하고 있었습니다. 여러 곳 가운데 딸라각
초등학교를 방문했을 때 우연히 장애아동 학급이 있는 것을 알았습
니다.

한쪽 구석에 있는 조그마한 교실에서 청각·시각·지체장애 아이
들이 다 모여서 선생님 두 분이 지도하고 있었습니다. 교육이라기보
다 그냥 케어하는 정도였습니다. 그 모습을 보고 안타까웠습니다. 법
륜 스님께서도 장애아이들이 더 나은 교육 환경을 제공받지 못하더
라도 일반 학생 수준은 되어야 하는 것 아니냐며 안타까워하셨죠.

그날 저녁에 법륜 스님과 활동가들이 회의를 했습니다. 장애별로 구분해서 수업할 수 있도록 공간을 따로 나누어 교실 환경을 지원하자고 의견을 모았습니다. 교실별로 화장실을 함께 건축하는 것과 더불어 장애학교 건축에 필요한 정보를 수집하기로 했습니다.

장애인 특수학교는 일반 교실과 달리 건축 공법에 전문성이 더 많이 요구되기 때문에 기존 마을 학교 건축 방식으로는 무리가 있었습니다. 그래서 전문 건축업자와 계약을 맺고 건축하기로 했습니다. 더불어 학생들을 위한 학용품과 교복, 신발, 각종 교구와 교사용품, 점자책, 휠체어, 컴퓨터 등도 지원하였습니다.

보지 못하고, 듣지 못하고, 말하지 못하는 등 장애를 이유로 차별받고 소외받아서는 안 됩니다. 그래서 이후에도 다른 것보다 우선순위로 지원을 하고 있습니다. 장애를 가진 아이들이 어릴 때 교육을 받을 수 없다는 것은 기회 자체가 사라지는 것이기 때문입니다. 장애를 가진 아이들도 교육을 받으면 인생을 행복하게 살 수 있다는 믿음으로 부모에게만 책임을 돌리는 것이 아니라 우리 사회가 이 아이들을 책임져야 한다는 생각으로 활동을 했습니다. 장애를 갖고 있는 것이 인생을 행복하게 사는 데 아무런 문제가 되지 않는다는 것을 자각할 수 있도록 돕는 것도 필요합니다. 이것이 JTS의 정신을 살리는 활동 방식입니다.

한번은 법륜 스님이 오버루킹 마을을 방문했을 때입니다. 한쪽 발이 많이 짧아 목발로 다니는 여자아이를 만났습니다. 법륜 스님은 이를 보고 그 아이에게 의족을 지원해줄 것을 제안하였습니다. 이후

장애를 이유로 차별받고 소외받아서는 안 된다. 딸라각 특수학교 준공식 (2004)

JTS는 마닐라와 카가얀 데 오로 등에서 의족을 조사한 뒤 사후 관리가 편리한 카가얀 데 오로에서 의족을 구입하여 지원했습니다. 그 아이는 도움을 받게 되어 무척 고마워했습니다. 자기도 도움을 주는 사람이 되고 싶다 하였고, 이후 그 아이는 딸라각 특수학교에 입학하여 공부와 보조교사 역할을 병행하였습니다. 졸업하고 나서도 한동안 보조교사 역할을 계속하며 아이들을 돌봐주었습니다. 비록 사소한 만남에서 시작되었지만, 소중한 인연이 되어 한 여자아이의 삶이 바뀌었습니다.

53 특수학교 기숙사

장애인은 일반인보다 더 도움이 필요한데 예산이 아예 없는 겁니까?

장애인 특수학교를 건축하는 과정에서 어느 날 선생님이 저를 따로 부르더니 조심스레 이야기하는 거예요. 교실을 분리해주는 것도 중요한데 멀리 떨어진 집에서 학교까지 등교하는 장애학생들의 고충이 더 크다고 했습니다.

부모들은 형편이 넉넉치 않아 대중교통 이용하는 것조차 어려웠고 그런 형편이니 데려다줄 사람을 구하는 것은 상상도 못할 일이었죠. 이런 이유로 대부분 아이들은 걸어서 등교해야 했고 이는 일반학생들이 험한 산을 넘고 강을 건너는 것 이상으로 어려운 일이었습니다. 특히, 시각장애인은 더욱 안전에 취약했고 등교하다 넘어져 다치거나 교통사고로 목숨을 잃는 일이 있다고도 했습니다. 게다가 일찍 등교해야 하니 끼니를 거르는 일도 많다고요.

그러면서 아이들을 위해서 조그마한 방 한 칸도 함께 지어줄 수 없냐고 요청하는 겁니다. 그 이야기를 들으니 장애 아이들의 어려움이 깊이 공감되었습니다. 그래서 아이들이 남녀 구분되어 지낼 수 있도록 방 두 칸을 만들고 화장실, 세면장, 공용 부엌 및 식탁도 설치하여 기숙사를 지원하였죠. 건축하기 전에 군청과 협의하여 조리사와 기숙사 관리인도 파견될 수 있도록 했습니다. 아이들이 기숙사를 제2의 집이라며 기뻐하던 모습이 아직도 생생합니다.

그러나 기숙사 운영 문제는 또 다른 어려움으로 나타났습니다. 초기에는 운영이 잘 되는 듯하다가 점차 어려워졌습니다. 왜냐하면 시간이 지날수록 군청에서는 예산 문제로 기숙사 운영에 필요한 인력을 지원해주지 않았어요. 이런 문제를 해결하기 위해서 여러 단체와 협의하는 시간을 가지기도 했지만 쉽지 않았죠. 법륜 스님께서 아이들이 집에서도 밥을 먹으니 학부모들이 돌아가면서 운영을 하면 먹을 것이 해결되지 않겠나 했지만 그것조차도 쉽지 않았습니다.

이후에 방문했을 때 기숙사가 텅 비어 있어 물어보면 먹을 것이 없어서 아이들이 오지 못한다고 했습니다. 그래서 군청으로 찾아갔어요. 이때 '군청에서 운영을 잘 하기로 해놓고 왜 못하느냐?' 하며 따질 수는 없었습니다. 나의 목적은 군수를 질책하는 것이 아니라 군수가 장애아동 기숙사에 관심을 갖고 지원하는 것이었기 때문입니다.

"군수님이 지원을 해줘서 장애아동을 위한 학교와 기숙사를 잘 지었습니다. 고맙습니다. 혹시 딸라각 군청에는 장애인을 위한 예산이 따로 있는지요?"

"예산은 따로 없습니다."

"장애인은 일반인보다 더 도움이 필요한데 예산이 아예 없는 겁니까?"

"전혀 없는 것은 아니고 조금 있습니다."

딸라각 군청에서는 장애인 지원을 어떤 식으로 하는지 물으니 구체적으로 말하지 못했습니다. 그래서 가벼운 농담을 하며 부드럽게 말을 이어갔습니다.

"딸라각 군청은 일반인을 위한 여러 가지 정책은 다른 곳보다 아주 좋은데 장애인을 위한 지원 정책은 아직 없어 보입니다. 혹시 이 부분을 개선할 생각이 없습니까?"

군수는 장애인을 위한 지원 사업까지는 미처 생각하지 못했다고 하면서 관심을 가지고 물어보는 것에 감동했다고 합니다. 그리고 군수로서 이 문제에 관심을 가지지 못한 것에 미안하다고 했습니다. 그러면서 딸라각 군청이 지금부터라도 장애인을 위한 정책을 고려해 보겠다고 했습니다.

"그러면 그 정책 가운데 하나로 장애인 기숙사 운영에 지원할 생각이 없습니까?"

이 말에 군수는 논의해보겠다고 하고는 이후에 기숙사 보조교사와 식비를 지원하기 시작했습니다.

오랫동안 활동하면서 쌓은 노하우입니다. 마을이나 군청을 상대할 때 따지듯이 요청하면 전혀 좋은 결과를 가져올 수 없습니다.

처음에는 시행착오가 많았습니다. 약속한 것을 왜 지키지 않느냐, MOA까지 맺었는데 왜 진행이 안 되느냐 하는 식으로 접근하니 마음속 반감만 더해지고 결과적으로는 원하는 결과를 얻을 수 없었거든요.

어찌보면 단순한 것도 오랜 시간이 걸려 알게 되었습니다. 개인 사업을 하든, JTS 활동을 하면서 상대방의 마음을 끌어내는 대화 방식, 관계 맺음이 중요하다는 것을 알게 되었습니다. 그렇게 할 때만이 신뢰가 쌓이고 협력 관계가 유지될 수 있기 때문입니다.

나는 군청이나 교육청 등에서 장애학교 운영에 관심을 가지도록 유도하는 것이 중요하다고 생각합니다. 어떤 때는 우리가 그냥 지원하는 것이 훨씬 빠르고 쉬울 때도 있습니다. '그냥 내가 지원하고 말까?' 하는 생각이 들 때도 많았습니다. 그러나 이러한 과정을 통해서 군청과 교육청이 관심을 가지도록 했습니다. 이것이 지속적으로 운영이 가능하고, 해당 군청이 다른 장애아동들에 대해서도 관심을 갖게 되기 때문입니다.

딸라각 특수학교 졸업생의 감사 인사

올란도
(Orlando N. Valdez)

제 이름은 올란도입니다.
저는 청각장애인이고 이 학교의 학생이었습니다.
이전에 다니던 학교에서 2002년에 이곳으로
전학 왔습니다. 처음에 이곳에 왔을 때,
교실은 너무 낡았고 바닥은 구멍이 나 있었습니다.
그해 법륜 스님께서 학교를 방문했습니다.
법륜 스님께서는 저희 학습 환경을 보고는
바로 교실 세 칸을 지어주기로 약속하셨습니다.
6개월이 지난 뒤 교실 세 칸이 완공되었고
각각 시각장애인 학생용, 정신지체인 학생용,
청각장애인 학생용이었습니다.
학급이 운영되면서 집이 먼 학생들은 선생님과
저희 어머니(마지 교사)와 함께 교실에서
숙식하였습니다.
JTS는 이런 사실을 알고 청각장애인과 시각장애인
모두 수용할 수 있는 기숙사를 지어줬습니다.
저희들은 이걸 두 번째 집(second home)이라고
불렀습니다. 저희들은 JTS가 교실과 기숙사를
지어줘서 많은 혜택을 받았습니다.
JTS는 학용품과 교복도 지원해 줬고
지금까지도 큰 도움을 주고 있습니다.
많은 장애 학생들이 이 학교를 졸업했습니다.
저는 이미 다바오Davao에서 대학교도 졸업했습니다.
장애 학생들을 대표해서
JTS의 지원과 선생님들께 감사합니다.
저는 장애 학생들이 지금까지 학교에서
배울 수 있어서 행복합니다. 감사합니다.

Episode

기념비
전문

2002년 라몬 막사이사이상
'평화와 국제 이해 부분'을 수상한
법륜 스님이 이사장으로 계신 JTS가
은혜로운 결정을 내려 딸라각 특수학교에
세 개 교실의 학교 건물과 방 두 칸의 기숙사를
건설하는 데 자재를 제공해주었습니다.
그리고 AMADO B. NOBLE님이 군수로 재직하는
딸라각 군청이 노동력을 지원해주었습니다.
그리고 우리의 꿈을 현실로 만들어주었습니다.
진심으로 감사드립니다.

학교와 기숙사를 완공하고 난 뒤 딸라각 특수학교 측에서
석조 기념비를 만들었다. 기념비에는 JTS 설립자인 법륜스
님과 JTS, 그리고 딸라각 군청에 대한 감사의 글이 새겨져
있다.

54   결혼 기념 선물

언제까지 이 활동을 할 수 있을지 모르지만 결혼 35주년을 기념해서 장
애아동을 위한 기숙사를 하나 후원하는 것이 어떻겠습니까?

딸라각 장애학교를 지원한 이후 2015년 딸라각 장애학교 보수 공사
증여식을 하는데 수밀라오군 지역 교육담당관인 로시타 사예타스
(Rosita M. Sajetas)가 찾아왔습니다. 2003년도에는 딸라각군 지역 교육담
당관이었다며 본인을 기억하느냐고 물었습니다. 그러면서 본인이 담
당하는 수밀라오 지역에도 장애아동이 많은데 제대로 된 교실이 없
다며 지원 요청을 했습니다.

조사해보니 학교를 다닐 나이대의 아이들이 76명이나 있었고 그
중 17명만 학교를 다니고 있었습니다. 먼저 군수를 찾아갔습니다. 수
밀라오군의 새로운 군수는 사업가 출신으로 당선된 지 얼마되지 않
아 군 행정에 대해서는 잘 모르는 상태였습니다. 오히려 이것이 기회
라고 생각했어요. 그래서 조사한 장애아동에 대한 데이터를 보여주

면서 이런 조사를 하게 된 배경도 설명했습니다. 군수는 새롭게 행정을 시작하는 입장이니까 잘 모르지만 굉장히 의욕적이었어요. 그래서 군수와 부군수, 군의원들을 모아놓고 회의를 했습니다. JTS가 교육청, 군청 등과 함께 MOA를 맺고 장애학교를 건축하고자 한다고 설명하니 다들 동의했습니다. 딸라각 기숙사 운영 경험을 이야기하면서 각각의 역할에 대해 요청했습니다.

수밀라오 군청에서는 보조교사, 매월 쌀 1가마, 전기 및 수도세 지원을 약속했습니다. 예비 학부모들은 돌아가면서 밥도 하고 식량 보충, 청소 등을 약속했습니다. 바랑가이 캡틴들은 본인들이 통학 차량 운전기사를 돌아가면서 분담하겠다고 했습니다. 교육청은 교육 담당관이 이미 열정적으로 교사 지원을 약속한 상태여서 문제가 없었습니다. 그래서 MOA에 모든 이해 당사자들이 해야 할 역할과 책임 등을 기록하고 사인하도록 했습니다. 수밀라오 특수학교 교실은 성남시에서 일부 기금을 지원 받아 건축을 했습니다.

우리 부부는 몇 년 전부터 민다나오에 정말 소외된 곳에 작은 기부를 하고 싶다는 생각을 하고 있었습니다. 특수학교 기숙사 건축 논의가 시작되었을 때 지금이 그때다 싶었습니다.

결혼할 당시에는 형편이 넉넉하지 않아 아내에게 이렇다 할 선물을 하지 못했습니다. 그래서 농담 반 진담 반으로 언젠가 커다란 다이아몬드 반지를 해주마 했었습니다. 그래서 반지 선물 이야기를 꺼냈더니 아내의 대답이 이렇습니다.

"있는 반지도 팔아서 기부해야 할 판국에 다이아몬드 반지가 뭐

결혼 35주년 기념으로 민다나오 수밀라오 장애학교(Sumilao SPED) 기숙사 건축 비용을 전액 기부하였다. 2023년 방문 당시 기숙사 앞에서 아내와 함께.

예요?"

그래서 제가 다시 제안했습니다.

"지금까지 35년간 나와 함께 살아줘서 고맙습니다. 당신 도움이 없었다면 내가 이렇게 활동할 수 있었을까 싶습니다. 그러면 결혼 35주년 선물로 반지 대신 장애아동을 위한 기숙사를 후원하는 건 어때요?"

아내는 활짝 웃으며 흔쾌히 동의했습니다. 그렇게 10만 달러(한화 약 1억 2천만 원)를 기부하여 40명을 수용할 수 있는 수밀라오 장애학교 기숙사가 세워졌습니다. 평생 기억에 남을 결혼 기념 선물이 되었습니다.

55   JTS사업지원센터

2009년 부키드논주 키탕글라드산 아래 해발 고도 1,000미터에 JTS사업지원센터를 건립하기로 결정했습니다. 부지 면적은 약 5.7헥타르(약 1만 7천 평)인데 그 속에 JTS사업지원센터 건물과 기숙사, 시범농장 등으로 나누어 운영하고 있습니다.

민다나오에서 사업을 시작한 지 4년 즈음 지난 시점에 법륜 스님께서 앞으로 민다나오 사업을 본격적으로 하려면 사무실과 숙소를 겸비한 건물이 하나 있어야 되지 않겠느냐며 교통을 고려해 부지를 알아보라고 몇 차례 말씀하셨습니다. 이곳저곳 알아보던 중에 알라원 답사를 갈 때 봤던 마을 끝자락 부지가 괜찮아 법륜 스님이 오셨을 때 제안을 했습니다.

여러 조건을 고려했을 때, 마을개발 사업을 해볼 수도 있고 조용한 곳이니 수행도량으로도 적합하다고 여겨 센터 부지를 정할 수 있었습니다. 논의를 거쳐 최종적으로 36명을 수용할 수 있는 숙박 시설과 50여 명이 함께 회의할 수 있는 규모의 강당, 소회의실, 식당, 부엌, 사무실 등이 있는 JTS사업지원센터 설계안이 나왔습니다.

JTS사업지원센터 준공식 (2010)

　본격적으로 공사를 시작하기 전에 부지 정비를 해야 하는데 당시
JTS는 외부 사업이 아니라 내부 작업을 위해 중장비를 지원한다는
것은 상상하기 어려웠습니다. 그래서 보시를 하는 마음으로 개인적
으로 중장비를 구입해 공사를 시작했습니다. 건축이 본격적으로 시
작되고 철골과 같은 기술적인 문제는 마닐라 기술자들이 와서 해결
했으나 문제는 그 외의 건축 기능공이 없기도 했지만 있어도 큰 건
물을 지어본 경험이 거의 없어 마닐라 기능공에 비해서 기능이 많
이 부족했습니다. 전기, 타일, 배관 등은 더욱 그랬습니다. 결국 개인
적으로 회사 직원들을 두 달 가까이 파견해서 공사를 마무리 지었
습니다.

　도급으로 일을 주는데 자기들이 와서 현장을 보고 공사 견적을

내서 계약을 했지만 생각보다 진도가 안 나갔습니다. 막상 해보니 일이 훨씬 많고 기술은 부족하고, 내가 직접 공사를 관리하면서 공정 품질을 따지니까 진도는 더 안 나가는 것이지요. 중간에 업자들이 사라지면 또 다른 팀을 구하고 했는데 일할 사람 찾는 것이 가장 어려웠습니다. 준공이 가까워지는 마지막에는 2주에 한 번씩 현장에 가다가 급기야는 매주 가다 보니 필리핀 에어라인에서 저보고 마닐라로 출퇴근하는 사람이냐고 물어보는 일도 있었습니다.

활동가 기숙사에서 바라본
JTS사업지원센터 전경

JTS사업지원센터
활동가 기숙사 준공식

56   교복

초기에는 한 벌씩 지원하다가 나중에는 아예 처음 지급할 때부터 두 벌을 줘서 한 벌을 빨아도 입을 옷이 있게끔 했습니다. 아이들이 학용품보다 좋아하는 게 바로 옷입니다.

학용품을 지원하기 위해서 마을을 방문하면 예나 지금이나 어려운 환경에 있는 사람들은 옷이라고 해도 다 헤져서 색도 검은 것이었는지 흰 것이었는지 구분이 안 되는 상황을 많이 봤습니다. 아무래도 제가 옷을 만드는 사람이다 보니 더욱 그런 점이 눈에 들어와 마음이 아팠습니다.

제 공장 일을 하다보면 비수기가 있습니다. 그럼 비수기를 활용해서 교복을 만들어 주면 좋겠다는 생각이 들었습니다. 교복을 지원하기로 마음을 먹고 사이즈 조사부터 시작했는데 처음에는 문제가 많았습니다.

첫째는 JTS에서 학교를 처음 지어주는 터라 그 마을의 어린 아이부터 나이가 있는 아이들까지 모두 1학년에 등록하는 겁니다. 같은

아이들에게 교복은 가장 좋은 새 옷이다. 2008년부터 매년 교복과 트레이닝복을 지원하고 있다.

학년이라도 몸집이 다 다르니 선생님들께 사이즈를 조사해달라고 요청해도 제대로 전달이 되지 않았는지 처음 교복을 만들었을 때는 각기 다른 사이즈를 7~8가지를 준비해도 잘 맞지 않는 경우가 많았습니다. 그 후 여러 번 시행착오를 거치고 아이디어를 내면서 지금은 나눠주면 거의 다 맞게 되었습니다.

초기에는 한 벌씩 지원하다가 나중에는 아예 처음 지급할 때부터 두 벌을 줘서 한 벌을 빨아도 입을 옷이 있게끔 했습니다. 교복은 2008년부터 지금까지 개인적으로 꾸준히 지원하고 있는데 아이들이 학용품보다 좋아하는 게 바로 옷입니다. 한번은 마을에서 교복을 나눠 주고 있는데 아이가 달려오더니 이 교복이 자기가 가진 옷 중에서 가장 좋다고 감사하다면서 활짝 웃는 겁니다. 그럴 때 저 역시 정말 기분이 좋습니다.

알라원이나 가가후만 쪽은 일교차가 워낙 심해서 아침에 보면 어린 아이들이 항상 덜덜 떨고 있어요. 2020년에 깔라카판 유아원을 건축하면서 보니 그때도 아이들이 추위에 떨고 있어서 트레이닝복을 만들어서 지원하자 싶었습니다. 만드는 김에 JTS 로고도 프린트하고 아이들이 좋아할 만한 캐릭터도 붙여주니까 아이들이 받고서 엄청나게 좋아했습니다. 아이들에게 가장 인기 있는 것이 트레이닝복이었습니다.

교복 만들면서 터득한 경험이 있어서 트레이닝복을 만들 때는 사이즈에 대한 아이디어가 많이 있었습니다. 트레이닝복은 2020년부터 현재까지 지원하고 있는데 이 옷을 입고 다니는 아이들을 보고 여러 다른 마을에서도 서로 지원해달라는 요청이 많았습니다.

57   마을 리더 교육

무슬림과 원주민도 필리핀 국민이지만 정부 지원에서는 아예 배제되어 있었습니다. 그러다 보니 상황이 나아질 여지가 없고 빈곤이 빈곤을 낳는 악순환이 이어졌습니다.

민다나오에서 JTS 활동을 10년쯤 했을 때 제가 느낀 것이 있습니다. 우리가 문맹퇴치를 위해서 열심히 활동했고 그 성과도 어느 정도 보이는데 문맹의 근본 원인인 빈곤은 해결되지 않은 곳이 많았습니다. 문맹퇴치로 보자면 이제는 필리핀 교육청 등에서도 원주민과 무슬림에게 관심도를 높여가고 있었기 때문에 JTS는 앞으로는 학교를 짓는 데 집중하는 대신 문맹의 근본 원인인 빈곤퇴치에 집중하는 쪽이 적절하다고 판단했습니다.

이곳에서 발생하는 빈곤의 원인은 크게 보면 두 가지였습니다. 첫째는 불안정한 치안 때문에 생활이 위협받으니까 사람들이 한곳에 정착을 못하고 계속 피난을 가야 하는 상황이었습니다. 둘째는 특히 무슬림 같은 경우 반군 세력이라고 해서 정부 지원이 거의 되지 않았습니다. 이들도 필리핀 국민이지만 정부 지원에서는 아예 배제되어 있었고, 이건 원주민도 크게 다르지 않았습니다. 그러다 보니 상황이 나아질 여지가 없고 빈곤이 빈곤을 낳는 악순환이 이어졌습니다. 원주민들의 경우 교육받을 기회가 아예 없었기 때문에 옛날부터 부모들이 해온 방식을 답습해서 살고 있었습니다.

세상은 변하고 있는데 이들의 시간은 오래전에 멈춘 듯했습니다. 예를 들어 마을로 들어가는 길이 무너지면 마을 사람들이 몇 명만 힘을 합하면 길을 정비해서 편하게 다닐 수 있을 텐데 이들은 길이 무너지면 무너진 대로 멀리 돌아서 간다거나 하는 식이었습니다. 제 생각에는 마을 리더가 필요하다고 봤고, 이들이 의식 개혁을 해야 마을 자체적으로 협력을 하고 자신들의 삶을 개선시켜 나갈 수 있다고 여겼습니다. 일종의 마을 리더 교육, 마을 리더 연수가 필요해보였습니다.

그때까지는 오지 마을의 원주민 마을마다 인연이 닿는 대로 필요한 지원을 했었습니다. 칼을 주로 만드는 원주민 부족에게는 대장간을 지원하고, 수익 증대가 필요한 곳에는 양어장, 까라바오(물소), 염소, 재봉틀 등을 지원했습니다. 농사에 필요한 종자, 과실수 묘목, 수확한 곡식을 말릴 수 있는 곡식 건조장도 많이 지원했고요. 물론 이러한 지원은 마을에 큰 도움이 되었지만 제가 생각할 때 마을 자체의 지속적인 발전에는 한계가 있었습니다. 마을 자체적으로 자신들의 문제를 해결해나가도록 하자. 그것이 마을 리더 교육의 목표였습니다.

법륜 스님과 토니 주교를 모시고 열린 제1회 마을 리더 컨퍼런스 (2006)

연수 프로그램을 만들어 교육을 해보니 알게 된 사실들이 많았습니다. 제 생각에는 분명히 불편할 일인데 이 사람들은 크게 불편함을 느끼지 않고 살고 있었습니다. 어떤 문제가 생기면 불편을 느끼고 그것을 해결해서 편리하게 살아야겠다고 생각이 흘러가는 게 아니라 문제가 생겨도 그것을 불편하다고 느끼지 않았습니다. 할아버지도 아버지도 그렇게 살아왔고 나도 당연히 그렇게 살고 있다는 겁니다.

그럼 제가 묻습니다. "여러분의 자녀가 계속 이렇게 살아도 됩니까?" 이렇게 질문하면 하나같이 그건 아니라고 합니다. 아이들은 이 시대에 맞게 더 나은 환경에서 살았으면 좋겠다는 겁니다. 그렇다면 아이들이 그렇게 자라갈 수 있도록 어른들이 어떻게 해야 할까 하는 문제의식을 갖게 하는 것을 시작으로 마을 리더 연수 프로그램을 운영했습니다.

물론 강사의 리더십에 대한 강의도 있었지만 먼저 한국이 가난과 전쟁의 폐허에서 새마을운동으로 재건하는 영상을 보여주고 누가 일방적으로 가르치는 형식이 아니라 참가자들 서로가 피드백을 주면서 자연스럽게 학습하도록 했습니다. 당장 눈에 보이는 어떤 결과를 기대하지는 않았습니다. 하지만 마을 리더들이 마을에 돌아가서 다른 외부 지원만 바라지 않고 스스로도 마을에 유익한 일을 할 수 있도록 훈련은 해봤다고 생각합니다.

연수를 마치면서 참가자들이 소감을 나누는데, 한 바랑가이 캡틴은 본인이 정말 많은 연수프로그램을 다녀봤는데 대부분 강사만 나와 강의만 하고 갔지 우리처럼 실질적인 토론이나 문제 해결하는 방법 같은 것은 논의 본 적이 없었다는 겁니다. 정말 색다른 경험이었고 실질적으로 배울 것이 있다고 이야기했습니다. 마을에 돌아가서 배운 것을 꼭 적용해보고 싶다고도 했고요. 고마운 이야기였지만 실제로 마을 리더들이 돌아가 해보면 잘 되지 않는 것이 현실입니다.

우선적인 문제로는 리더들이 교육을 받고 나면 자기가 알게 된 내용을 마을 사람들에게 설명하고 그들이 동참하게끔 유도해야 하는데 그게 잘 되지 않습니다. 어떤 마을에 가면 마을 리더가 자신이 교육 연수를 갔다 왔다는 설명을 한 번도 안 한 곳도 있습니다. 그런 모습을 보면 교육이란 것이 쉽지 않다고 느낍니다. 다들 프로그램 참여할 때는 알았다고 하고, 해보겠다고 말은 하지만 실제로는 해보

타푹(TAPUK)은 필리핀 남부지역에서 쓰이는 비사야어로 '민다나오의 평화와 발전을 위한 모임 (Tagbo Alang sa Paglambo ug Kalinaw sa Mindanao)'이라는 뜻이다. JTS가 주관한 마을 리더 회의을 지칭할 때 쓰는 말이다.

지 않기 때문입니다. 이런 경험을 몇 번 하면서 제가 느낀 것은 마을 리더들을 불러서 어떤 교육을 하는 것보다 제가 직접 마을에 찾아 가서 마을 사람들과 같이 공청회 하듯이 대화를 해보는 것이 낫지 않을까 싶었습니다.

이후에는 마을에 찾아가 마을 사람들과 둘러 앉아 대화를 하 는 시간을 가졌는데 그러면 JTS에 이런 것 좀 해줄 수 있냐 저런 건 해줄 수 있냐 하는 요청이 많습니다. 그러면 찬찬히 설명을 합니다. JTS는 문맹퇴치를 위해서 학교 짓는 일을 전적으로 하는데 마을의 문제는 마을 사람들이 자체적으로 논의를 해서 일을 하는 게 맞지 않겠느냐고요. 자체적으로 해결할 수 없는 일이라면 어떤 식으로 해 결하면 좋을지 연구를 해봐야 하지 않겠나 하면서 예를 듭니다. 바랑가이에서 도움을 받아야 할 일, 바랑가이 캡틴하고 논의해서 군청에 지원을 받아야 할 일, 자체적으로 할 수 있는 일 등 마을에서 일의 경중을 구분할 수 있도록 얘기를 합니다. JTS에 지원을 요청할 때도 그냥 뭐 해주세요 하는 게 아니라 우리가 이런 일을 하고 싶은데 능력이 이것밖에 안 되니 필요한 이러이러한 것을 지원해달라, 이렇게 설명을 해야 가능하다고 얘기를 합니다. 지원을 요청하기 전에 이 일을 해결하기 위해 마을에서 어떤 노력을 해봤는지 JTS가 알아야 지원을 할지 말지 평가를 하지 마을에서는 아무 노력도 하지 않고 그냥 지원해달라고만 하면 JTS에서는 지원을 할 수 없다고 말입니다. 물론 이렇게 아이디어를 줘도 설명할 때만 고개를 끄덕하고 실제로는 잘 되지 않는 경우가 대부분이긴 합니다. 아직까지도 성과라고 할 만한 케이스는 없지만 진행형이라고 생각합니다.

마을마다 그런 상황에서 제일 적극적인 사람은 대부분 여자들입니다. 필리핀은 우리나라와 다르게 모계사회와 비슷합니다. 집에서 실제 결정권은 부인이 갖고 있는 경우도 많고요. 남자들은 꿔다놓은 보릿자루처럼 입 다물고 앉아 있는데 여자들은 "해보겠다! 맞다!" 하면서 의욕을 보입니다. 여자들이 아이들을 키우고, 실제로 집에서 여러 가지 일을 해서 그런지 여자들이 책임감이 있고 뭔가 해내려고 하는 의욕이 있습니다.

58   책임

이곳은 매일같이 비가 많이 오니까 빗물을 받아서 물탱크에 저장하고 그걸 화장실에 사용하면 되겠다 싶었습니다. 그게 워터시스템의 시작이었습니다.

JTS가 지원하는 마을은 물이 부족합니다. 정확히 말하면 상수시설이 없습니다. 우리나라는 물이 있는 곳으로 마을이 형성되는 데 비해 민다나오는 내전 때문에 화전민처럼 옮겨 다닐 수밖에 없으니 물은 고사하고 일단 안전한 곳이라면 자리를 잡는 겁니다. 그러다 보니 산 중턱에 집이 있는 경우가 많고 그나마도 띄엄띄엄 있는데 물은 대부분 계곡에 있으니 밑에서 물을 길어서 집이 있는 중턱까지 올라와야 합니다. 물이 있는 아래쪽이나 강가에 살면 되지 않느냐 하겠지만 필리핀은 비가 많이 오기 때문에 강 주변은 항상 침수 위험이 있습니다. 또한 분쟁이 나면 피난을 가야 하기 때문에 애초에 사람들이 찾기 힘든 산속에 마을이 형성되는 경우가 많습니다.

그러니 짧게는 몇 백 미터부터 길게는 몇 킬로미터를 물을 길러

갑니다. JTS에서 학교 건축을 한다고 마을을 방문해서 무엇이 필요하냐고 물으면 가장 먼저 나오는 것이 워터시스템입니다.

학교에는 화장실이 필요합니다. 재래식으로 할 건지 수세식으로 할 건지 논의를 하는데 초기 몇몇 학교는 재래식으로 지었습니다. 그런데 이곳 사람들의 문화에는 재래식 화장실 같은 건 없습니다. 재래식 화장실을 지어도 얼마 안 가서 냄새 난다고 쓰지를 않았습니다. 그냥 들판에서 볼일을 보는 게 낫다고 생각합니다. 그러면 수세식 화장실을 공급해야 하는데 물이 없으면 가능하지 않습니다. 그래서 생각 끝에 이곳은 매일같이 비가 많이 오니까 빗물을 받아서 물탱크에 저장하고 그걸 화장실에 사용하면 되겠다 싶었습니다. 그게 워터시스템의 시작이었습니다.

처음에는 마을보다 높은 곳에 위치한 수원지를 개발해서 워터펌프 없이 마을에 물을 공급하려고 했습니다. 그러나 우리가 지원하는 마을은 대부분 산속 높은 곳에 있으니 수원지가 마을보다 낮습니다. 그래서 워터펌프가 필수 사안이 되었습니다. 워터펌프는 유지관리가 필요하기 때문에 워터시스템 사업을 하기 전에 마을 회의 단계에서 관련 논의를 충분히 했습니다. JTS에서 워터시스템을 지원한다면 이후 마을에서는 어떤 식으로 관리 보수를 할 건지 위원회를 만들어서 안을 달라고 합니다. 설치만 하면 되는 게 아니라 나중에 고장이 날 수도 있는데 그런 부분을 어떻게 할 것인지, 공사에는 마을 사람들이 어떻게 참여할 것인지 등도 세세하게 결정해달라고 했습니다. 블루안 마을 같은 경우는 위원회를 잘 꾸려서 운영했습니다. 기금을 한 달에 얼마를 받아 적립을 하겠다, 적립금으로 유지 보수를 하겠다 등등 계획이 잘 이루어졌습니다. 하지만 블루안 같은 경우는 드물었고 초기에는 관리에 열의가 넘쳐도 시간이 지나면 제대로 운영되지 않는 마을이 많았습니다.

워터펌프의 경우 벼락을 맞아서 고장이 난 곳도 있고 단순 부품이 망가져서 교체하면 되는데 그대로 못 쓰고 있는 경우도 있었습니다. 그럼 먼저 마을 사람들에게 자체적으로 해결해보라고 수도 없이 이야기를 했습니다. 마을 사람들은 바랑가이에 이야기하고, 바랑가이는 군청에 이야기했다고 합니다. 그들은 예산을 기다리고 있다고 말합니다. 물은 당장 필요한데 기다리고 있는 겁니다. 저는 이러한 부분도 리더십의 부재라고 봅니다. 마을 리더가 책임을 지고 바랑가이의 협력을 얻어내야 하고, 바랑가이 캡틴 역시 책임을 지고 자신이 군청에 가서 지원을 받도록 노력을 해야 합니다. 하지만 현실은 말은 해봤다는 식으로 끝나면서 아무도 책임지지 않으니 문제는 해결되지 않습니다.

필리핀에 와서 일을 해보면 자연스레 결과물이 나올 거라 생각하면 착각입니다. 기다리면 하세월입니다. 누군가는 자신의 역할에 책임을 지고 문제를 해결하려는 의지가 있어야 합니다. 이 문제를 해결하려면 누구의 도움이 필요한지, 누구를 설득해야 할지 책임자의 안이 있어야 하는데 그런 경우가 드뭅니다. 문제가 생겼을 때 JTS가 해결해주면 아주 간단합니다. 그러나 그런 식으로 언제까지 지속할 수 있을까요. 그건 JTS 이념에도 맞지 않습니다. 그래서 저는 마을을 방

어린이들과 여성들은 새벽부터 먼 길을 걸어 먹을 물과 생활용수를 길어오는 것이 일상이었다.
JTS가 워터시스템을 지원하면서 식수 문제를 해결하고, 위생 상태가 개선되기 시작했다. 물탱크
골조를 바욱 마을 사람들 40여 명이 함께 100미터 거리를 이동한 뒤 환호했다. (2019)

산페르난도군 바욱 마을은 새로운 수원지가 마을과 약 2.5킬로미터 정도 떨어져 있었다. 두 개의 산을 넘어서 수도 파이프를 묻어야 하는 힘든 작업이었다. (2019)

문하면 반복해서 얘기합니다. 마을에서 어떤 노력을 했는지 설명해 달라. 아무 노력도 하지 않고 JTS에 도움만 달라고 하면 우리는 지원할 수 없다고 딱 잘라 이야기합니다. 해봤는데 안 되더라고 말하면 어떤 생각으로 누구를 만나서 어떤 과정을 거쳤는지 질문을 하면서 상황을 체크합니다.

제가 아이디어를 내놓기도 합니다. 물이 필요하면 지원받을 곳이 많다. 마을을 소개하는 브로슈어를 만들어서 지방 신문에 광고도 하고 후원자를 찾는다고 해봐라. 지방 은행이나 큰 비즈니스를 하는 회사에 호소문을 보내봐라. 틀림없이 좋은 결과가 있을 것이라고 제안을 해도 잘 하지 않습니다. 그들 입장에서는 JTS가 그냥 해주면 가장 편하기 때문입니다. 제 생각으로는 이쪽에서 어떠한 안을 내놓더라도 꼭 그걸 따르기보다 마을 자체적으로 상황에 맞는 안을 내어서 하는 편이 맞다고 생각합니다. 물론 시간이 더 많이 걸리더라도 말입니다.

사라와곤 워터펌프도 벼락에 맞아 고장이 났는데 여러 과정을 거쳐서 결국 군청에서 지원을 해준다고 했음에도 지원이 안 되고 있는 지가 1년이 넘어갑니다. 주민들 입장에서는 당장 물이 필요한데 쓸 수가 없지요. 그래서 결국 예산이 나오면 군청에서 돌려주는 조건으로 JTS가 먼저 워터펌프를 사서 지원해주기도 했습니다. 가능하면 마을 자체적으로 해결하도록 유도를 하는데 JTS가 지원을 하는 동기는 학교 화장실 때문인 경우가 많습니다. 군청에서 승인을 했다고 해도 예산 집행에는 시간이 오래 걸리니 이런 식이면 사실 돈을 받지 못할 확률이 높습니다. 그래도 이런 방식도 시도해보는 겁니다. 오래 해왔지만 여전히 이런 문제는 쉽지 않습니다. 마을에 도움이 필요한 것도 사실이고 마을 사람들이 자꾸 JTS에 의존하는 문제가 생기는 것도 사실입니다. 이 둘 사이에서 고민을 많이 합니다.

59   NPA

이 지역에서 학교를 지으려면 NPA의 보호 없이는 건축이 불가능한데
그렇다고 그들의 요구대로 혁명세를 낼 수는 없었습니다.

아구산 델 수르는 NPA(New People's Army, 신인민군) 강성 지역으로 JTS필
리핀 처음으로 지방정부가 아닌 교육청과 먼저 학교 건축을 시작했
던 곳입니다. 아구산 델 수르라는 지역 이름은 '강이 흐르는 곳'이라
는 뜻의 지방 방언 '아가산Agasan'에서 유래했는데 길이가 250킬로미
터나 되는 아구산강(Agusan River)이 가로지르고 있습니다. 필리핀에서
가장 넓은 습지대로 유명하고 세계에서 가장 큰 악어가 잡힌 기록도
있습니다.

아구산 늪지대에 수상 학교를 지어달라는 요청이 있어서 답사를
갔는데 우리가 다녀간 지 일주일 뒤에 세계에서 가장 큰 악어가 그
지역에서 잡혔다는 뉴스를 접하고 머리가 쭈뼛했던 경험도 있습니
다. 답사를 갔을 때 배를 타고 가다가 수풀이 너무 우거져서 원주민

이 배에서 내려 낫으로 풀을 베면서 나아갔는데 악어가 우리 배를 들이받았으면 그 자리에서 전부 악어밥이 될 수도 있었다고 생각하니 섬뜩했던 것이지요.

아구산 델 수르에서 생산되는 쌀은 주 전체 인구보다 훨씬 많은 107만 명을 먹여 살릴 수 있지만 상당량이 루손섬을 비롯한 외부로 수출되는 구조입니다. 그래서 고지대의 원주민들은 쌀이 부족해 카사바와 옥수수로 생계를 유지합니다. 경제적 불평등이 심하고 정부 지원에서 소외되다 보니 정부에 반감을 가지는 사람들이 점차 NPA에 가담하게 되면서 이 지역은 필리핀에서 NPA가 가장 왕성하게 활동하는 곳 중 하나가 되었습니다.

아구산 델 수르 지역에서 JTS 활동을 하게 된 계기는 비니그노 박사(Dr. Gloria D. Benigno)와의 인연이었습니다. 비니그노 박사는 부키드논주에 학교 건축을 할 당시 부키드논주 교육감이었습니다. 교사 지원 때문에 찾아가면서 그를 알게 되었고 이후 학교 건축이나 지원에 대해 많은 논의를 했습니다. MOA를 맺어서 문제를 해결하는 방식도 비니그노 박사와 협의하면서 나왔습니다. 초창기 JTS가 학교 건축을 할 때 어려운 점이나 힘든 점을 많이 해결해준 분이었기 때문에 그가 관리하는 지역 중에서 가장 열악하다는 아구산 델 수르에 학교 건축을 해보자는 간곡한 요청을 거절할 수 없었습니다.

지역 인프라라고 할 만한 게 전혀 없는 필리핀 내에서도 가장 가난한 지역 중의 하나였는데 답사를 해보니 이곳은 지역 전체가 비포장도로였고 통신이 되지 않았습니다. 전화가 안 되니 만나기 전에는

아구산 늪지대의 수상 가옥

소통할 방법이 없습니다. 학교를 지어달라고 하는 곳은 많았지만 실제로 마을을 방문해 이야기를 해보면 NPA 때문에 못한다는 곳이 많았고 한 곳은 건축을 하려고 하니 NPA에서 혁명세를 내라고 했습니다. 학교를 지으면 누가 다니는 것이냐 물었더니 자기 아이들이 다닌다고 대답합니다. 그런데 왜 우리가 세를 줘야 하냐고 물었더니 그건 그거고 이건 이거라는 식이었습니다. 이동하기도 힘든 지역을 갖은 고생하며 많이 다녔지만 이 지역에서 학교를 지으려면 NPA의 보호 없이는 건축이 불가능한데 그렇다고 그들의 요구대로 혁명세를 낼 수는 없었습니다. 결국 이 지역에서 학교를 짓는 것은 포기했습니다.

내가 본
이원주

글로리아 비니그노 박사
(Dr. Gloria D. Benigno)

부키드논 전 교육감

이원주 대표와 저는 함께 문제 해결을
많이 해나갔던 관계였습니다.
기본적으로 이 대표는 성격이 좋아서
함께 일하기 좋았어요.
제가 부키드논주 교육감으로 있을 시절
이원주 대표는 저를 찾아와서
JTS가 지은 학교에 정규 교사를
파견해달라고 요청했습니다.
저는 이야기를 들어보고 마음 같아서는
당장 교사를 지원해주고 싶었지만
JTS가 지은 학교가 교육청 정규 학교 리스트에
없었기 때문에 지원할 수 없다는
이야기를 할 수밖에 없었습니다.
그런 점이 안타까워서
제가 이 대표에게 정규 학교 등록을 위한
과정과 현재 상황에서 지원받을 수 있는 부분 등을
군청과 연결해주기도 했습니다.
그렇게 인연이 시작되면서
같이 여러 프로젝트를 했는데
제가 본 이 대표는 JTS 대표로서
마을에 어떤 도움이 가장 필요한지 파악하는 데
아주 예리한 안목을 가지고 있었습니다.

마을에 가면 필요한 조사를 하고
마을 회의를 열어서 마을에서 가장 필요한
학교 건물을 건축하기 위해
마을 사람들을 조직하고
계획을 잘 세우고 실행했습니다.
원주민 지역이나 무슬림 지역에서
문화적으로 민감한 부분이 있는 것도
잘 이해하고 그에 맞게 행동했어요.
학교를 건축한 뒤에는
마을 사람들이 학교를 운영할 수 있도록
소유권을 넘겨줬습니다.
이런 이 대표와 JTS의 활동은
마을에 많은 변화를 가져왔습니다.
첫째, 어린이들이 양질의 교육을 받을 수 있었습니다.
둘째, 마을이 발전하는 데도 큰 기여를 했습니다.
셋째, 지역사회가 하나로 모이고 사회적 결속력을
키우는 바야니한Bayanihan(마을 공동 울력) 정신,
자원봉사 정신, 마을 사람들의 사회적 책임이
강화되는 효과가 있었습니다.
전반적으로 이들의 활동은 부키드논 전체 지역의
개인과 공동체에 긍정적인 변화를 가져왔다고 봅니다.
한 예로 2000년대 초 JTS가 건축한 학교 출신 학생이
현재 교육청 소속 교사로 일을 하고 있습니다.

60 　전통문화 보존

자연을 신성시하는 딸란딕 부족에게 어울리는 디자인이 필요했습니다.
나무를 가공하지 않고 껍질만 벗겨서 그대로 사용하면 어떻겠냐고 제
안했습니다.

딸란딕Talaandig 부족과는 도동의 소개로 알게 되었습니다. 도동은 다
투 미키타이Migketay와 세비어 대학 시절 알고 지내던 사이였고 새로
운 사업지 후보로 송코Songco를 추천해서 방문했습니다. 처음 만났을
때는 시큰둥하니 약속한 시간에도 얼굴을 비추지 않았습니다. 다른
일이 있는 게 아니라 안에 있으면서도 나오지를 않았습니다. 그래도
한참을 기다리다 만났는데 이야기를 나눠보니 사람이 괜찮다고 느
꼈습니다.

　두 번째 방문 즈음에 마을 구경을 시켜주는데 대장간도 있고, 악
기를 본인들이 만들어 쓰고 있고, 쏘일페인팅(Soil painting, 색이 있는 흙이
나 돌을 갈아서 물감 대신 사용하는 것)이 특이했습니다. 남자들도 머리를 길
게 해서 우리나라 청학동 같다는 느낌을 받았습니다. 이 사람들은

맘팔라나이
생활 전통학교
준공식에서
법륜 스님과
악수하는
다투 투마놀
(2007)

자신들의 전통문화를 단순히 보여주기 식으로 하는 게 아니라 조상들이 살아온 모습대로 그 문화를 따라 살아가고 있다는 것을 느꼈습니다. 그래서 이런 사안에 대해 법륜 스님께 말씀드렸습니다. 법륜 스님도 지원을 하면 좋겠다는 의견을 주셔서 제가 다투 미키타이에게 이 마을에서 가장 필요한 것이 무엇인지 물었습니다.

다투 미키타이는 자기 아버지의 유훈이 담긴 다투 키눌링탄홀(Kinulintang Hall)을 보수하는 것이 가장 시급하다고 했습니다. 다투 키눌링탄은 다투 미키타이의 아버지로 1980년 그가 다투로 재임하던 시절에 딸란딕 부족의 상징적인 의미를 담아 건물을 지었다고 합니다. 전통문화를 이어가는 데 중요한 공간이었지만 지어진 지 오래되어서 많이 낡은 상태였습니다. 조상의 얼이 담긴 건물이라 부족 전통문화를 유지하려면 이곳 보수가 필요하다는 것이었습니다.

그러면서 대뜸 저에게 본인들에게 돈을 지원하는 것은 좋은데 시

피스홀 준공식에서
선보인
딸란딕 부족
아이들의
전통 춤 공연
(2008)

시콜콜 정산을 하라고 하면 안 하겠다고 하는 겁니다. 저는 안 해도 괜찮다고 바로 대답했습니다. 왜냐하면 자재만 지원할 계획이었지 돈을 지원할 생각이 애초에 없었기 때문입니다. 다투 미키타이가 은근 놀라는 눈치였습니다. 우리가 파트너로서 서로 협력하는 것이 어떻겠냐고 제안했습니다. JTS가 건물 보수에 필요한 자재를 지원할 테니 딸란딕 부족이 자원봉사로 일을 하는 방식을 말했습니다. 그러니 다투는 그것은 전혀 문제가 안 된다고 하면서 자재만 지원해주면 본인들이 다 알아서 할 수 있다고 말했습니다.

그렇게 생각보다 빠르게 전통문화 보전 사업이 시작되었고 건물 보수를 3개월 동안 진행해 잘 마무리 되었습니다. 프로젝트 하나를 같이하고 나니 서로 신뢰가 쌓였습니다.

다투 미키타이가 고맙다고 하면서 그런 얘기를 했습니다. 그동안 많은 단체들이 부족을 지원해주겠다고 말만 하고는 실제로는 도와

다투 키눌린탕홀 앞에서 다투 미키타이와 함께 (2023)

주지 않았다고 합니다. 사업계획서를 내라, 자료를 내라, 활동했던 사진을 달라는 등 뭘 내놓으라는 요청은 많았는데 그런 것들을 다 작성해서 주면 막상 지원한다는 소식은 없었던 것입니다. 그래서 처음에 한국에서 온 무슨 단체라고 했을 때 이들도 뭐 다르겠나 싶어 시큰둥했던 겁니다. 하지만 JTS는 달랐다는 것이지요.

원주민 보존 사업에 대해서도 장대한 설명을 들을 수 있었습니다. 지금은 사용하지 않지만 자기들의 글자도 있었습니다. 약도 우리나라 한약처럼 부족만의 처방이 있었고 고유의 악기도 만들고 색이 있는 흙이나 돌을 채취해 물감을 만들어 그림도 그리는 식이었습니다. 제가 듣다 보니 이러한 전통문화 보존도 굉장히 중요할 것 같아 법륜 스님께 자세히 보고를 올렸습니다. 법륜 스님도 이러한 전통문화를 보존하는 데 지원하는 것이 좋겠다고 의견을 주셔서 다투 미키타이와 논의 끝에 피스홀(Hall of peace)을 짓게 되었습니다.

피스홀을 지을 때 저도 고민이 많았습니다. 자연을 신성시하는 딸린딕 부족에게 어울리는 디자인이 필요했습니다. 나무를 가공하지 않고 껍질만 벗겨서 그대로 사용하면 어떻겠냐고 제안을 하니 다투 미키타이도 좋다고 했습니다. 2층 건물이고 워낙 큰 규모의 공사라 원주민들이 짓기에는 어려움이 있겠다 싶어서 전문 기술자를 고용하는 방법도 고려했지만 다투 미키타이는 본인들이 직접 짓겠다는 의지가 강했습니다. 더디더라도 원주민들 스스로 건물을 완성하려고 했고 그렇게 건물이 완공되었습니다. 피스홀은 부키드논에 있는 7개 부족이 활동하는 거점 기지로 활용되었고 현재까지도 잘 사용하고 있습니다.

JTS와 함께 전통문화 보존을 위해 여러 프로젝트를 진행하면서 다투 미키타이는 동시에 지방정부나 중앙정부에도 많은 지원을 요청했습니다. 그럴 때마다 JTS 이야기를 하며 남의 나라에서도 우리 원주민들 전통문화 보존을 위해서 이렇게 지원을 하는데 정작 필리핀 지방정부나 중앙정부에서는 원주민에게 해주는 것이 무엇이냐 이렇게 이야기하면서 원주민 보호, 지원 정책을 받는 본보기가 되기도 했습니다. JTS 쪽에도 많은 지원 요청을 해왔는데 법륜 스님은 전통문화 보존 사업에 너무 엄격한 기준을 적용하지 말고 현실적인 다른 방식으로라도 지원을 해주면 좋지 않겠냐는 의견을 주셔서 저도 마음을 돌리곤 했습니다.

"사람의 목숨에는 두 가지가 있습니다.
하나는 육신의 생명이고
다른 하나는 정신의 생명입니다.
육신의 생명은 먹어야 삽니다.
그래서 우리는 배고픈 사람에게
먹을 것을 주어 살려야 합니다.
그러면 우리가 말하는 정신적 생명은 무엇입니까?
정신적 생명의 핵심은 문화입니다.
—

그런데 불행하게도 오늘날 세계화라고 하는
하나의 문명을 향해 가느라
소수 종족이 갖고 있는 언어, 문자, 종교, 춤 등
전통문화가 소멸해가고 있습니다.
육신은 살아있지만
소수 부족으로서의 생명이 없어지고 있습니다.
우리가 이것을 보존하는 일에 힘을 쏟아
소수 종족 문화의 소멸을 막아야 합니다.
—

JTS는 육신의 생명을 소중히 여기기 때문에
배고픈 사람, 병든 사람을 돕습니다.
정신적 생명 또한 소중히 여기니
여러분이 전통문화를 보존하려는 노력을
아낌없이 지원하겠습니다."

송코 피스홀 준공식에서 법륜 스님 말씀

딸란딕 부족은 법륜 스님이 방문할 때마다 전통문화 공연을 선보였습니다. 법륜 스님은 부족 안에서 어린 아이들에게도 춤을 가르치는 것을 보면서 전통문화가 전 세계 어디라고 할 것 없이 사라져만 가는데 이런 문화를 보존하는 것은 굉장히 중요한 일이라고 하셨습니다. 한번은 법륜 스님이 딸란딕 부족의 전통문화를 한국에도 알리고, 그들이 자부심을 가지고 자체적으로 수익 사업을 할 수 있는 방법을 찾아보기 위해서 원주민들을 한국에 초청한 적이 있습니다. 하지만 초청을 받았다고 해서 원주민들이 그냥 한국에 갈 수 있는 상황이 아니었습니다. 먼저 비자 문제가 있었고 그 외에도 요구되는 서류가 많았습니다. 한국 대사와 영사를 만나 원주민들의 한국 방문 취지도 설명하는 등 여러 과정을 거쳐서 이들은 무사히 한국에 도착할 수 있었습니다. 원주민들은 한국에서 공연도 하고, 하루는 제가 같이 다니면서 경주에서 언양불고기도 먹으면서 좋은 시간을 보냈습니다. 함께 갔던 어린 친구들이 어느덧 다 커서 벌써 어른이 되었습니다. 지금도 저를 만나면 그때 이야기를 하며 한국에 다시 가보고 싶다고 합니다.

인터뷰

특별한
사람

미키타이
Migketay

송코 마을 다투,
딸란딕 부족장

이원주 대표는 저에게 정말 특별한 사람입니다.
저는 우리 부족장이기도 하지만
저희 아버지가 남긴 우리 부족의 전통문화를
계승하기 위해서 해야 할 일이
많이 남아 있는 상황이었습니다.
여러 곳에서 우리 부족을 돕겠다면서
제안을 해왔지만 저는 전부 다
거절하였습니다.
왜냐하면 결국에는 다들 본인들의
프로젝트라는 성과만을 얻고 싶어 했고
우리에게 요구하는 것이 많았습니다.
이거 해라 저거 해라 하는 그들의 도움을 받아서는
결국 우리가 해야 할 일을 할 수 없다고
생각했기 때문에 도움을 준다는 사람들을
모두 거절했었습니다.
처음 이원주 대표를 만났을 때도
큰 기대는 없었습니다.
저는 우리가 전통문화를 지켜나가기 위해서
하고 있는 일들을 보여줬습니다.
이원주 대표는 우리 전통문화가
보존이 잘 되어 있다고 하면서
한국에도 이런 유사한 마을이 있다고 했습니다.
그러면서 가능하면 이러한 전통문화를
잘 보존하면 좋겠다고 했어요.
그래서 제가 우선 전통문화 보존에 필요한
다투 키눌링탄홀 보수가 필요하다고 요청했습니다.
그는 JTS가 자재를 지원할 테니

마을 사람들이 자원봉사로
건물 보수를 하는 것은 어떠냐고 했습니다.
저는 당연히 좋다고 했습니다.
우리는 늘 다 함께 일을 하는 방식으로
해왔기 때문에 문제가 없었습니다.
그런 방식으로 다투 키눌링탄홀을 완성하였습니다.
이후 피스홀, 마탐파이 학교도 지었습니다.
이원주 대표는 다양성을 잘 이해하고
받아들이는 사람입니다.
대부분의 사람들은
제가 이렇게 일을 하고자 하는 방식에 대해서
이해하지 못합니다.
그러나 이원주 대표는 우리 부족에 대한 이해와
존중으로 함께 일을 할 수 있었습니다.
이원주 대표와 JTS와 함께 일을 하면서
우리 마을은 스스로 정체성을 지켜나가고
문화를 보존할 수 있었습니다.
JTS가 우리에게 지어준 피스홀에
일곱 개의 부족이 모여서 각 부족의 전통문화를
교류하고 협력하는 장을 만들었습니다.
지금 저는 이 피스홀을 정부와 군청,
필리핀 단체들에게 보여주며 말합니다.
한국에서도 우리 문화를 지키라고 지원을 해주는데
필리핀에서도 지원을 해줘야 하지 않냐고요.
그렇게 해서 최근에는 JTS 덕분에
지방정부와 중앙정부에서도
미약하나마 지원을 받는 편입니다.

61 의료 지원

2020년 코로나가 전 세계적으로 퍼졌을 때 나 역시 인생에서 가장 힘든 시기를 보내고 있었습니다. 하지만 이럴 때 가장 고통받는 건 언제나 소외계층이라는 걸 잘 알고 있습니다.

신풍제약과 알게 된 계기는 저와 막역한 사업 파트너였던 한국계 미국인 톰 킴의 소개였습니다. 신풍제약 선대 장용택 회장님과 톰 킴은 평양이 고향인 실향민으로 아는 사이였습니다. 톰 킴의 부탁으로 신풍제약이 필리핀 지사를 만들 때 도움을 주면서 인연이 되었습니다.

JTS 활동을 하면서 보니 필리핀 지역에서는 뎅기, 기생충 문제가 컸습니다. 땅깔 지역을 지원할 때도 기생충 문제에 대해 많이 들었는데 지역 문화와 생활 습관이 원인이었습니다. 밥을 손으로 먹고, 왼손으로 뒷물을 하는 문화인데 워낙 물 사정이 안 좋은 지역이다 보니 뒷물을 하고 난 뒤에 손을 제대로 씻지 못했던 겁니다. 이런 사정을 신풍제약에 알렸더니 통 크게도 한번에 13,000명 분의 구충제를 지원해주었습니다. 구충제는 당사자만 먹는 게 아니고 가족 단위로 먹어야 하고 같은 학교에 다니는 학생은 물론 마을 전체가 복용해야 하기 때문에 많은 분량을 지원해주었던 것입니다. 이후에도 항생제와 소염진통제 등을 기부받아 군 보건소에 지원하니 의사들의 감사가 이어졌습니다. 선대 장용택 회장님이 작고하신 후에도 아들인 장원준 사장님도 민다나오 지역에 꾸준히 의약품을 지원해주었습니다. 코로나로 중단되었던 의약품 지원을 다시 하겠다는 말씀에 감사한 마음이 컸습니다.

2020년 코로나가 전 세계적으로 퍼졌을 때 나 역시 인생에서 가장 힘든 시기를 보내고 있었습니다. 하지만 이럴 때 가장 고통받는 건 언제나 소외계층이라는 걸 잘 알고 있습니다. 처음 코로나가 발생할 시기에는 한국도 마스크 대란이 있었지만 필리핀 민다나오 지역은 의료용품이 절대적으로 부족했습니다.

도움이 가장 시급한 곳을 조사해서 국가에서 운영하는 무료 의료시설이나 물자가 부족한 병원, 재정 상황이 열악한 군청 등에 의료 물품을 많이 지원했습니다. 그 시기에 제가 운영하는 공장에서도 방호복(PPE)을 만들게 되었는데 민다나오에서도 방호복이 필요하다는 요청이 와서 원가로 지원하기도 했습니다. 군청과 병원에 방호복을 지원했더니 레벨4 수준의 고급 방호복을 지원해줄지는 상상도 못했다면서 고맙다는 인사를 많이 들었습니다.

2

긴급구호

01   태풍

> 같은 재난을 당해도 결국 더 큰 피해를 입는 것은 언제나 가난한 사람
> 들입니다.

필리핀은 크고 작은 태풍이 매년 2~30개씩 지나갑니다. 2년에 한 번 꼴로 아주 큰 피해가 발생하기도 합니다. 그래서 필리핀에서는 학교 건축도 중요한 부분이지만 긴급구호도 아주 큰 부분을 차지합니다. 같은 재난을 당해도 결국 더 큰 피해를 입는 것은 언제나 가난한 사람들이기 때문입니다.

일단 재난이 발생하면 현장답사팀을 꾸려 현장에 투입합니다. 현안을 우선 파악해야 하기 때문입니다. JTS 긴급구호 특징 중에 하나는 매번 구호 물품 구성이 같은 품목도 있지만 상황에 따라 다 다르다는 겁니다. 재난 상황이 발생하면 피해 정도도 다 다르고 지역, 문화에 따라서 필요한 물품이 달라집니다.

긴급구호의 생명은 첫째가 빠른 지원입니다. 피해 지역에 필요한

구호 물품 분류 작업(왼쪽)과 구호 물품 전달

생필품을 얼마나 빨리 지원을 하느냐가 관건이기 때문에 재난이 발생하면 활동가를 급히 현장 파견해서 어떤 지역이 혜택을 못 받고 있는지 빠르게 조사합니다. 대개 재난이 일어나면 군청 소재지나 면 소재지 같은 경우는 구호품이 잘 전달되는 편입니다. 그런데 외곽 지역 도로나 인구가 적은 쪽은 혜택이 안 가는 경우가 대부분입니다. JTS는 지원의 손길이 닿지 않는 외곽 지역으로 가서 구체적으로 어떤 물품이 필요한지 조사합니다.

대개 긴급구호가 발생하면 세 개 팀을 꾸립니다. 조사팀, 물품 구매팀, 현장 배분팀. 일단은 조사팀과 구매팀이 현장 조사를 하고 물품 구매를 하면 분배 작업은 같이 합니다. 현장에 가서 지원되는 구호 물품을 보면 대개 가구당 쌀 1~2킬로그램 아니면 로컬 라면 몇 개 이렇게 구성되어 있는 걸 봤습니다. 물론 그것도 당장은 도움이 되지만 식구가 몇 명인데 한두 끼 해결한다고 될 문제가 아닙니다.

그래서 JTS에서는 재난 상황과 피해 정도를 파악해서 현 상황이 어느 정도 해결될 때까지 한 가족이 생존할 수 있는 최소한의 식량

구호 물품 지원을 함께한 사람들

을 지원해야 한다고 봤습니다. 쌀은 최소 5~10킬로그램에 라면, 간장, 설탕, 식초 등등 기초 식량 세트를 지원했습니다. JTS가 지원하는 꾸러미는 어른 한 명이 다 들고 가기 힘들 정도지만 실제로 도움이 되도록 하겠다는 취지입니다. 어떤 사람들은 한 가족에게 많이 주지 말고 여러 사람에게 나눠줘야 한다고 하는데 그것도 틀린 말은 아닙니다. 하지만 우선 일주일이라도 식사를 해결할 수 있는 최소한의 생필품을 제공하자는 취지에서 JTS는 그런 방식을 택하고 있습니다.

02   커피

수많은 긴급구호를 해왔지만 커피가 필요하다는 곳은 처음이었습니다.
재난 상황에서 생존에 필요한 식량과 물품만 지원하겠다는데 커피는 기
호식품이지 않느냐는 생각이었습니다.

2017년 5월의 일입니다. 민다나오 마라위시가 이슬람 극단주의 무
장단체(IS) 추종 반군 마우테에게 점령당한 일이 있었습니다. 이에 두
테르테 대통령은 민다나오 섬 전체에 계엄령을 선포하고 마라위 탈
환 작전을 하겠다며 필리핀 정부군을 대거 투입해 내전이 일어났습
니다. 이 사건으로 발생한 난민은 35만 명에 달했고 약 1,000명 이
상이 사망하는 큰 피해가 있었습니다. 두 차례의 계엄령 연장 끝에
2019년에 계엄령이 끝났지만 그 후 5년이 지나도록 여전히 마라위
시는 피해 복구에 시달리고 있습니다.

계엄령이 선포되고 트렐에게 메일이 왔습니다. 마라위에서 온 피
난민들이 많은데 이들을 도와줘야 한다고요. 트렐의 안내로 현장 답
사에 나섰지만 계엄령 중이라 수시로 차량을 세워 검사를 하는 통

구호 물품 배분을 위한 준비

에 가는 길은 주차장처럼 변해 있었습니다. 현장에 도착하는 것도 어려운 일이었습니다. 가까스로 재난 지역 입구 통제소에 등록을 하고 피난민 임시 수용소 몇 곳을 둘러볼 수 있었습니다. 학교, 농구장 등을 임시 대피소로 만들었는데 가서 보니 상황이 말이 아니었습니다. 사람들이 너무 많이 몰려오고 있으니 감당이 안 되는 혼란 그 자체였습니다.

보통 재난이 발생하면 여기저기서 물건에 대한 수요가 높기 때문에 평소에 쉽게 구할 수 있는 물건도 잘 못 구하는 경우가 많습니다. 그래서 나는 구매팀 활동가에게 기본적으로 지원하는 구호품 몇 가지를 일러주고 카가얀 시내에서 시장 조사를 해달라고 했습니다. 첫째는 식량이고 둘째는 물입니다. 그 외에는 현장 상황에 맞춰서 추가로 필요 물품을 지원합니다. 그런데 이곳 담당자와 얘기해보니 기본 식량을 얘기하면서 커피가 필요하다는 겁니다. 그때까지 수많은 긴급구호를 해왔지만 커피가 필요하다는 곳은 처음이었습니다. 재난 상황에서 생존에 필요한 식량과 물품만 지원하겠다는데 그런 관점에서 보면 커피는 기호식품이지 않느냐는 생각이었습니다. 그래서 커피가 왜 꼭 필요한 건지 담당자에게 되물었습니다. 이 지역은 커피 생산지이기도 하고 일교차가 크다 보니 낮에는 덥고 새벽에는 추워서 아침 일찍 일어나 연한 커피 한 잔을 마시면서 몸을 데우는 것이 이곳 사람들의 문화라는 겁니다. 그 지역에 가서 커피를 얻어 마셔보면 우리가 생각하는 커피라기보다는 구수한 숭늉 한 사발 먹는 느낌이었습니다. 그 지역 사람들에게는 커피가 기호식품이 아니라 생필품에 가까웠던 겁니다.

다른 것은 필요한 게 없냐고 물으니 말롱이 필요하다고 합니다. 말롱은 몸을 덮는 천 같은 것인데 주로 무슬림들이 사용한다고 합니다. 대피소에서는 대규모 인원이 모여 지내기 때문에 개인 프라이버시가 없는데 그렇다 보니 몸을 씻을 때 말롱으로 덮은 채로 물을 끼얹어 샤워를 한다는 겁니다. 저녁에 잘 때는 말롱을 이불 대신 사용하고요. 이런 현장 상황을 듣고 저는 구호 물품에 커피와 말롱을 포함시켜 물품 조사를 했습니다.

어떤 피난소에 갔을 때는 시설이 열악하고 주변에 나무가 없어 불을 피우지 못했습니다. 그렇게 되면 사람들이 쌀을 지원받아도 밥을 해먹을 수가 없습니다. 라면도 끓이지를 못하니 생라면으로 먹는 것입니다. 그래서 이런 곳은 피난민 규모를 알아보고 공용으로 사용 가능한 가스 버너와 가스 몇 통도 지원 품목에 포함시켰습니다.

이런 식으로 피난민 대피소 몇 곳을 돌아보고 최종 지원 품목을 정해 카가얀에 있는 활동가에게 바로 물건 구매를 하도록 합니다. 긴급구호 때는 물품 확보가 가장 중요하기 때문입니다. 그래서 보통 현장 조사팀과 물품 구매팀을 나눠서 거의 동시에 일이 진행될 수 있도록 안배합니다.

03 　 쿠폰

물품 배분이 시작되면 사람들 얼굴에서는 연신 웃음꽃이 피어납니다. 집도 없이 피난 와서 겨우 비를 피하는 정도로 칸막이도 없는 농구장에서 생활하는데도 누구 하나 인상 찡그린 사람이 없습니다.

물품을 구입하면 현장까지 운반해야 합니다. 평상시라면 문제없겠지만 계엄령이 떨어진 상황에서는 마라위에 가겠다는 차량 기사가 없었습니다. 위험한 것도 물론이고 가는 길에 검문소가 너무 많아서 안 되겠다는 겁니다. 'JTS긴급구호(JTS Emergency Relief)'라는 문구를 차량에 부착하고, 아는 인맥을 총 동원해 가까스로 지프니 두 대를 섭외했습니다. 가격도 평상시의 곱절을 요구했지만 별 수 없었습니다. 그렇게라도 구호 물품을 전달해야 했습니다.

　그렇게 구호 물품이 도착하면 배분하기 전에 준비 작업을 합니다. 물품이 왔다고 바로 배분하기 시작하면 사람들이 한꺼번에 몰려서 아수라장이 됩니다. JTS에서는 이런 상황을 방지하기 위해 미리 쿠폰을 나눠줍니다. 쿠폰을 받은 사람이 다음날 줄을 서면 물품을 받

을 수 있습니다. 긴급 지원을 할 경우, 물품을 한쪽에 정렬해두고 미리 나눠준 양동이나 에코백에 하나씩 받아갈 수 있도록 합니다. 이렇게 하면 받아가는 입장에서도 빠지는 물건 없이 가져갈 수 있고 혼란이 적어 굉장히 효율적입니다. 사전에 물품을 준비해서 세트를 만들어 전달하면 배분 시간은 줄어들지만 사전에 준비할 시간이 따로 필요해서 긴급한 경우에는 신속성이 떨어집니다. 세트로 만들려면 부피가 커져서 운반이 어려운 문제도 있습니다.

쿠폰을 나눠줄 때도 현장 상황에 맞춰 해야 합니다. 피난소에 사람들이 집결되어 있어서 그곳 주민들만 나눠줘도 되는 경우에는 굳이 쿠폰을 만들지 않습니다. 피난소에 살고 있다는 임시 신분증이 있는 경우가 많기 때문에 명단과 신분증만 확인하면 됩니다. 반면에 여러 곳에 사람들이 흩어져 있는 상황이라면 반드시 바랑가이를 통해서 사전에 쿠폰을 나눠줍니다. 이렇게 하지 않으면 현장에서 배분할 때 자기는 못 받았다고 아우성인 경우가 생겨 곤란해집니다. 그래서 현장 조사를 할 때 쿠폰을 1,000장 정도 가져갑니다. 그럼 그때 상황에 맞춰서 쿠폰을 나눠줄 수 있고 이후 훨씬 배분 시간을 줄일 수 있고 혼잡한 상황도 피할 수 있습니다.

물품 배분이 시작되면 사람들 얼굴에서는 연신 웃음꽃이 피어납니다. 집도 없이 피난 와서 겨우 비를 피하는 정도로 칸막이도 없는 농구장에서 생활하는데도 누구 하나 인상 찡그린 사람이 없습니다. 가스 버너와 주방용품을 받아가는 경우에는 더욱 좋아합니다. 여기저기서 식량이라고 나눠주기는 하는데 조리할 시설은커녕 그릇

현장 취재진이
물품 배분 현장을 보고
인터뷰를 했다.
현지 방송국 뉴스에
보도되면서
JTS 긴급구호에 대해
알려졌다.

도 없는데 JTS에서 그런 부분을 지원해주니 감격할 수밖에 없는 겁니다. 많은 인원을 지원하는 것도 좋지만 JTS와 인연이 닿는 사람들이 다만 얼마 동안이라도 생활을 할 수 있게 지원하는 것을 중요하게 생각합니다. 그러다 보니 피난소 담당자는 JTS 물품 구성을 보고 깜짝 놀랍니다. 필요 물품을 이야기하긴 했지만 정말로 지원해줄 거라고는 생각하지 못했다는 겁니다. 그러면서 지금까지 도와준 것도 너무 고맙지만 혹시 괜찮다면 여성과 아이들의 속옷을 지원해줄 수 있는지 물어보기도 합니다. 피난 생활이 길어지면 당연히 속옷 등이 필요한데 이런 물품은 어디서도 쉽게 지원받기가 어렵기 때문입니다. 저는 트렐에게 필요한 사이즈를 조사해서 지원하도록 조치했습니다.

구호 활동을 마친 뒤 돌아가는 차 안에서 한 활동가가 얘기하기를, 처음 구호 현장에 가봤는데 자신이 JTS 활동가라는 것에 자부심을 느꼈다고 합니다. JTS가 자원봉사로 운영되고 학교를 짓고 도움이 필요한 사람들에게 지원을 한다는 건 익히 알았지만 실제 겪어보니 이 정도일 줄은 몰랐다는 겁니다. 현장에서 취재를 하던 로컬 미디어와 DSWD(한국의 보건복지부와 같은 역할) 직원들도 많이 놀랐다는 반응이었습니다. 기자들도 구호 현장을 많이 다녀봤지만 이렇게 세심하게 지원하는 곳은 JTS가 처음이라며 인터뷰를 요청하기도 했습니다. 이제까지 익히 본 긴급구호라면 미리 준비된 구호 박스를 현장 인원수에 맞게 주는 것 정도였는데 JTS의 경우 돈 한 푼 허투루 쓰지 않는 것은 물론이고 그 지역 상황에 맞게 구호 물품을 정해서 지원하는 것이 인상 깊었다고 합니다. 도움이 필요한 사람에게 그 사람이 필요한 도움을 준다. 그것이 JTS가 하는 일입니다.

04 태풍 하이옌

타클로반 시내에는 많은 구호단체와 필리핀 정부가 지원 활동을 하고
있었습니다.

2013년 11월 8일 태풍 하이옌이 민다나오 북쪽에 위치한 필리핀 비
사야 지방을 강타했습니다. 필리핀 기상 관측 사상 가장 강력한 태
풍이었어요. 10년이 지난 지금도 그 기록은 깨지지 않고 있습니다.
필리핀 전체 인구의 14퍼센트인 1,300만 명이 피해를 입은 것으로
집계되었고 5,000명이 넘게 사망자가 발생한 엄청난 재난이었습니
다. 타클로반시는 지역경제의 중심지였지만 디젤과 가솔린 등 연료
가 공급되지 않고 있었고 렌트비까지 천정 부지로 솟아오르면서 차
량 운행이 어려웠습니다. 전기, 물, 식량 공급이 이루어지지 않고 통
신마저 두절된 상태였습니다. 대형 쇼핑몰과 상점은 시민들에게 강
탈당했고 군인과 경찰이 투입되어 저녁에는 통행이 금지될 정도로
치안이 불안했습니다.

● : 주도
◉ : 긴급구호 지역

타클로반

레이테주

타나우안군

　　그때 나는 한국에 출장 중이라 당장 가볼 수 없는 상황이었습니다. JTS필리핀 부대표인 이규초 활동가를 보내서 현장 조사를 해달라고 했습니다. 구호 물품은 마닐라에서 가져오기 어려우니 민다나오에서 싣고 가는 게 좋겠다고 의견을 주고 나는 한국 일정을 접고 필리핀으로 갔습니다. 필리핀에 왔지만 타클로반으로 들어가는 게 문제였습니다. 일단 공항이 파손되어 들어갈 수 있는 인원이 제한되어 있었는데 전 세계 각국에서 지원하고자 하는 사람들과 미디어팀들이 몰려 있었고 육로는 재난 지역을 탈출하려는 주민들의 행렬로 덮여 있었습니다.

　　JTS 활동가들은 그 상황에서도 타클로반과 인근의 팔로, 타나우안, 톨로사 등의 피해 지역을 조사해 나갔습니다. 피해 정도를 일일이 확인하고 주민들의 건강이 어떤지 심리 상태도 파악했습니다. 뉴스에서 보도하는 것과 달리 주민들의 심리는 비교적 안정되어 있어서 적절한 지원이 이루어진다면 폭동과 같은 소요 사태로 발전하지는 않을 거라는 의견이었습니다.

타클로반 시내에는 많은 구호단체와 필리핀 정부가 지원 활동을 하고 있었습니다. 구호 물품을 전달할 지역을 탐색하던 이규초 활동가는 인근에 소외된 곳이 있을 것이라 판단했습니다. 지도를 펴고 태풍 경로를 따라 타클로반을 벗어나 주변 지역들을 조사했습니다. 예상대로 타클로반의 인근 지역들에는 지원이 매우 부족하거나 지원 자체가 전혀 안 되는 상태였습니다. 타나우안Tanauan군도 그중 하나였습니다. 타나우안군은 해안가를 접하고 있었는데 해일로 6,528가구의 집이 전파되고 1,200여 명의 엄청난 인명 피해가 발생했습니다. 재난 초기 정부에서 지원하는 구호 물품을 실어오기 위해서는 군청 공무원이 군청 차량을 이용해서 물품을 받아와야 했는데 타나우안군의 군청 차량은 태풍 피해로 사용할 수 없었기 때문에 주민들은 아무 지원을 받을 수가 없는 상태였습니다. 이런 상황에서 JTS가 이곳에 지원하는 것이 타당하겠다고 판단했습니다. 그렇게 약 2,000여 가구에 구호 물품을 지원했습니다.

하이옌 태풍을 겪으며 제가 경험한 것이 있습니다. 타클로반시는 온통 쓰레기장으로 변해 있었는데 대만의 자재공덕회에서 이걸 다 정리했습니다. 그들은 한 팀에 300여 명씩 배치해 행군하듯이 리더의 안내에 따라 쓰레기를 치웠습니다. 당시 최저임금이 하루 300

폐소가 안 되었는데 그렇게 쓰레기를 치운 사람들에게 하루 일당을 500페소씩 줬다고 들었습니다. 아마 먹을 것도 없는 상황에서 폭동이 일어날 수 있는 사태를 고려해 그렇게 했다고 봅니다. 저는 자재공덕회가 한 역할이 두 가지라고 봤습니다. 하나는 노동의 대가를 주는 것으로 이 사람들의 먹을거리를 해결해줬기 때문에 사람들이 배고파 강도로 변하는 것을 막았다고 생각합니다. 둘째는 덤프트럭과 중장비를 동원해 쓰레기를 모두 외곽에 있는 하치장으로 보내 환경을 정비한 것입니다. 쓰레기를 대략 6개월 정도 치웠으니 다른 NGO에서 할 수 없는 엄청난 일을 한 것입니다. 하루에 약 1천 명에게 500페소씩 약 6개월을 지급하고, 그 많은 중장비를 운영했으니 비용으로 봐도 어마어마하게 든 겁니다. 그런 모습을 보면서 자재공덕회가 재정적으로나 조직적으로 운영이 잘 되고 있다고 생각했습니다. 단순히 쓰레기를 치운 것처럼 보이지만 그 일을 통해서 민생고를 해결하는 그 발상이 대단했습니다.

05 　타클로반

눕는 것은 고사하고 벽에 좀 기대서 자려는데 서로에게 나는 땀 냄새가
진동을 하고 너무 더워서 열어놓은 문으로 그 동네 모기는 다 들어와 우
리를 물어댔습니다.

혼란한 재난 지역에서 구호 활동을 할 때 누군가와 구두로 약속하
는 것은 큰 의미가 없습니다. 지켜지는 일이 오히려 드물기 때문입니
다. 타클로반에서도 그랬습니다.

　연착하는 비행기를 어떻게든 타고 타클로반에 도착했을 때는 늦
은 밤이었습니다. 먼저 가서 조사하고 있던 송지홍 활동가가 숙소에
직접 가서 묵을 방을 예약해두었지만 막상 내가 도착하니 방이 없
다는 겁니다. 워낙 혼잡한 상황이다 보니 예약을 했어도 누가 나타
나 돈을 더 준다 하면 그냥 그 사람에게 방을 내줬던 것입니다. 밤
12시가 넘은 시간에 밖에 나가 여기 저기 다녀봐도 방이 있다는 숙
소를 찾을 수도 없었고 할 수 없이 예약한 숙소로 돌아와 사정을 했
지만 없는 방이 어디서 나오겠습니까. 나중에는 하도 조르니 청소부

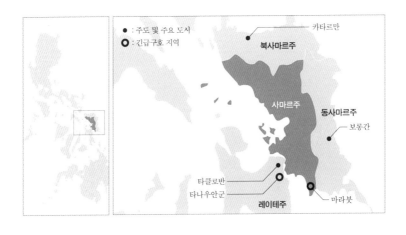

가 쓰는 방이 있는데 거기라도 있겠느냐 합니다. 일단 거기라도 달라고 해서 들어갔는데 창문도 없는 골방 문을 여니 퀴퀴한 냄새가 코를 찌릅니다. 제가 민다나오 활동하면서 열악하다는 곳은 거의 묵어봤지만 그 방은 우리 일행 네 사람이 다 들어갈 수도 없는 지경이었습니다. 눕는 것은 고사하고 벽에 좀 기대서 자려는데 서로에게 나는 땀 냄새가 진동을 하고 너무 더워서 열어놓은 문으로 그 동네 모기는 다 들어와 우리를 물어댔습니다.

그렇게 밤을 새다시피 하고 아침 일찍 답사를 가려는데 이제는 오기로 한 차량이 오지 않습니다. 왜 오지 않느냐 연락을 하면 다른 데 가고 없답니다. 일정대로 되는 일이 하나도 없으니 나중에는 화도 안 나고 헛웃음만 났습니다. 지금이야 웃으면서 지난 추억으로 얘기

태풍 피해로 완전히 부서진 집과 해일로 전파되고 지붕만 남은 모습

하지만 그때는 정말 뚜껑이 열리는 환장할 상황이 계속되었습니다. 지금 생각하면 어떻게 그런 환경을 이겨내고 다녔을까 싶습니다.

　그때 당시 전 세계 구호단체란 구호단체는 전부 타클로반에 몰려 있었는데 매일 회의를 해도 진척이 없었습니다. 어찌 보면 당연한 일인데 모든 게 다 무너지고 부서져 있으니 어디서 뭘 어떻게 시작해야 하는지 다들 갈피를 못 잡았던 겁니다. 최소한 NGO별로 어디를 맡겠다, 이런 사업을 하겠다 정도의 이야기라도 나와야 하는데 말만 무성했습니다.

　이렇게 해서는 일이 안 되겠다는 생각이 들었습니다. 일단 타클로반 시내에는 많은 NGO단체들이 몰려있으니 우리는 태풍이 지나간 자리지만 뉴스에 나오지 않는 곳을 찾아 갈 수 있는 만큼 가보자고 했습니다. 타클로반에서 다리를 건너가면 바로 사마르Samar주인데 그쪽에서 해안가로 쭉 따라가니 마라붓Marabut군이 나왔습니다. 지나가며 보니 코코넛 나무가 뿌리째 뽑혀서 널부러져 있었습니다. 코코넛 나무는 튼튼해서 웬만한 바람에는 잘 견디는데 그 모습을 보니 태풍의 위력이 어느 정도였는가 싶어 착잡했습니다.

　사실 그때는 어느 지역인지도 잘 모르고 지도만 가지고 이동하면서 일단 군청을 찾아가보자 했는데 군청 건물은 태풍에 반파되어서 접근이 불가능한 상황이었습니다. 군수를 찾으니 지붕이 날아간 초등학교에 천막을 덮어놓고 한쪽에 허름한 책상 하나를 놓고 업무를 보고 있었습니다. 이야기를 해보니 중앙 정부와 NGO들은 타클로반 주위에만 집중하고 자기들 지역은 피해 조사조차 하지 않고 있다며 하소연이 이어졌습니다. JTS가 이곳을 찾아온 첫 NGO라며 너무나 반가워했습니다.

주변 상황을 들으면서 이곳도 피해 규모가 크고 다른 단체의 지원이 전혀 없으니 여기를 중점적으로 복구해보자는 생각이 들었습니다. 이후 타클로반으로 돌아와 지원 준비를 한 후 인원을 꾸려 현장 조사를 나갔습니다. 초등학교 19개 정도를 다 방문했는데 복구가 가능한지 정확하게 조사하기 위해 마닐라에서 엔지니어와 건축 설계사를 대동해 3일 동안 전수 조사를 했습니다. 현장 조사를 하면 안내해주는 사람들도 있고 외부인이 마을에 가니 신기하다고 애들도 우루루 많이 따라다닙니다. 그런 상황에서 이 사람들도 못 먹고 있는데 우리만 뭘 먹을 수도 없으니 같이 굶는 겁니다. 활동가들이 많이 고생했구나 싶은데 그때는 배고픔도 잊고 답사를 다녔습니다.

지금에서야 말하지만 저로서는 민다나오 사업 20년 한 것보다 마라붓에서의 1년 몇 개월이 더 힘들었습니다. 말로 표현할 수 없는 열악한 환경 속에서 수많은 사건들이 있었지만 15개 학교를 완공할 수 있었습니다. 지나고 나니 고생한 활동가들에게 미안한 생각도 들고 어려운 시간을 함께해주어서 감사하다는 말을 전하고 싶습니다.

06   자재 공수 작전

비싼 가격을 주고도 낮은 품질의 철근을 사기가 쉽습니다. 그런데 JTS는
아주 싼 가격에 규격 품질의 자재를 구매할 수 있었습니다.

학교 건축 및 복구에 필요한 원자재를 전부 마닐라에서 공수했습니
다. 당시 타클로반에는 자재가 부족하기도 했지만 품질과 가격이 전
부 엉망이었기 때문입니다. 부르는 게 값일 정도로 가격이 많이
비쌌습니다. 공사에 가장 많이 필요한 자재는 지붕재, 합판, 앵글바,
철근, 시펄린(지붕 고정용 ㄷ자형 철재), 시멘트 등이었습니다.

지인 중에 철강 원재자를 수입해서 중국 업체에 파는 사람이 있
었습니다. 그분에게 요청하여 원가로 구매할 수 있도록 알아봐달라
고 했습니다. 그분은 여러 업체를 소개해주기도 하여 20~30퍼센트
씩 모두 할인받을 수 있었습니다.

지붕재의 경우 다른 지인이 자기도 기부하고 싶다고 하여 35퍼센
트까지 할인받기도 했습니다. 중요한 것은 가격이 아닙니다. JTS는

1	2
3	4
5	

사마르주 마라붓 지역 긴급구호 복구 활동으로 15개 학교, 86개 교실을 복구하였다.

1 전부 파괴된 교실
2 지붕만 파괴된 교실
3 교육부 리전8 교육청장과 사업 조정 미팅
4 마라붓 군수와 사업 조정 미팅
5 임시 교실로 사용할 텐트

정품, 정규 사이즈로 구매했다는 점입니다. 한국에서는 상상하기 어려운 일입니다. 필리핀의 건축자재는 품질이 제각각입니다.

예를 들어 1/2인치(12.5mm) 철근의 경우 A, B, C 정도의 품질이 있습니다. 품질 차이는 있더라도 사이즈는 모두 12.5mm여야 정상인데 11mm, 12mm 등 규격이 제각각입니다. 이 모두를 통상적으로 '1/2인치 철근'이라고 하며 파는 것입니다. 다시 말해, 1/2인치 철근을 구입하더라도 강도나 두께가 모두 다릅니다. 철근이라는 것이 두께는 그렇다 치더라도 밀도 역시 확인하기 어렵습니다. 그래서 비싼 가격을 주고도 낮은 품질의 철근을 사기가 쉽습니다. 그런데 JTS는 아주 싼 가격에 규격 품질의 자재를 구매할 수 있었다는 말입니다.

또 웃지 못할 에피소드가 있습니다. 한번은 준공한 지 얼마 되지 않은 학교에서 바람에 지붕이 들썩인다고 하는 겁니다. 튼튼하게 지으려고 그렇게 자재도 온갖 군데에 수소문해서 지원했는데 이게 무슨 소린가 싶어 황당했습니다. 원인을 알아보니 마라붓에서는 이런 정품 자재를 써본 일이 없어서 생긴 일이었습니다.

작업자들이 지붕재를 설치할 때 앵글바 강도가 워낙 강해서 못이 들어가지 않은 것입니다. 드릴비트(구멍 뚫는 기구)가 계속 부러지기만 했다고 합니다. 작업하는 사람들이 못을 박기가 너무 힘들어 못을 3개 박아야 하는데 1개만 박고 말았다는 것입니다. JTS 활동가들이 전수조사를 해보니 지붕 공사 대부분이 그렇다고 합니다. 이에 나사못을 추가로 구매하고 새로운 작업자를 구해서 지붕에 3,000여 개의 나사못을 새로 박는 일이 있었습니다.

3

국제구호
활동가들에게
해주고 싶은
이야기

01 　이제는 아는 것들

국제구호기구나 국제구호단체에 몸담은 사람뿐만 아니라 해외에서 자신의 사업을 일구는 분들에게도 도움이 되는 이야기가 아닐까 합니다.

20여 년의 민다나오 활동을 돌아보니 많은 일들이 있었습니다. 활동하면서 여러 어려움도 많았고 배움도 많았습니다. 제가 20년간 민다나오에서 어떤 활동을 했고 결과적으로 그러한 활동들이 소외된 지역민들에게 어떤 도움이 되었는가 돌아보게 됩니다. 후배 활동가들이 제 이야기를 바탕으로 앞으로 활동에 참고가 되었으면 해서 설명한 부분도 많습니다. 제가 처음 활동을 할 때는 국제구호 활동에 대한 정보를 찾기가 힘들고 경험도 전혀 없어서 너무나 많은 시행착오가 있었거든요. 그래서 민다나오 활동을 정리하면서 추가로 활동가들에게 도움이 될 몇 가지를 주제별로 정리해봤습니다.

　이 부분은 국제구호기구나 국제구호단체에 몸담은 사람뿐만 아니라 해외에서 자신의 사업을 일구는 분들에게도 도움이 되는 이야기가 아닐까 합니다. 국제구호 활동가라고 해서 사실 특별한 것은 없어요. 오랜 시간 일을 해보니 JTS 활동가로서 하는 일의 내용이나 그냥 일반적인 업무를 하는 것이나 기본적으로 일을 하는 원리는 비슷합니다. 일을 하는 목적이 다를 뿐입니다.

보통 사람들은 생계를 위해서 일을 합니다. 하지만 JTS 활동가는 JTS의 활동 이념, 즉 다른 사람을 돕는 데 목적을 두고 일을 합니다. 또한 장소가 한국이냐 필리핀이냐 인도냐 하는 지리적 상황에 맞춰 일을 해야 하는 부분이 다르겠지요. 저는 오랜 시간 민다나오에서 활동하면서 활동가들이 유의해야 할 몇 가지는 꼭 짚어주고 싶었습니다.

02　객관적으로 바라보기

사견을 내려놓고 현재 상황을 최대한 있는 그대로 객관적으로 자료를 만들어 보고하고 공유하는 것이 중요합니다.

활동할 때에는 개인의 사견을 내려놓고 객관적으로 문제를 보는 것이 중요합니다. 누구나 자신의 관점으로 보기 마련인데 어떤 상황에 대해서 객관적으로 얘기한다는 것이 말처럼 쉽지 않습니다. 문제는 대부분 자신은 '객관적'으로 말한다고 여기고, 자신의 개인적인 의견을 객관적 상황이라고 보고하는 데서 발생합니다. 여기서 오류가 생깁니다. 자기 스스로도 '이건 객관적이야'라고 믿고 있기 때문에 상황을 제대로 보기가 쉽지 않습니다. 스스로 속는 거죠. 그래서 연습이 필요합니다.

　문제를 있는 그대로 보는 훈련을 계속 반복하는 수밖에 없습니다. 도움을 요청하는 사람들의 요구에 빠져서 개인의 사견 위주로 상황을 보고하게 되면 잘못된 결과가 나오는 경우가 많아요. 그렇기 때문에 내 사견을 내려놓고 현재 상황을 최대한 있는 그대로 객관적으로 자료를 만들어 보고하고 공유하는 것이 중요합니다.

한 예로, 학교 건축을 할 때였어요. 그 학교는 땅이 울퉁불퉁해서 부지 정비하는 데 애를 먹었습니다. 제가 활동가와 건축 엔지니어에게 수차례 평탄화 작업을 지시했는데 잘 안 되었어요. 다 되었다고 해서 가보면 안 되어 있습니다. 그걸 몇 차례 반복하다 결국 활동가가 수정해서 제안하기를 최종 부지 위치를 변경하자고 했어요. 그때 당시에는 제가 직접 가서 볼 수 있는 상황도 아니었기 때문에 활동가의 보고만 듣고 판단할 수밖에 없었습니다. 현재 선정한 부지 위치보다 변경해서 제안하는 위치가 약간 더 높고 안정적이라고 했습니다. 그래서 최종 변경 제안을 승인했습니다.

그런데 제가 직접 방문해보니 보고받은 상황과는 달랐습니다. 위치가 적당하지 않았지만 이미 공사를 시작한 상황이라 변경하기가 어려웠습니다. 결국 공사를 진행할 수밖에 없었지요. 부지가 낮은 곳에 학교가 자리를 잡으면 비가 많이 오는 필리핀에서는 학교 주변으로 물길을 내도 교실에 물이 들어찰 수 있습니다. 그러면 건물이 침수 피해를 받을 수 있어서 위치는 중요한 사안인데 이렇게 되고 보니 안타까운 마음이 들었습니다.

개인이 보고를 할 때 주관이 들어갈 수밖에 없지만 이러한 경우에는 다른 사람들의 의견을 존중하되 주변의 상황, 실제 높이 차이 등을 상세히 설명해야 결정을 제대로 할 수 있습니다. 현장 사진만 찍어서 보고하면 주변의 정확한 사항을 알기 어렵기 때문에 필요하다면 그림을 그려서 설명하는 방법도 있습니다. 결정하는 사람이 상황을 정확히 이해하고 판단할 수 있도록 객관적으로 보고하는 것이 중요합니다.

사실 이런 일은 흔히 일어납니다. 큰 문제가 아닐 것 같은데 본질이 바뀌는 경우가 종종 있습니다. 나중에 일이 잘못되어서 확인을 해보면 결재받은 대로 진행했다고 이야기하는 경우가 많은데 사실 잘 살펴보면 보고가 제대로 되지 않아 잘못된 방향으로 일이 진행된 경우가 대부분입니다. 이렇듯 객관적으로 상대방이 상황을 쉽게 이해할 수 있도록 보고한다는 것이 정말 쉽지 않아요. 그래서 많은 연습이 필요합니다.

03   문화 차이 이해하기

> 무슬림은 정말 자존심이 강한 경향이 있습니다. 이야기 중에 문제가 있
> 는 것을 바로 지적하면 한국과는 다르게 엄청나게 반발하여 사업 진행
> 이 어려워지는 경우가 있습니다.

문화 차이에서 오는 오해로 갈등이 생기는 경우가 많습니다. 다른 지역에 가면 그 지역의 문화를 우선 공부하는 자세가 필요합니다. 그 지역 문화를 모르고 섣불리 내가 알던 대로 행동하면 문제가 생기는 경우가 많습니다. 다른 나라를 가면 그 나라의 문화나 그 나라의 방식으로 생각을 해야 하는데 한국식 사고방식으로 일을 처리하거나 자기가 해왔던 경험에 유추해서 스스로 판단해버리는 경우가 많아요. 그런데서 빚어지는 오해가 많습니다. 앞서 이야기했던 무슬림 문화권에서 저희가 어려움을 겪었던 부분 기억하시나요?

무슬림은 정말 자존심이 강한 경향이 있습니다. 이야기 중에 문제가 있는 것을 바로 지적하면 한국과는 다르게 엄청나게 반발하여 사업 진행이 어려워지는 경우가 있습니다. 그래서 새로운 환경에서

일을 할 때는 항상 모든 일을 처음 하는 것처럼 주의해야 합니다.

우리가 일을 처음 배울 때는 모든 것이 조심스럽잖아요. 그렇다고 위축될 필요는 없지만 일을 해본 경험이 많은 사람일수록 '이런 것은 이렇게 하면 돼' 하는 본인 생각이 많아집니다. 좀 더 주의를 기울이는 부분이 약해지는 것이지요. 그러면 자연히 사고가 생기기 쉽습니다.

상대의 요청을 거절하는 방법도 다를 수 있습니다. 한국에서는 어떤 요청을 했을 때, 상대방이 '생각해보겠다'고 답을 하면 이 사안은 진행되기가 어렵기 때문에 생각을 한번 해보겠다는 뜻이구나 하는 느낌이 강합니다. 받아들이는 사람도 뉘앙스라든가 눈치로 이렇게 받아들입니다. 하지만 필리핀 사람들은 다릅니다. '생각을 해보겠다'고 말하면 긍정적인 뜻으로 받아들입니다. 그런데서 일어나는 오해의 소지가 있을 수 있다는 거예요. 문화적인 차이가 있습니다.

04   이해했는지 확인하기

서로 다른 언어를 사용하다보니 모국어가 아닌 외국어로 소통을 하다보면 아무래도 말이 짧아집니다.

커뮤니케이션에서 오는 문제입니다. 서로 다른 언어를 사용하다보니 모국어가 아닌 외국어로 소통을 하다보면 아무래도 말이 짧아집니다. 나는 충분히 설명했다고 생각하고, 상대방에게 알아들었냐고 물어보면 '알아들었다'고 합니다. 그런데 실제로는 상대가 알아듣기는 했지만 듣는 사람 나름으로 자기가 생각하는 맥락으로 이해하고 있다는 거예요. 거기에서 오는 차이가 큽니다.

대화할 때는 항상 내가 이야기한 부분을 상대방이 어떻게 이해했는지 확인하는 과정이 필요합니다. 일상적인 가벼운 대화는 서로 이해가 달라도 크게 문제될 일이 없지만 사업을 할 때 보면 대개 문제가 생기는 부분이 서로 이해가 달라서 발생하는 지점이 많습니다.

저도 처음에는 민다나오 마을 사람들과 대화를 할 때 이런 부분을 크게 생각하지 않고 그냥 이야기를 했습니다. 그러다 보니 자꾸 미묘하게 서로 다르게 이해하는 부분이 생기고 나중에는 하기로 한 일을 안 하는 문제가 생기는 겁니다. 시간이 좀 지나면서 알게 된 점은 필리핀 사람들은 거절하는 법이 잘 없어요. 이야기를 하면 "오케이! 예스!"라고 가볍게 대답을 잘합니다. 무슨 얘기인지 알았고 문제가 없다는 것처럼 들립니다. 본인이 이해를 못했다고 다시 되물어보는 일도 잘 없습니다. 나중에 일이 틀어지는 경험을 몇 번 하고 나서 제가 느낀 것이, 내가 한 이야기를 상대가 어떻게 알아들었는지 확인하는 작업이 꼭 필요하구나 생각했어요. 그 다음부터는 항상 물어봅니다.

"How did you understand what I saying?"(제 말을 어떻게 이해했나요?)

이렇게 확인을 합니다. 그리고 제가 이해한 것을 상대방도 이해했고 동의한다면 중요한 대화는 회의록을 작성해서 참여한 사람들이 내용을 읽어보고 사인하도록 했습니다. 본인이 이야기한 사안에 책임감을 가질 수 있도록 하는 거죠. 묻더라도 그냥 '이해했습니까?' 하고 묻는 것과 '내가 말한 내용을 어떻게 이해했습니까?' 이렇게 묻는 것에는 엄청난 차이가 있습니다.

05   한계를 넘어서

문제라는 것은 원인을 알아야 개선을 할 수 있기 때문에 워크샵을 하면 나는 이 원인을 분석하는 데 많은 시간을 할애합니다. 원인을 못 찾으면 찾을 때까지 하는 거죠.

코로나가 전 세계적으로 발생해서 큰 어려움이 있었던 2020년, 저도 개인적으로 정말 어려운 시기를 보내고 있었습니다. 하지만 민다나오의 활동가들도 오도 가도 못한 채로 격리되어 많이 힘들었다는 이야기를 듣고 2020년 12월부터 2월까지 약 100일 동안 매주 토요일마다 3~4시간씩 온라인 워크샵을 진행했습니다.

먼저 각자 느끼고 있는 어려움을 다 이야기하는 시간을 가졌어요. 그런데 대개 어려운 부분을 이야기하라고 하면 겉에 보이는 것들만 언급하기 쉽습니다. 문제의 실제 원인인 깊은 부분에 대해서는 이야기하지 않는 경우가 많지요. 문제 원인을 다 끄집어내면 자기의 책임성이나 능력이나 이런 걸 다른 사람들이 알게 되니 부담스러워서 자세하게 이야기하지 않고 두루뭉술하게 말하는 겁니다. 그렇게 되면 실제 원인이 무엇인지 분석하기가 어렵습니다.

그렇지만 문제라는 것은 원인을 알아야 개선을 할 수 있기 때문에 워크샵을 하면 나는 이 원인을 분석하는 데 많은 시간을 할애합니다. 원인을 못 찾으면 찾을 때까지 하는 거죠. 그런 과정이 생각보다 쉽지는 않습니다. 그냥 '이게 어렵다, 저게 힘들다, 이게 문제다, 저게 문제다' 이런 식으로 이야기해서는 정확하게 원인을 분석하기 어렵기 때문에 체계적으로 접근하는 자세가 필요합니다.

◆— 문제가 무엇인가

먼저 가볍게 문제에 대한 이야기를 하며 피쉬본 다이어그램(Fishbone Diagram)을 작성합니다. 하나의 사안을 두고 '이런 것까지 문제가 되는 건가? 관련이 없을 것 같은데?' 하는 정도까지 세밀하게 분석합니다. 연관된 원인을 최소한 15개 이상 많은 것은 50개까지 세분화시켜 물고기 뼈를 채우듯이 적어 나갑니다. 그 상태에서 관련이 적은 것을 다섯 개씩 지우다보면 본질적인 문제는 한두 가지로 귀결되는 경우가 대부분입니다. 그렇게 원인을 찾으면 문제의 50퍼센트는 해결되었다고 봅니다.

그렇게 문제점을 찾았으면 문제 해결을 위한 실행 계획을 세워서 반영해야 합니다. 어떤 일을 하든 계획을 세워서 하는 것이 중요해요. 계획 없이 일을 하거나 계획을 대충 짜놓고 하면서 자꾸 수정하는 경우가 많거든요. 물론 그렇게 한다고 안 되는 것은 아닙니다. 그러나 시행착오를 많이 겪어야 하고 나중에 뭐가 안 되었을 때, 계획 없이 일이 뒤죽박죽이 되면 무엇 때문에 안 되었는지 원인 분석이 굉장히 어려워집니다.

한 예로, Standard Operation Procedure(표준업무절차/표준업무매뉴얼, 이하 SOP)는 업무 설계도 같은 것인데 우리 회사는 이걸 따라서 일을 합니다. 이 과정으로 단계별로 체크를 하고 넘어가면 나중에 문제가 생겼을 때도 문제 원인을 찾기가 아주 쉬워요. 문제가 된 시점부터 역순으로 올라가면 어느 부분부터 문제가 발생했는지 쉽게 찾을 수 있습니다. 그 후에 원인이 된 부분을 해결하면 간단한 거죠. 만약 SOP를 따르지 않고 되는 대로 하다가 문제가 생기면 어디부터 잘못되었는지 알 수가 없으니 찾으려면 처음부터 분석을 해야 하는 겁니다. 학교 건축 등 구호활동도 마찬가지입니다. 무엇이든 단계별로 계획을 세우고 SOP에 따라서 하는 것이 중요합니다.

그럼 계획을 세우는 건 어떻게 해야 할까요. 어떤 일을 할 때, 계획을 세운다는 것은 건물로 치면 설계도면과 비슷합니다. 설계도면이 없으면 건물이 제대로 지어질 수 없는 것과 같아요. 먼저 계획을 세우기 전에 업무를 분류해야 합니다. 일의 특성상 단기간에 집중해서 끝을 내야 하는 일이 있고, 어느 정도 시간이 걸려서 중장기 계획을 세워야 하는 일이 있고, 또 큰 목표와 비전 아래 장기적인 계획을 세워서 준비해나가야 하는 일이 있습니다. 이렇게 대략 세 가지로 나눌 수 있습니다.

06 단기 계획

시시각각 변하는 상황이 많아 계획대로 되지 않을 수가 있는데 그렇다고 해서 계획을 세우지 않으면 꼭 해야 하는 일을 놓칠 수가 있습니다.

단기간에 집중해서 끝내야 하는 일은 보통 긴급구호나 교육 연수, 각종 행사 등이 있습니다. 물론 장기적인 계획 아래 해야 하는 일이지만 당장 발생한 재난 상황이나 바로 준비해야 하는 연수 프로그램 또는 행사 등은 단기간에 집중해서 일을 진행할 수 있도록 하는 계획과 준비가 필요합니다.

예를 들어 재난 상황이 발생하면 기존 업무 매뉴얼을 참고하여 상황에 맞는 지원 계획을 세우는 것이 필요합니다. 특히 이런 일은 시시각각 변하는 상황이 많아 계획대로 되지 않을 수가 있는데 그렇다고 해서 계획을 세우지 않으면 꼭 해야 하는 일들을 놓칠 수가 있습니다. 계획을 세울 때, 일정 앞뒤로 여유 시간을 배치해 문제 상황이 생겼을 때 대처하기 용이하도록 하는 것이 필요합니다.

기본적인 매뉴얼을 가지고 일을 하면 상황이 조금 바뀌어도 바뀐 부분만 조정을 하면 금세 일을 진행할 수 있는데 기본 계획도 없고 매뉴얼도 없으면 모든 걸 다 새로 준비를 해야 하잖아요. 그러니까 시간이 많이 걸린다는 거죠.

예를 들어, 교육 연수 프로그램을 준비하는 경우를 봅시다.

연수 프로그램은 보통 행사 날짜가 미리 정해져 있기 때문에 몇 개월 전에 해야 할 일, 한 달 전에 해야 할 일, 일주일 전에 해야 할 일, 하루 전에 해야 할 일 등 쪼개서 계획을 세워두면 일을 하기가 훨씬 수월해요. 연수 프로그램이나 행사를 준비해보면 어디서부터 어떻게 일을 해야 하는지 몰라 헤매는 경우가 많이 있는데, 이전에 했던 행사 매뉴얼, 평가서을 찾아봐야 합니다.

매뉴얼과 지난 평가서를 보면서 이번 행사는 어떻게 해야 좀 더 효과적으로 진행하고 발전시킬 수 있는지, 기존 것에서 무엇을 변화시켜 준비해야 하는지 파악합니다. 이 부분이 중요해요. 단순히 평가서에 적힌 내용을 따라한다는 개념이 아닙니다. 평가서와 매뉴얼에 적힌 내용을 참고하여 함께하는 팀원들과 토론하고 연구해야 합니다.

토론과 연구 결과를 바탕으로 새로운 행사 준비 계획을 세워야 해요. 담당자는 서류를 보지 않아도 머릿속에 행사를 어떻게 하겠다는 그림이 있을 정도로 준비하는 자세가 필요합니다. 그렇게 하려면 팀원들과 함께하는 일에 대해서 충분히 공유를 하고 세분화해서 역할 분담하는 과정이 필요하고 아주 중요합니다. 일이라는 것이 나 혼자 하는 게 아니잖아요. 혼자 하는 부분도 분명 있지만 다른 사람과 조율하고 협력해서 해야 한다는 뜻입니다. 혼자 하는 일은 혼자 계획 세워서 하면 되지만 다른 사람들과 협력을 해야 하는 일은 나 혼자만의 계획으로는 안 됩니다. 내가 세운 계획을 공유를 해서 상대도 그 계획을 받아들일 수 있는 협의가 필요합니다. 안 그러면 문제가 계속 발생할 수밖에 없어요.

내가 계획을 세운다고 해도 나 혼자만의 계획이 되지 않기 위해서 함께하는 사람들과 협의를 한 다음에 계획을 세워야 하는 겁니다. 그렇게 하지 않으면 보트가 산으로 가는 거예요. 이렇게 사전에 협의를 하면 나중에 문제가 생겨도 함께 협의해서 진행했기 때문에 해결하기가 비교적 수월합니다.

준비하는 과정에서도 서로 충분한 공유가 되어야 합니다. 그래야 당일 행사나 행사를 준비하는 과정에서 돌발 상황이 생겨도 대처하기가 쉽거든요. 그렇게 하는 데 가장 도움이 되는 것이 전체 준비 계획을 세우는 거예요. 행사에 필요한 것이 무엇인지 파악하고, 그것을 어떤 과정을 통해서 준비할 것인가? 이것을 계획해나가는 과정을 통해서 담당자는 행사의 전반을 탁 꿰어 알게 되는 겁니다. 그럼 준비 과정에서 놓치는 일이 잘 없습니다.

계획한 대로 제대로 안 될 때는 리더가 문제 해결의 컨트롤 타워가 되어야 합니다. 커뮤니케이션이 원만해야 되고, 준비한 대로 안 될 때는 보고를 통해서 컨트롤 타워에서 조율을 해서 일을 진행시키는 것이 중요합니다.

정리하면 세 가지입니다.

- 행사 전체에 대한 계획
- 역할 분담과 공유
- 리더와 커뮤니케이션

내가 맡은 일에 문제가 있다 없다, 이런 것을 서로 소통하고 지원이 필요할 때는 미리미리 리더에게 지원이 필요하다고 말해야 합니다. 나중에 문제가 발생하고 나서 하면 늦어요. 문제가 있으면 미리 이야기를 해야 리더가 그 문제의 심각성을 고려해서 대책을 세울 수 있습니다.

07 　중장기 계획

크게 보면 같습니다. 그러나 세부 운영에서 상황에 맞게 조금씩 디테일
이 다른 부분이 있어요.

비교적 오랜 시간에 걸쳐서 진행하는 중장기 업무는 학교 건축, 마
을개발 등의 일이 있습니다. 학교 건축은 보통 6개월을 목표로 하지
만 상황에 따라서는 1년, 심하게는 3년까지도 건물을 짓게 되는 경
우가 많습니다. 단기 프로젝트나 중장기 프로젝트, 장기 프로젝트라
고 해서 일하고 업무 계획을 하는 원리가 다른 것은 아니에요. 크게
보면 같습니다. 그러나 세부 운영에서 상황에 맞게 조금씩 디테일이
다른 부분이 있습니다.

　예를 들어 학교 건축의 경우는 우선 계획을 세우기에 앞서 학교
건축에 필요한 단계적인 주요 공정을 선별해야죠. 이건 기본적으로
SOP(기본 업무 매뉴얼)를 참고하면 됩니다. 타임라인에서 주요 공정은
기초공사, 골조, 벽체, 창문, 트러스, 지붕, 화장실 배관, 전기, 타일, 페

인트, 하수처리 시설 등으로 대략 나누고 각각의 계획을 세웁니다. 그런 다음 전체 공정 안에서 각각의 구체적인 일정 계획을 잡는 거죠. 기초공사는 언제부터 언제까지, 골조는 언제까지 이렇게 해서 기본 일정 계획을 잡고, 각 공정별로 필요한 자재는 무엇인지 따로 정리를 해서 공정이 진행될 때마다 필요한 자재를 사전에 준비할 수 있도록 하는 거예요.

처음 기초공사를 한다고 하면 기초 공사에서 주요하게 챙겨봐야 할 내용들을 미리 따로 하이라이트로 표시해 놓는 겁니다. 그렇게 하면 계획인 동시에 체크리스트로도 활용할 수 있는 거죠. 그럼 일이 단순해지고 챙겨야 하는 사안을 놓칠 확률이 많이 줄어듭니다. 아무리 복잡하고 어려운 일이라도 하나하나씩 나누고 그 안에서 해야 할 것들을 챙겨나가면 복잡해 보이던 일도 단순하게 정리가 됩니다. 그럼 일을 하는 데 불필요한 에너지가 낭비되는 것을 막을 수 있습니다.

비고란에는 카테고리별로 평가할 수 있는 예시를 하나 만들어 넣으면 좋습니다. 계획에서 빠진 사항은 추가로 보충을 하되, 왜 그게 미리 점검이 안 되었는지를 원인 분석해야 해요. 지역 환경에 따라서 못한 것인지, 처음 계획부터 잘못된 것인지 원인 분석을 해야 다음 계획에 적용할 수 있습니다.

08 장기 계획

장기적인 계획을 세워서 준비하는 일은 JTS가 민
다나오에 온 궁극적인 목표인 평화 정착을 예로 들 수 있습니다.

장기적인 계획은 세분화가 중요합니다. 큰 목표와 비전 아래 단기와 중장기 목표를 세분화 하여 장기적인 계획을 세워서 준비해나가야 하는 일은 JTS가 민다나오에 온 궁극적인 목표인 평화 정착을 예로 들 수 있습니다.

평화 정착에 걸림돌이 뭐냐 할 때, 평화 정착 프로그램은 굉장히 장기적인 정책인데 이건 두 가지로 나눌 수 있어요. 우선은 갈등이 일어나는 원인 분석을 하는 게 중요하고, 원인 분석을 했다 하더라도 우리가 직접 기여할 수 있는 부분이 있고, 역할을 이끌어 내야 하는 부분이 있습니다. 우리가 할 수 있는 범위 내에서 일을 한다는 겁니다. 학교 건축도 우리가 평화라는 단어를 직접적으로 사용하고 있지 않지만 학교라는 주제로 마을 사람들과 회의를 하고 협력을 이끌어 내면서 이전에는 없던 부족 간의 교류를 만들어내는 것도 평화 정착의 작은 씨앗이 될 수 있습니다. 이런 일들을 하나둘 이끌어 내면 그것들이 모여서 다물록처럼 처음에는 부족들이 서로 왕래를 못하다가 학교 건축 과정을 통해 서로 왕래를 하게 되고, 이전에는 전혀 대화가 없다가 협력해서 일을 하게 됩니다. 그 다음부터는 모든 일을 함께해나가는 이게 어떻게 보면 평화에 기여하는 큰 디딤돌이 됩니다.

평화 정착이라는 게 계획을 세워서 계획대로 되면 얼마나 좋겠어요. 통일되었으면 좋겠다 해서 통일에 대한 계획을 세운다고 일이 되겠느냐는 말입니다. 이렇게 본다면 어쩌면 계획을 세워서 할 수 있는 일은 아무것도 없다고 할 수 있을지도 모릅니다. 그러나 민다나오에 평화 정착을 하겠다는 목표를 세우고 지금 내가 이 목표 실현을 위해서 무엇을 어떻게 할 건지에 대한 계획을 세우고 일을 하는 것이 필요합니다. 평화 정착이 왜 안 되었는가? 왜 평화 정착이 필요한가? 이렇게 스스로 계속 질문을 하면서, 실제 마을 답사도 다니고 때로는 함께하는 동료들과 토론을 하면서 원인 분석을 해야 합니다.

민다나오의 경우는 종교 분쟁으로 많은 사람들이 고통을 겪고 있었습니다. 그런데 종교 분쟁이라는 거를 어떻게 해결할 것인가 하고 살펴봤을 때, 어떻게 보면 당장 내가 할 수 있는 일이 없는 것처럼 느껴질 수 있습니다. 그러나 내가, 또 우리가 할 수 있는 일은 무엇인가 하는 부분에 집중해서 상황을 살피면 분명 방법이 있습니다. 마을에 가보면 분쟁으로 마을 사람들이 흩어져 숨어 삽니다. 그러다 보니 자연스럽게 아이들이 학교를 가지 못하게 되고 그로 인해 문맹률이 높았던 거죠. 그래서 우리는 학교 건축을 하면서 문맹퇴치도 하고 그런 과정을 통해 마을 사람들끼리 협력하여 마을에 평화가 정착할 수 있도록 하면 어떨까 하는 생각을 한 겁니다. 그런 마을들이 늘어난다면 전체적으로는 평화 정착에 기여할 수 있다고 생각한 거죠. 그럼 그에 맞는 장기적인 계획을 세우는 겁니다. 우리가 하고자 하는 목표가 평화 정착이라면 그것을 어떻게 해나갈 거냐 하는 계획을 세우는 겁니다.

물론 이런 장기적인 계획은 중간에 여러 변수를 경험할 수 있습니다. 20여 년간 JTS 사업을 하면서 꾸준히 학교 건축을 했어요. 약 60여 곳의 지역에서 160여 개의 교실을 지원했죠. 그 결과로 마을들이 안정되고 인구도 증가하고 자체적으로 많은 발전이 있었습니다. 사업을 시작하고 10여 년이 지난 시점에서 우리가 전체적인 평가를 했을 때, 시간이 지나면서 필리핀 정부에서도 오지 마을에 있는 사람들을 위해 교육 지원이 점점 늘어나면서 예전보다는 학교 건축에 대한 역할을 우리가 크게 하지 않아도 될 시점이 왔다는 평가를 했습니다.

그때 '우리가 세운 계획은 학교 건축이다'라는 생각에만 갇혀서 계속 학교 건축에만 집중한다면 물론 도움이 안 되는 것은 아니겠지만 효과가 많이 떨어지게 됩니다. 그래서 우리는 이런 상황에서도 여전히 해결되지 않은 문제가 무엇인지에 집중했습니다.

학교 건축을 통해 문맹퇴치 사업은 큰 성과가 있었지만 여전히 빈곤 문제가 해결되지 않았다는 겁니다. 문맹 문제도 근본적으로는 빈곤에서 온다는 것도 알게 되었고요. 그때부터는 계획을 수정해서 학교 건축에 대한 수요가 있다면 계속해 나가지만 그 비중을 좀 줄이고 마을개발에 대한 계획을 세웠습니다. 빈곤퇴치를 통한 평화 정착으로 계획을 수정한 거죠.

　장기적인 계획은 이렇듯 처음에 세운 계획을 시간이 지나면서 조정해야 하거나 때로는 방향을 수정해야 할 수도 있는데 이런 부분에 유연하게 대응하는 자세가 중요합니다. 그렇다고 순간순간 계획을 쉽게 바꾸는 것도 좋지 않습니다. 그러나 계획에만 집착해서도 안 되는 거죠. 정말 미묘하지만 이렇게 해나가는 과정이 필요합니다.

09 계획대로 되지 않을 때

좌절한다고 문제가 해결되면 얼마나 좋겠습니까. 그러니 그럴 때일수록
좌절하지 말고 계획에 대한 분석을 해야 합니다.

계획을 세우고 계획대로만 되면 얼마나 좋겠습니까. 그런데 인생은
내가 원하는 대로 될 때보다 안 될 때가 더 많습니다. 계획한 대로
일이 되지 않으면 보통 쉽게 좌절합니다. 그런 부분이 이해가 안 되
는 건 아니에요. 심정적으로 이해하지만 좌절한다고 문제가 해결되
면 얼마나 좋겠습니까. 그러니 그럴 때일수록 좌절하지 말고 계획에
대한 분석을 해야 합니다.

보통 계획대로 안 되는 경우는 크게 두 가지입니다. 하나는 계획
을 잘못 세운 경우이고 또 하나는 돌발 상황이 생겼기 때문에 이전
계획을 변경해야 하는 경우입니다. 전자는 오히려 간단합니다. 계획
을 처음 세우는 사람들은 계획 세우는 데 익숙하지 않습니다. 그러
니 계획을 구체적으로 세우지 않았기 때문에 생기는 일입니다. 이런

부분은 평가해나가면서 이후 계획을 세울 때, 제대로 세울 수 있도록 반영하면 됩니다.

돌발 상황이 생겨 계획을 바꿔야 하는 경우는 대개 활동가들이 처음 접하는 상황이 벌어졌거나 혼자 해결하기 어려운 문제일 때가 많습니다. 이런 상황에서는 신속하게 문제의 핵심을 파악해서 보고를 우선해야 합니다.

바로 해결해야 할 문제인지 시간을 조금 가져도 되는 문제인지 빨리 판단을 하고 급히 처리해야 하는 문제는 거기에 맞는 액션을 취해야 합니다. 조금 시간을 가져도 되는 문제는 보고서를 작성해서 상세히 보고를 하는 편이 좋습니다. 하지만 긴급하게 처리를 해야 하는 일인 경우에는 보고서를 쓰고 이렇게 절차대로 하면 문제가 해결이 안 되잖아요. 그럴 때는 전화나 구두로 즉시 보고를 해서 임시로라도 대안을 마련해야 합니다.

여기서 핵심은 보고 절차입니다. 긴급하면 긴급한대로 움직여야 하고 일반적인 상황이라면 원래 절차대로 해야 합니다. 이게 활동가가 해야 할 역할입니다. 상황이 긴급한데 매뉴얼에만 따라서 움직이는 건 문제 해결에 아무 도움이 안 됩니다.

그럴 때도 혼자서 해결하려고 끙끙 앓기보다는 문제를 해결할 수 있는 동료와 논의하는 과정이 필요합니다. 경험 있는 사람의 조언을 받아서 거기에 맞는 실행 계획을 짜서 해결을 해야 하는 거죠. 물론 조언을 받더라도 자신의 생각도 함께 비교해봐야 합니다. 그쪽의 경험이 많거나 노하우가 많은 사람을 전문가라고 이야기하잖아요? 왜 전문가가 보는 입장하고 내가 보는 입장이 차이가 나는지를 리뷰를 해봐야죠. 그런 것을 자꾸 조정을 해봐야 내 관리 능력이 키워지는 겁니다. '내가 이런 부분을 잘못 보고 놓치는구나' 하는 부분이 알아집니다. 전문가 눈에는 보이는데 경험이 부족한 활동가들 눈에는 안 보이는 경우가 종종 있으니까요.

무엇보다 계획대로 안 될 때, 빠르게 조정하는 태도가 필요합니다. 오늘 계획한 일을 하지 못하면 내일은 이미 계획된 일이 있기 때문에 더욱 힘들 수가 있습니다. 이런 게 며칠만 지나면 스스로 감당하기 어려워지고 그러다 계획대로 하는 것을 포기하는 경우가 많습니다. 그래서 계획대로 안 될 때는 그 부분을 빠르게 해결할 수 있도록 하는 실행 계획을 따로 세우는 것이 좋습니다. 활동가들과 일을 하는 방법, 계획 세우는 것에 대해 워크숍을 하면서 알려줬는데 그것을 해본 활동가가 저에게 하는 말이, 처음에는 계획을 세우는 데 시간이 너무 오래 걸려서 오히려 비효율적이라고 생각했답니다. 그럼에도 계획을 세워서 해보니 일의 절차가 훨씬 간단해졌대요. 계획세운 대로 하면 되니까 불필요한 걱정, 불안이 없어지고 아침에 출근해서 무엇을 할지부터 생각하던 예전과 달리 바로 해야 할 일을 시작하니 업무 효율도 엄청 올라갔다고 좋아했습니다. 이 활동가 말대로 계획을 세워서 일하는 습관이 없던 사람들은 처음에는 계획을 먼저 생각해야 하는 것이 오히려 비효율적이고 시간이 많이 걸린다고 느끼지만 막상 해보면 그렇지 않다는 걸 깨닫게 됩니다. 훨씬 효율적으로 일을 할 수 있습니다.

계획을 세우는 것도 중요하지만 실행하는 과정에서 일어나는 일들을 세심하게 기록할 필요가 있습니다. 계획대로 되느냐 안 되느냐, 안 되면 왜 안 되느냐, 계획을 세워도 효과가 없으면 계획 자체가 잘못되었다는 말입니다. 그런 것들을 평가하고 반영해 나가야 합니다.

계획대로 안 된다면 원칙이 있었는지 살펴봐야 합니다. 계획에는 원칙이 있어야 하는데 원칙이 없으면 효과가 안 날 수 있습니다. 꿈같은 계획 있잖아요? 마음으로 되었으면 좋겠다 하는 생각, 그런 것들은 실제 존재하지 않는 겁니다.

자료가 부족할 때도 계획을 제대로 못 세웁니다. 목표를 실행하기 위해서는 자료가 필요한데 공부 없이 생각으로 끼워 맞추듯이 계획을 세우면 결과가 안 좋게 나오는 겁니다.

10   마을 답사

이 원칙은 우리의 취지와 목적에 맞게 지원하기 위한 기준이지만 그 기준에만 집착해서 전체적인 목적을 놓치는 경우가 있습니다.

JTS가 학교 건축 적합도를 평가하는 데 몇 가지 기준이 있습니다. 가장 가까운 학교가 마을과 큰 도로에서 최소 4킬로미터 이상 떨어진 곳, 전기나 상수 시설 등 기초 인프라가 부족한 곳, 40가구 이상이고 50명 이상의 취학 연령 학생이 있는 곳, 이 외에도 몇 가지 고려하는 사항이 있지만 마을 답사를 할 때는 위 세 가지를 주요하게 점검합니다. 그런데 여기서 또 중요한 점이 있어요.

이 원칙은 우리의 취지와 목적에 맞게 지원하기 위한 기준이지만 그 기준에만 집착해서 전체적인 목적을 놓치는 경우가 있습니다. 예를 들어서 한 마을을 답사했는데 마을에서 가장 가까운 학교가 3.5킬로미터예요. 그런데 제가 직접 다녀보니까 거리는 3.5킬로미터인데 가는 길에 가파른 언덕도 있고 개울도 몇 개 지나야 하는 겁니다. 어

린 아이들이 다니기에는 일반 평지 4킬로미터보다 훨씬 힘든 상황이에요. 이럴 때 분명 우리가 정한 기준인 4킬로미터보다 가까우니까 이곳은 학교 건축에 적합하지 않다고 판단하는 경우가 있습니다. 그러나 수치적인 기준에만 머무르지 않고 종합적인 상황을 고려해서 판단을 하는 자세가 중요합니다.

11   지방정부와 마을의 역할 협의

주변과 협력을 잘 이끌어 내야 하는 거죠. 협업이 잘 될 수 있도록 어떻게 역할 분담을 하고 조율을 할까 하는 부분이 중요합니다.

앞서도 여러 차례 이야기를 하긴 했지만 학교 건축을 하기 위해서는 마을 사람들, 바랑가이, 군청, 교육청 등 많은 단위와 협력해서 일을 해야 합니다. JTS는 직접 건축을 하거나 자체적으로 활동하는 것이 아니기 때문에 주변과 협력을 잘 이끌어 내야 하는 거죠. 협업이 잘 될 수 있도록 어떻게 역할 분담을 하고 조율을 할까 하는 부분이 중요합니다. JTS 활동 초창기에는 지원을 하나의 큰 목적으로 봤다면 지금은 많은 지역민들이 활동을 하게끔 유도하는 것이 훨씬 더 비중이 큽니다. 지방정부나 바랑가이가 자체적으로 일을 할 수 있게끔 이끌어 내는 것이 굉장히 중요합니다. 그래서 요즘은 초창기와 비교해 사업하는 방법이 많이 바뀌었죠.

초창기에는 JTS가 100퍼센트 관여를 했지만 요즘은 MOA를 맺어서 역할 분담을 합니다. 또 최근에는 우리가 관리하던 부분을 지방정부가 하도록 유도하고요. 점차적으로 JTS가 사업에 적게 관여하면서도 효과는 더 많이 나올 수 있게끔 전환하는 과정인 겁니다. 이게 조금 더 발전하면 지역 자체적으로 일을 할 수 있기를 기대합니다. 결과적으로는 JTS 역할은 줄이고 바랑가이나 지방정부, 교육청 등에서 각자 자신의 의무를 할 수 있도록 유도하는 거죠.

- 마을 사람들의 역할은 학교 건축 시, 자원봉사로 노동력을 제공한다.
- 바랑가이의 역할은 JTS 활동가들의 안전을 보장하고 필요한 지원을 한다.
- 군청은 부지 정비에 필요한 중장비를 지원하고 기술 자문과 노동력에 대한 푸드포워크(Food for work)를 제공한다.
- 교육청은 학교 건축이 완료되면 정규 교사, 교과서, 책걸상을 지원한다.
- JTS는 학교 건축에 필요한 자재를 지원한다.

이렇게 각 단위별 역할을 명시하여 MOA를 맺으면 서로 협력하는 데 큰 도움이 됩니다. 문제가 생겼을 때도 MOA를 바탕으로 각각의 역할에 책임을 질 수 있도록 하면 문제 해결이 쉽게 되는 경우가 많습니다.

12   지역 환경에 맞는 건축 디자인

초기에는 자재 운반이 힘들기도 했지만 콘크리트 기술자도 많이 없어서
목조 건물을 많이 지었습니다.

지금은 민다나오 지역도 많이 개발이 되었지만 활동 초기인 20년 전
만 하더라도 우리가 지원하는 마을은 길이 없는 경우가 대부분이었
어요. 자재를 운반하는 게 건축하는 것만큼 큰일이었습니다. 그래서
지역 환경에 따라서 목조, 세미 콘크리트, 콘크리트 건축 양식을 나
눠서 건축했습니다.

초기에는 자재 운반이 힘들기도 했지만 콘크리트 기술자도 많이
없어서 목조 건물을 많이 지었습니다. 그러나 목조 건물은 빠르고
쉽게 짓는 대신에 필리핀 기후 특성상 관리가 쉽지 않습니다. 그래
서 최근에는 자재 운반이 어려운 지역이라고 하더라도 세미콘크리
트로 짓습니다. 큰 트럭이 들어갈 수 있는 마을은 콘크리트로 건축
을 합니다.

초기에는 자재 운반이 힘들기도 했지만 콘크리트 기술자도 없어서 목조 건물을 많이 지었다.

13   학교 건축 운영 관리

> 기본적인 매뉴얼을 두고 그걸 상황에 맞춰서 조율해서 사용하면 됩니다. 그 다음에 일에 대한 SOP가 있어야 하고 그 다음에 계획이 있어야 하고 체크리스트가 있어야 합니다.

일차로 건축 매뉴얼이 있어야 합니다. 모든 학교에 똑같이 적용한다고 생각하기보다는 기본적인 매뉴얼을 두고 그걸 상황에 맞춰서 조율해서 사용하면 됩니다. 그 다음에 일에 대한 SOP가 있어야 하고 그 다음에 계획이 있어야 하고 체크리스트가 있어야 합니다. 그 다음에는 답사 가기 전에 무엇을 논의하고 어떤 것을 챙겨볼 것인지에 대한 체크리스트를 만들어서 가야 합니다.

기본적으로 활동가가 건축 설계도 조금 볼 줄 알아야 하죠. 아주 전문적이진 않지만 기본적으로 설계도면은 어느 정도 볼 수 있어야 합니다. 자재에 대한 현안도 알아야 합니다. 사람들과 대화하고 논의하는 기술도 어느 정도는 준비가 필요합니다. 스탠다드 설계도를 가지고 지역 특성에 맞게끔 비교 분석할 수 있는 능력이 있어야 한다는 이야기죠. 만약에 빠진 부분이 있다면 엔지니어와 협의해서 왜 그 부분이 빠졌는지 논의가 필요합니다.

건축을 하기 위해서는 먼저 설계도가 있어야 하잖아요. 설계도 엔지니어마다 조금씩 다릅니다. 학교 건축 표준 설계도를 가지고 엔지니어가 준 설계도랑 비교하고 자재 견적서를 주면 우리 표준 설계도를 가지고 자재 산출량이 적절한가 논의를 해야 합니다. 실제 필요한 것보다 많이 자재를 구매하게 되면 손실입니다. 계산을 잘못해서 실제보다 자재량이 부족해 추가 지원을 해야 하면 예산이 부족해지는 문제가 생기는 겁니다. 그래서 공사 시작하기 전에 자재량이 알맞게 산출되었는지 파악하는 것이 중요합니다.

처음 건축을 담당하는 사람은 자재 구매하는 것도 중요한 부분이죠. 대부분 건축 경험이 없는 활동가가 처음 학교 건축 프로젝트를 맡아서 하면 가장 어려움을 겪는 일 중에 하나가 자재 구입입니다. 가격이 무조건 싸다고 좋은 것이 아니에요. 시세보다 가격이 이상하게 싸면 일단 의심을 해봐야 합니다. 그리고 방문할 때는 오늘 무엇을 확인할 것인지 점검 내용을 미리 준비해서, 논의할 때 하나씩 체크하면서 점검해야 합니다. 다음 방문 때까지 할 일을 논의한 다음 자재를 준비합니다. 이런 과정을 진행할 때, 설계대로 하고 있는지 자재를 허실 없이 잘 쓰고 있는지 마감이 제대로 되고 있는지 그런 부분을 잘 살펴봐야 합니다.

첫째, 건축 모니터링을 위해서는 건축 매뉴얼이 있어야 합니다. 건

축 단계에 맞는 점검 체크리스트가 있어야 해요. 대부분 자원활동
가는 건축 전문가가 아니기 때문에 건축 모니터링 자체를 처음하는
경우가 많거든요. 그럼 현장에 가도 무엇이 어떻게 잘못된 것인지,
무엇이 잘된 것인지, 무엇을 살펴봐야 하는지도 잘 모르는 경우가
많습니다. 예를 들면 기초공사는 땅을 얼마나 파야 하고, 베이스는
순서를 어떻게 얼마만큼 파야 하는가, 자갈을 20cm 깔아야 하고 자
갈, 모래, 시멘트를 30cm 채워야 하는 과정이 있거든요. 그런데 이걸
안 보면 자갈을 5cm나 10cm만 깔고 시멘트도 20cm만 채우는 경우
가 있어요. 나중에 우리가 갔을 때 흙으로 덮으면 모르거든요. 이것
을 모니터링 안 하면 기초부터 잘못되었기 때문에 이 건물에 안전문
제가 일어날 수밖에 없는 겁니다. 그래서 항상 모니터링 가기 전에
매뉴얼을 숙지하고 체크리스트를 봐서 어떤 것을 점검해야 하는지
를 알고 가는 것이 중요합니다.

둘째, 모니터링하기 전에 담당 엔지니어와 무엇을 논의해야 할지,
어떤 내용을 논의해야 할지 미리 준비해서 가야 합니다. 준비를 안
하고 가면 그 상황에서 발생한 문제만 이야기하기 십상입니다. 그러
다 보면 정작 체크할 것들을 놓치고 모니터링을 마치는 경우가 많거
든요. 그렇기 때문에 체크리스트가 중요합니다.

지난번 방문 때 논의된 내용을 우선 점검하고, 다음으로 진행될
공정에 대해 논의해야 할 내용, 부족한 자재는 없는지, 건축이 설계
대로 되어 마감이 잘되고 있는지를 같이 봐야 합니다. 영어가 부족
하면 시간이 더 많이 걸리겠지만 번역기를 통해서라도 점검 체크리

스트를 만들어 하나하나 점검해야 합니다. 그렇지 않으면 다른 문제가 발생했을 때 그 문제를 해결하는 것에 빠져 꼭 점검해야 하는 사항들을 놓치고 그냥 오는 경우가 허다해요.

이렇게 준비를 해서 가도 돌발 상황이 생길 수 있고 문제가 생길 수 있는데 준비를 안 하고 가면 어떻게 되겠습니까. 학교에서 공부하는 것과 똑같습니다. 예습 복습하는 것과 비슷하죠. 부족하면 부족한 대로 항상 사전에 내가 오늘 어떤 것을 논의해야 하고 어떤 결과를 이끌어 내야 하는지를 준비해서 가야 합니다. 아주 중요합니다.

셋째, 모니터링 가서 건축 엔지니어, 포어맨과 회의하면서 논의하고 합의한 사항을 기록해서 회의록을 만들고 거기에 사인을 받아야 합니다. 그리고 그걸 각각 한 부씩 나눠 가져야 해요. 그 다음 방문 때 그걸 가지고 1차 점검을 하고 논의를 하는 겁니다. 그래야 문제가 발생했을 때 불필요한 논쟁을 피하고 책임 소재를 명확히 할 수 있습니다. 항상 말로 한 것은 다음에 가보면 그런 적이 없다거나 이런저런 평계를 대는 일이 많습니다. 그런 부분에서 서로 불필요한 감정 소모를 하지 않고 일이 되게 하기 위해서는 항상 회의가 끝날 때 오늘 어떤 이야기를 했고 다음 모니터링까지 어떤 일을 마무리하겠다는 약속을 적고 정리한 뒤, 회의 참석자의 사인을 받는 것이 중요합니다. 이렇게 일을 하면 이렇게 하지 않을 때보다 훨씬 일이 효과적으로 진행됩니다.

14 안다는 것

체크리스트를 점검해가며 일을 해야 합니다. 지난번 진행했던 내용을 참고하고 어떤 부분이 문제가 있었는지를 파악하고 습득해야 합니다.

중요한 것은 경험이라고 생각합니다. 만약 경험이 부족하면 매뉴얼을 따라 일을 해야 합니다. 체크리스트를 점검해가며 일을 해야 합니다. 지난번 진행했던 내용을 참고하고 어떤 부분이 문제가 있었는지를 파악하고 습득해야 합니다.

제일 중요한 것은 행하는 거예요. 아는 것을 행해서 되는지 안 되는지 직접 해보고 나서 아는 것을 안다고 해야 해요. '안다' 하는 기준이 뭘까요? 들어서 아는 것과 내가 직접 해보고 그 결과를 가지고 행하는 것은 엄청난 차이가 납니다. 들어서 아는 건 내 것이 아니에요. 부스럼 같은 겁니다. 내가 행해서 아는 게 내 거예요. 이건 남이 가져갈 수 없습니다. 그래서 내 것을 만들려면 아는 것을 행해서 검증을 해야 합니다. 이럴 때 '안다'고 말할 수 있습니다.

"다음에 해봐야지" 하는 말은 안 하는 게 좋아요. 법륜 스님 법문에도 여러 번 나오는 '일어나야지, 해봐야지' 하는 사람 이야기 아닙니까. 법문을 듣고도 그걸 행하지 않으면 소용없는 거예요. 그래서 '스님께서 같은 말씀을 또 하시네'라고 할 게 아니라 '왜 같은 말씀을 또 하실까' 이거를 새겨봐야 합니다.

또 중요한 점은 내가 하겠다고 정하는 겁니다. 남이 정하는 게 아니라 내가 정한다는 겁니다. 그 말은 남에게 보이기 위함이 아니라 내가 행하기 위해서 정했다는 뜻입니다. 되는지 안 되는지는 해봐야 할 거 아니에요. '해봐야지' 이렇게 말하는 건 좋지 않은 습관입니다. 한다고 정했으면 하라는 겁니다. 해보고 그 결과를 바탕으로 논의하라는 겁니다.

저는 일을 쉽게 결정하지 않습니다. 중요한 결정을 할 때는 내 자신에게 세 번 물어봐요. 세 번을 물어서 내가 옳다고 판단하면 나는 다른 사람이 아무리 말려도, 그 어떤 난관이 와도 합니다. 그 일이 되도록 합니다. 나와의 약속입니다.

좋은 습관을 들여야 합니다. 내가 정한 것은 일단 한다. 이런 게 좋은 습관입니다. 잘했다 못했다 이런 결과는 나중 문제예요. 내 문제부터 하나하나 해결해보는 겁니다.

15   자기와의 약속

비록 결과는 안 좋았다 할지언정 새로운 걸 배우는 기회가 되는 겁니다.
일을 하면서 업데이트 시키라고 하는 게 그런 뜻이에요.

나는 어떤 일을 할 때, '이거 해봐야지 저거 해봐야지' 하며 쉽게 결정하지 않지만 딱 정한 것은 무조건 합니다. 머리가 깨지더라도 해요. 그래서 내가 한 일에 대해서는 결과가 좋든 나쁘든 받아들입니다. 왜냐하면 내가 정하고 결정해서 한 일이기 때문입니다. 그러니 잘 안 되고 실패해도 '아 내가 준비 과정에 이런 이런 부분이 부족했구나. 다음에는 어떤 것을 보완해야 이런 문제가 안 생기겠구나' 하는 것을 배우는 겁니다. 비록 결과는 안 좋았다 할지언정 새로운 걸 배우는 기회가 되는 겁니다. 일을 하면서 업데이트하라는 말이 그런 뜻입니다.

일이라는 건 여러 수천 가지 많습니다. 중요도에 따라 A, B, C로 나누고 그것을 하이라이트해서 오늘 안 하면 안 되는 일을 정합니다. 정할 때는 일의 양이 아니라 질로 구분하고, 분명히 해야 한다고 결정하면 하는 겁니다. 성공한 사람들의 자서전 같은 것도 읽어볼 필요가 있어요.

미국 카네기 스틸(이후 합병으로 현재의 US스틸)의 앤드루 회장은 처음에는 동업으로 시작했습니다. 나중에 분리해서 혼자 독립적으로 회사를 운영하는데 사업이 번창하면서 얼마나 바빴겠어요? 그래서 이 사람이 '내가 이것도 해야 하고 저것도 해야 하는데…' 하는 게 아니고 전문가 의견을 들어봐야겠다고 생각한 거죠. 그래서 시간 관리 전문가를 수소문해서 컨설팅을 받았습니다. 컨설턴트가 앤드루 회장에게 물었습니다.

"회장님은 무엇이 그리 바쁩니까?"

"여보시오, 내가 새로운 사업을 시작해서 이것도 해야 하고 저것도 해야 하고 결재해야 하고 연구해야 하고…"

이 말을 듣고 컨설턴트가 해야 할 일을 전부 기록해보라고 해서 주욱 적었습니다. 할 일을 다 적었다고 그걸 오늘 다 할 수 있는 게 아닙니다.

"회장님, 이 많은 것 중에 오늘 꼭 해야 할 것만, 오늘 안 하면 안 되는 것만 적어보세요."

만약 할 일을 50개를 적었다면 오늘 꼭 할 일은 그중에 다섯 개 정도입니다.

"오늘은 이 다섯 가지가 제대로 진행되도록만 일을 하십시오."

컨설턴트가 이렇게 말하니까 회장이 말했습니다.

"내가 이런 걸 가르쳐 달라고 했어요? 좋은 방법을 가르쳐 달라고 했지."

"예, 회장님. 제가 컨설팅해줄 수 있는 내용은 이겁니다. 만약에 이대로 한 달을 해보고 도움이 안 된다면 제가 컨설팅 비용을 안 받겠습니다. 그 대신에 도움이 되었다면 거기에 상응하는 대가를 지불해 주십시오."

회장은 못마땅했지만 승락했습니다. 한 달을 해보니까 지금까지는 바쁘게 일했어도 제대로 일이 되는 게 없었는데 하루에 꼭 해야 하는 일만 3~5가지씩 하니까 효과가 엄청나거든요. 3개월 후에 컨설턴트를 불렀어요.

"회장님, 어떻게 효과가 있던가요?"

컨설턴트 말에 회장은 봉투를 내밀었습니다. 당시 괜찮은 야구 선수의 3년치 연봉으로 계산을 했다고 합니다. 컨설턴트의 조언이 그만큼 효과가 있었다는 말입니다.

그래서 오늘 해야 할 일, 이번 주에 해야 할 일, 이번 달에 해야 할 일을 관리해야 한다고 활동가들에게 이야기한 적이 있습니다. 알맹이 있는 일을 해야 하는데 우리는 수박 겉만 보고 익었을까 안 익었을까 하는 식으로 일을 합니다. 그렇다고 다른 일을 하지 말라는 뜻이 아닙니다. 핵심 부분을 중점적으로 관리하고 시간이 남으면 여분도 한다는 이야기예요. 그래서 여러 가지 일 중에 오늘 안 하면 안 되는 일은 하이라이트를 해서 어떤 식으로든 되게끔 하는 겁니다. 모든 수단과 방법을 동원해서 해야 합니다. 내일은 다른 거 하면 되잖아요.

해결이 안 되면 어제도 오늘도 내일도 해야 합니다. 뜨거운데, 무거운데 하면서 일을 다 들고 있는 거예요. 제가 법륜 스님 법문을 잘 인용합니다. '무거우면 놓아라, 뜨거우면 놓아라'고 하셨잖아요. 해결을 빨리 해야지, '해야지, 해야지' 말만 하는 건 '일어나야지, 일어나야지' 하면서 누워 있는 것과 같습니다. 이건 해결 방법이 아니에요. 일을 하지는 않고, 하는 척하는 겁니다.

16   일한다고 쇼하지 말자

'바쁘다'고 말하는 걸 들을 때마다 나는 그건 계획을 세우지 않아서 그렇다고 말하고 싶어요. 일이란 시간을 정해놓고 집중해서 효과가 나도록 해야 합니다.

'내가 얼마나 바쁜데, 나는 시간이 없다.' 그런 식으로 쇼하지 말고 일이 딱 되도록 해야 합니다. 그럼 내가 정한다고 되느냐? 일이 되기 위해서는 무엇이 필요한지 파악하고 거기에 대한 준비를 하고 공부를 해야 합니다. 내가 지식이 부족하면 다른 사람한테 자문을 구하든지 여러 가지를 해봐야 합니다. 그렇게 하는 과정에서 내 능력이 업그레이드됩니다. 상황을 보는 시각이 달라져요. 여러 가지 펼쳐놓고 보는 것과 집중적으로 한 가지를 보는 것, 뭐가 더 낫겠습니까?

'다음에 이렇게 하겠습니다.' 습관적으로 흔히들 하는 말입니다. 하지만 '하겠습니다'라는 말 대신 '한 결과를 보여드리겠습니다' 이렇게 되어야 합니다. 그래서 좋은 습관이란 정한 대로 해보는 겁니다. 될지 안 될지 사실 몰라요. 그래도 해보면 '아, 준비를 이렇게 해가지고는 좋은 결과를 낼 수가 없구나' 알게 됩니다. 목표한 바를 이루기 위해서 무엇을 준비하고 무엇을 공부하고 어떤 조건을 따져볼지 생각해야 합니다. 내가 부족한 부분이 무엇인지, 그래서 어떤 공부를 할 것인지, 누구에게 자문을 구할까 연구하고 준비하는 그 과정에서 노하우가 쌓입니다. 이렇게 내 안에 쌓인 경험은 다른 일을 할 때도 유용하게 쓰입니다. 응용을 할 수 있잖아요.

세상에 그냥 되는 게 어디 있겠습니까. 예를 들어 내가 100미터를 15초에 뛰는 사람이라면 14초를 목표로 하면 무슨 준비가 필요할까요. 그냥 막 뛸까요? 체력을 어떻게 키울지 달릴 때 공기저항은 어떤 방식으로 줄일지 그런 부분이 있겠지요. 그러한 연구와 준비 없이 '나 오늘 연습 많이 했다' 하는 건 물론 안 하는 것보다야 낫겠지만 실질적으로는 큰 도움이 되지 않습니다. 일을 할 때는 노력도 효과적으로 하라고 말하고 싶습니다.

'바쁘다'고 말하는 걸 들을 때마다 나는 그건 계획을 세우지 않아서 그렇다고 말하고 싶어요. 일이란 시간을 정해놓고 집중해서 효과가 나도록 해야 합니다. 이것 조금 하다가 저것 조금 하다가… 이러면 효과가 나지 않습니다. 집중해서 한 가지씩 마무리를 지어야 합니다. 일단락된 일은 정리를 하면서 나아가야 여유 시간이 생깁니다. 그렇게 여유 시간을 확보해야 여가 활동을 하면서 숨도 돌리고 책도 보고 운동도 할 수 있지 않겠어요? 이렇게 본인이 시간 조절을 해야 생활이 즐겁지 항상 밀린 숙제를 못해서 저녁 늦게까지 붙들고 있으면 마음이 어떻겠어요. 집중도 안 되고 마음은 괴롭고 몸은 힘들어지는 겁니다.

계속 강조해서 말하지만, 시간 활용을 잘하려면 계획이 우선입니다. 이렇게 이야기하면 다들 '알겠다'고 대답은 잘하는데 본인이 알았다고 하는 내용이 무엇인지, 어떤 식으로 알았는지 한번 계획을 세워보세요. 계획을 세워서 해보니 어떤 부분은 잘되고 어떤 부분은 안 되더라 하는 걸 스스로 점검해보기 바랍니다.

17 　 마을 사람들과 대화할 때

> 항상 본부의 승인이 있어야 된다는 대목을 내내 강조해요. 그렇게 하지
> 않으면 줄기차게 이런저런 요청이 들어오고 자칫 잘못하면 마을 사람들
> 과 관계에 어려움이 생길 소지가 많기 때문입니다.

마을을 방문하면 이거 해달라 저거 해달라 온갖 요청이 들어옵니
다. 그럴 때 저는 제 선에서 결정할 수 있는 일이라도 절대 마을 사
람들에게 바로 '예스'라고 말하는 일이 없습니다. 이건 굉장히 중요한
부분이에요.

　어떤 요청이 들어오면, 요청한다고 다 해주는 것도 아니고 여러분
들이 자체적으로 할 수 없는 상황이나 할 수 없었던 그런 사정을 설
명해달라고 합니다. 제가 납득이 가야 본부에 공문을 쓸 수 있다고
말하면서요. 이전에도 계속 언급을 했지만 내가 결정할 수 있는 문
제라 하더라도 항상 본부의 승인이 있어야 된다는 대목을 내내 강조
합니다. 그렇게 하지 않으면 줄기차게 이런저런 요청이 들어오고 자
칫 잘못하면 마을 사람들과 관계에 어려움이 생길 소지가 많기 때

문입니다. 그래서 항상 마을 사람들의 요청 사항에 대해서는 "저는 이해가 되지만 본부에서는 본부의 심의가 필요합니다" 하고 먼저 이야기합니다. 그리고 우리가 진행하기 어려운 사안에 대해서는 다음과 같이 말합니다. "제가 본부에 설명은 잘 하겠지만, 내가 아는 본부의 규정상 이건 아무래도 어려울 것 같습니다. 그렇지만 여러분이 간곡히 원하니 제안서는 보내 보겠습니다. 승인이 나지 않더라도 섭섭하게 생각하지는 마십시오." 이런 식으로 요청이 받아들여지지 않을 상황에 대한 분위기를 만듭니다.

될 것처럼 이야기를 해놓으면 나중에 되지 않았을 때 섭섭한 것이 사람 마음이거든요. 나중에 왜 요청이 받아들여지지 않느냐, 왜 일이 안 되었느냐 하고 물어도 "내가 포장을 잘해서 보고서를 올렸는데도 불구하고 안타깝게도 승인을 못 받았습니다. 이 문제는 우리가 지원할 수 없는 것이니 다른 방법을 찾아보는 게 좋겠습니다" 하고 이야기를 합니다. 서로 이해할 수 있는 여지를 두면서 대화를 해나가는 것이죠.

일종의 대화의 기술입니다. 단순하게 '예스' '노' 이렇게 자르는 게 아니라 상대방의 감정이 상하지 않게 어떤 식으로 거절할 것인가도 너무나 중요한 문제입니다.

18 대화를 잘하는 방법

일이란 나 혼자 잘한다고 되는 것이 아니라는 사실입니다. 혼자 할 수 있는 일도 물론 있지요. 하지만 거의 대부분의 일은 누군가와 함께해야 합니다.

제가 사업을 할 때도 그렇고, 민다나오에서 구호활동을 할 때도 그렇고 시간이 지나면서 느끼는 것이 일이란 나 혼자 잘한다고 되는 것이 아니라는 사실입니다. 혼자 할 수 있는 일도 물론 있지요. 하지만 거의 대부분의 일은 누군가와 함께해야 합니다.

함께 일을 할 때, 가장 중요하면서도 가장 어려운 것이 사람 간의 대화, 소통인 것 같습니다. 실제로 많은 직원들과 활동가들이 서로 소통하는 데 어려움이 있다고 저에게 상담을 요청한 경우가 많았어요. 저 역시 오랜 기간 같이 일하는 사람들과 대화하면서 많은 시행착오를 겪었습니다. 그러면서 알게 된 몇 가지가 있습니다. 일단 대화에는 몇 종류가 있습니다.

처음 보는 사람과 사귀는 사교를 위한 대화, 감정이나 오해를 풀어야 하는 대화, 상대의 마음을 움직이는 대화 등 상황마다 대화하는 환경이 다릅니다. 각각의 상황마다 어떻게 대화를 풀어가야 하나 저도 항상 고민을 합니다.

그중에서도 가장 어려운 대화는 감정이나 마음속 응어리를 풀어야 하는 대화입니다. 제 경험상 이런 경우는 오해가 생겼을 때 최대한 빠른 시간 내에 해결하는 것이 좋습니다. 상대의 억울한 마음을 어루만져 나라도 그런 감정이 들었겠다 하며 그 사람의 마음에 공감하는 태도가 필요합니다. 상대방의 마음의 문을 먼저 열게 해야 진솔한 대화가 가능하거든요. 그렇게 하려면 본격적으로 대화를 하기 전에 문제와 다소 관계가 없어 보이는 분위기 전환용 대화로 상대방의 경계하는 마음을 누그러뜨리는 것이 우선입니다. 그 다음 상대의 억울함이나 섭섭함을 그럴 수 있겠다고 인정해줘야 합니다. 동시에 당신도 상대의 입장과 마음을 헤아리는 것이 중요하다는 식으로 대화를 이어가다보면 상대도 마음의 문을 열고 진솔한 대화로 이어지는 경우가 많습니다.

그런 대화의 흐름이 이어지면 문제를 풀어갈 수 있는 실마리를 찾을 수 있습니다. 누구든지 마음이 닫혔을 때는 누가 와서 무슨 얘기를 하더라도 '너도 똑같은 사람이구나' 하는 식으로 받아들이면서 마음의 문을 열지 않잖아요. 이런 대화의 핵심은 우선 마음의 문을 여는 것입니다.

상대방의 마음을 움직여야 하는 대화는 대개 내가 상대방에게 동의나 협조를 받아내야 하는 경우가 많습니다. 이런 경우도 단도직입적으로 나의 어려운 점을 이야기하기보다는 먼저 가벼운 이야기를 꺼냅니다. 날씨, 가족, 취미 등등 부담 없는 주제로 대화를 부드럽게 이어간 다음에 '내가 이 문제를 해결하기 위해서 몇 사람에게 알아보니 하나같이 네가 이 문제를 해결해 줄 수 있는 적임자라고 해서 찾아왔다'고 이야기하는 거죠. 내 이야기를 관심있게 들어보고 도움이 되어줬으면 해서 찾아왔다는 식으로 말을 이어갑니다. 우선은 그 사람이 나의 어려운 상황을 이해하게끔 해야 하고 두 번째로는 동정심이 일어나게끔 이야기를 해야 합니다. 무조건 해달라는 식보다는 그 사람이 생각했을 때, 도와줘야겠다는 마음이 들도록 환경을 조성하는 것이 중요하다는 겁니다. 무조건 도와달라는 생떼가 아니라 문제 해결 방법이라도 알려주면 좋겠다는 식으로 상대방에서 너무 부담을 주지 않는 상태에서 나의 어려운 상황을 이야기합니다. 그 사람이 나를 보고 판단할 때 '어렵구나, 도와줘야 되겠구나' 하는 마음이 자연스럽게 우러나도록 하는 거죠. 그저 애걸복걸하는 것이 아니라 분위기를 만든다는 뜻입니다.

이런 대화를 할 때는 상대하고 같이 공유할 수 있는 무언가를 찾아야 해요. 그게 취미가 되었건 아이들 키우는 이야기가 되었건 친근감을 먼저 만든 다음에 대화를 이어가야 합니다. 상대가 나를 경계하는 마음을 풀 수 있는 부분을 찾아야 해요. 그렇게 마음을 풀어야 대화가 됩니다. 이것이 핵심 과제인데 이게 말만큼 쉽지 않아요. 그렇지만 그 부분을 잘 살펴서 대화를 한다면 상황에 맞게 잘 풀어 나갈 수 있을 것으로 생각합니다.

19　활동하며 어려웠던 점

매뉴얼이 있지만 활동가들이 건축에 대한 지식이나 상식이 부족하기 때문에 사실은 현장을 가서 봐도 뭐가 문제인지 파악이 안 되는 경우가 많습니다.

앞에서 이야기한 모든 내용이 활동하면서 겪었던 어려움을 토대로 만들어진 것입니다. 조금 더 깊이 들어가서 활동하면서 겪었던 구체적인 어려움을 나눠보겠습니다.

앞서 이야기했듯이 모니터링을 가기 전에 담당 엔지니어와 무엇을 논의해야 할지, 어떤 내용을 논의해야 할지를 미리 준비해서 가야 합니다. 준비를 해서 가도 언제든 상황이 바뀌고 문제가 생길 수 있는데 준비마저 안 하면 어떻게 되겠어요. 그런데 알면서도 왜 준비하지 않는지 이해가 되지 않았습니다.

내가 활동가들에게 요구하는 것이 너무 많은가 하는 회의적인 생각을 하기도 했습니다. 이전에는 회의적인 생각을 한 적이 없습니다. 근래에 대표를 그만두는 시점이 되니 이런 생각을 합니다.

학교 건축 현장에 답사를 갈 때, 우리에게 매뉴얼이 있지만 활동가들이 건축에 대한 지식이나 상식이 부족하기 때문에 사실은 현장을 가서 봐도 뭐가 문제인지 파악이 안 되는 경우가 많습니다. 그러니 제가 답사를 할 때, 잘못된 부분을 발견하면 다시 하게 하기도 합니다.

이런 과정에서 우리 활동가들이 힘든 부분도 있겠지요. 그럼에도 미처 눈에 들어오지 않았던 부분들을 나와 함께 점검해서 익혀나가면 나중에는 알게 되지 않겠어요? 습득하고 배워나가는 과정인 것이지요. 특히 아이들이 지낼 건물인데 우선은 안전해야 하고 그 다음은 편리함이 고려되어야 합니다. 안전하게 하려면 튼튼하게, 설계대로 제대로 스펙을 맞춰서 지어야 합니다. 편리함을 주려면 실제 현장을 보면서 '이건 아이들이 활동하는 데 걸리겠다' 싶은 부분이 있으면 설계 변경을 해야 하는 것이지요.

하지만 경험이 없는 활동가는 그런 것까지 고려해서 보지 못하는 경우가 많습니다. 복도나 교실 문의 위치도 아이들이 위험할 상황이 없는지 고려해야 합니다. 뒷문으로 나가는 턱이 너무 높으면 어린 아이들이 넘어다니기가 힘들잖아요. 하지만 대부분의 경우 현지 포어맨이나 군청엔지니어, 우리 활동가들도 이런 부분을 보는 사람이 거의 없습니다. 활동가, 엔지니어, 포어맨과 매번 논의를 하는데도 답사할 때 보면 엉뚱하게 되어 있는 부분이 많습니다. 그러다 보니 내가 간섭 아닌 간섭을 많이 하고 재작업을 시킬 때가 많으니까 일하는 사람들은 나를 꺼릴 수도 있었겠지요.

제가 그런 이야기를 하면 '우리 애들은 높은 언덕에서도 뛰어다니고 자연환경에 잘 적응하기 때문에 문제가 없다'라고 하기도 합니다. 그러면 저는 '그 말도 맞다, 하지만 학교에서 누가 걸려 넘어지고 이러면 되겠느냐' 하면 일하는 포어맨들은 뭐 이 정도로 고치라고 하나 싶겠지요. 고치기 싫다는 말이거든요. 제가 현장에 가서 그런 체크를 하지 않는다고 해서 건물이 못 쓸 정도는 아니겠지만, 어쨌든 아이들의 안전을 우선으로 해서 말을 합니다. 줄곧 아이들이 생활하는 데 편리함을 생각해야 한다고 강조하고 있습니다. 우리 활동가들이 그런 부분을 챙기고 문제점을 끄집어내기까지는 많은 시간이 필요할 것 같습니다.

활동가나 포어맨, 엔지니어들 눈에는 안 보이니까 대표인 저한테는 보고가 안 올라옵니다. 그래서 현장에 가보면 뭐가 잘못되어 있거나 하지요. 그래서 내가 활동가 회의를 할 때, 건축 매뉴얼이 필요하다고 몇 년 동안 이야기를 했습니다. 최근에 마무리가 되었다고 해 늦었지만 다행이라 생각합니다

여기서 말하는 건축 매뉴얼이라는 건 답사할 때 놓치기 쉬운 부분을 정리해서 체크리스트로 만들어 챙겨보라는 것이에요. 예를 들면 기초공사는 땅을 얼마나 파야 하고 베이스는 순서가 얼마만큼 파야 하고 두 번째로는 자갈은 얼마, 모래, 시멘트 등은 얼마를 채워야 하는지 정해서 모니터링해야 합니다. 이것을 모니터링하지 않으면 기초부터 잘못 될 수 있기 때문입니다.

이런 것을 매뉴얼화 해서 마을을 방문할 때 가져가라고 하지만

지금까지도 진행이 잘 안 되고 있습니다. 한편으로는 이렇게 정밀하고 안전하게 안 해도 학교를 사용하는 데 큰 문제가 없다고 생각하는데 제가 꼼꼼하게 챙겨서 여러 사람 힘들게 하는가 하는 회의적인 생각도 있습니다. 하지만 제 입장에서는 그런 생각이 들어도 학교를 대충 지을 수는 없었습니다.

활동가들 일하는 거 보면서 한편으로는 여기 와서 이렇게 해주는 것만 해도 너무 고마운 일입니다. 그래도 설명을 여러 번 하는데도 그때는 '알겠다'고 하지만 그게 계속 안 지켜질 때는 한계를 느낍니다. 몰라서 못하는 것도 아니고 이미 문제점을 점검해서 이런 부분을 챙겨야 한다고 했는데도 안 될 때는 안타깝기도 합니다.

활동하는 데 애로사항이 많다고 해서 3개월 동안 워크숍을 매주 4시간씩 했습니다. 문제점을 점검하고 그것에 대해 토론하고 방법도 모색했는데, 워크숍 이후에는 그때 제시한 방법에 따라 제대로 이어지지 않았습니다.

제 성격을 잠깐 얘기하자면 굉장히 내성적이면서 성질이 되게 급한 사람입니다. 뭔가 잘못된 것을 보면 불같이 화를 냅니다. 초창기에 함께한 사람들은 저한테 야단을 엄청 들었어요. 그런데 나중에 보니 잘못된 문제에 대해서 야단쳐서는 해결되지 않는다는 걸 수행을 하면서 조금씩 알게 되었습니다. 야단친 것이 문제 해결에 도움이 되기는커녕 악영향을 미쳤습니다. 그 사실을 제가 알게 된 것이지요.

제가 특히 야단친 부분은 자기 책임을 남에게 전가할 때였습니다. 필리핀 사람들과 일하다보면 자기 책임인데도 그것을 남에게 전가하는 경향이 많았습니다. '제가 제대로 못 챙겼습니다. 다음에 잘 챙기겠습니다' 하면 넘어갈 일을 뻔히 보이는 거짓말로 남에게 책임 전가하면 화를 많이 냈습니다. 관리하고 확인하는 게 너의 책임 아니냐 하면 그때부터 상대방은 입을 다물고 말을 안 하는 거죠. 책임자가 책임을 안 지려고 하면 너의 위치를 아는 거냐 하는 식이었는데 그렇게 야단치고 그냥 두면 이게 굉장히 오래갑니다.

그래서 그날이 가기 전에 서로 이야기를 했습니다. '내가 너에게 야단쳤는데 기분이 안 좋지? 내가 너 개인이 미워서 그랬겠냐. 일을 가지고 논의를 하다보니 네가 책임을 지지 않으려고 해서 그렇게 한 것이다. 개인적인 감정은 없다. 그래도 일은 제대로 해야 하지 않겠느냐. 나도 그렇게 하고 나니 기분이 안 좋더라. 너는 기분이 더 안 좋았겠지. 일 때문에 일어난 일이니까 앞으로 잘 챙기자. 미안하다.' 이렇게 풀어갔습니다.

저도 일하면서 야단 맞아본 경험이 많았습니다. 야단 맞을 때는 자기가 잘못했어도 절대 뉘우치지 않아요. 그런데 야단을 맞아도 다시 만나서 좀 풀게 되면 이게 마음에 앙금으로 남지는 않거든요. 앙금이 풀어지면 '그렇지, 내가 이래서는 안 되지' 하며 잘못했던 부분을 뉘우칩니다.

하지만 서로 푸는 과정이 없으면 자기가 잘못했어도 '그럼 어쩌란 말이냐. 나만 잘못했냐' 하는 등의 반감만 생기는 경우가 많습니다. 경험상 야단친 것에 대해 미안하다고 설명을 하면 서로의 관계를 더욱 수평적으로 접근할 수 있게 합니다.

처음부터 이걸 잘했던 것은 아닙니다. 제가 야단 맞았던 경험을 되돌아보는 거죠. 안 좋은 소리를 들으면 기본적으로는 내 잘못을 뉘우치기보다 반감이 들기 쉽습니다. '왜 나만 야단 치지? 나만 그렇게 했나?' 이런 생각이 들고 '이게 뭐 그렇게 야단 맞을 일인가?' 하는 생각도 들고 내 잘못을 돌이키기보다는 기분 나쁜 것에 초점이 맞춰진다는 겁니다. 이런 일을 반복적으로 경험하면서 저 역시 야단을 치는 게 문제 해결에는 도움이 안 되는구나 느낀 겁니다.

그래서 관리자들과 대화를 하면서 화를 내는 횟수가 줄어들었습니다. 불법을 배우고 수행을 하면서 '옳다 그르다'의 관점에서만 문제를 보지 않게 되니 점점 더 제 태도에도 변화가 생겼습니다. 누가 어디서 어떻게 보느냐에 따라 옳고 그른 건 달라질 수 있다는 걸 알고 서로 다름을 인정하면서 더 나아졌습니다.

내가 화를 내면 이 화는 연쇄반응을 일으킵니다. 예를 들어 내가 누군가에게 화를 내면 그 사람은 자기 옆 사람에게 화를 내고, 그 사람은 또 옆 사람에게 화를 내면서 완전히 줄초상이 나게 됩니다. 회사라면 말단 사원만 죽을 맛이 됩니다.

서로 다름을 인정하고 문제 해결하는 방식을 화를 내는 대신에 원인 분석을 해보는 걸로 전환을 한 것이지요. 안 된다고 포기하면 서로 발전할 기회가 사라지기 때문입니다.

활동가들에게도 마찬가지입니다. 안 된다고 그대로 놔두면 발전할 기회는 사라집니다. 지금까지 안 되긴 했지만 또 해보자, 그런 마음으로 하고 있습니다. 안 되면 다른 방법으로, 또 다른 방법으로 계속 해보는 겁니다. 회사 직원들에게도 가끔 하는 말이 있습니다. 오늘이 어제보다 더 발전되길 바라느냐, 행복하기를 바라느냐 하면 모두 '예스' 합니다. 그러기 위해서 네가 어제보다 오늘 더 나아지기 위해서 무엇을 다르게 했냐고 물으면 대부분 답이 없습니다. 어제와 똑같은 방법을 생각하면서 오늘이 더 나아지기를 바란다면 그게 이루어질까요. 무엇이 되었든 조금은 변화를 줘야 가능하지 않을까요. 어제보다 오늘이 더 나아지려면 뭔가 변화가 있어야 합니다. 그래야 새로운 국면을 맞이할 수 있습니다.

20   활동 백서 제작을 노래하다

기록을 남기고, 자료를 정리하는 것을 아주 중요하게 생각합니다. 시간이 지나면 기억은 흐릿해져요. 기록으로 남기면 그것이 사업의 역사가 되고 확인할 수 있는 중요 자료가 됩니다.

회사 리노베이션을 한 경험을 통해서 어떤 일을 할 때 기록을 남기고, 자료를 정리하는 것을 아주 중요하게 생각합니다. 시간이 지나면 기억은 흐릿해집니다. 기록으로 남기면 그것이 사업의 역사가 되고 확인할 수 있는 중요 자료가 됩니다. 결국 나중에는 필요할 때 그 자료를 찾아볼 수밖에 없거든요.

그래서 JTS 활동을 하면서도 그 부분을 강조했습니다. 초창기에는 활동가들이 필리핀에 파견오면 자료 정리나 보고서 작성이 중요하다고 누차 강조했습니다. 그래서 초기 자료는 비교적 정리가 잘 되어 있는 편입니다. 그러나 시간이 갈수록 사업 규모는 커지는데 활동가는 부족하니까 자연스럽게 자료 정리는 후순위로 밀렸습니다.

그런 와중에도 민다나오 활동한 지 5년쯤 지났을 때부터 기록물을 만들어야 한다는 생각이 많았습니다. 일종의 활동 백서를 제작해야겠다고 원을 세웠어요. 초창기에는 매년 연보를 만들었는데 나중에는 그마저도 유야무야 되었습니다. 활동가가 새로 파견올 때마다 누군가는 백서를 담당해서 지속적으로 기록 관리를 해야 한다고 노래를 불렀습니다. 그럴 때마다 다들 대답은 시원하게 했는데 급한 일들을 처리하다 보니 자료 정리는 등한시하게 되지요. 그래도 계속 강조했습니다. 일하는 모든 사항을 기록으로 남겨야 한다고요. 그래서 매년 담당 활동가를 배정했지만 업무 우선순위에 밀려서 제대로 이어가지를 못했습니다.

민다나오 활동이 12년 되던 해, 2015년 초입니다. 법륜 스님과 함께 그동안의 활동을 평가하고 이후 사업을 논의하는 시간이 있었습니다. 그때 제가 강력하게 건의했습니다. 이 시점에서 계속 민다나오 사업을 해나가려면 인력 배치가 절대적으로 필요하다. 안 되면 사업을 축소해서 유지해나가는 방식으로 전략을 바꿔야 한다. 센터까지 지어놓고 활동을 하다가 중단한다는 건 안타까운 현실이다. 인력 지원에 대해서 어떤 방법을 찾아달라는 말씀을 간곡하게 드렸습니다.

제가 한국에 갈 때마다 활동가를 더 파견해달라고 JTS에 요청하기도 하고 나중에는 백일출가 담당인 유수 스님께도 누차 말씀을 드렸습니다. 제가 유수 스님께 전화도 하고 때로는 찾아가기도 하면서 많이 괴롭힌 셈이지요. 그래서인지 나중에는 정토행자대학원생 5명을 필리핀에 보내주셨습니다. 한꺼번에 5명 파견이라니 전례가 없던 일이지요. 나중에 들은 얘기로는 당시 행자대학생 10명 전원이 인도로 파견 예정이었는데 제가 하도 강력하게 인력 요청을 하니까 5명은 민다나오로 파견하기로 결정했다고 합니다. 그때 당시 민다나오 활동가가 3명 있었는데 그렇게 총 8명이 되었습니다. 그 전에도 없었고 그 후 지금까지도 그렇게 많은 인원으로 활동해본 적이 없습니다. 처음이자 마지막이었습니다.

저는 이 기회에 활동 백서를 마무리하지 않으면 다시는 기회가 오지 않을 거라고 생각했습니다. 그래서 새로 파견된 국장과 논의 끝에 파격적으로 두 명을 백서 업무에 배정했습니다. 두 명이나 백서 작업 담당으로 배정했지만 현실적으로 이 두 사람은 이제 막 민다나오에 왔으니 사업에 대해 아는 것도 없고 경험도 전혀 없었습니다. 그러니 12년의 민다나오 활동을 정리한다는 게 쉽지 않았습니다. 제가 지속적으로 업무 안내를 할 수밖에 없었습니다.

한 달에 한 번씩 민다나오를 방문해서 12년의 역사를 이 활동가들에게 설명을 해주고 그것을 토대로 부족한 자료를 찾아 넣도록 했습니다. 이런 저런 이유로 없어진 사진이나 자료들은 현장에 방문해서 학교 건축 당시 마을 리더들을 인터뷰도 하고 에피소드도 취재를 하도록 했어요. 우리가 그동안 지원한 학교들이 워낙 산간 오지에 있기 때문에 한 번 왔다 갔다 하기가 어렵기도 하고 몇 년 간 활동가가 부족해 제대로 살펴보지 못했으니 가는 김에 교복과 학용품 지원도 하기로 했습니다.

오래된 학교는 보수할 곳은 없는지 살피도록 했습니다. 그래서 그 일을 계기로 학교 보수 사업도 한참 했습니다. 백서를 위한 자료 조사가 방문의 주 목적이긴 했지만 실제로는 학교 운영 상태를 점검하고 지원할 물품이 있는지 살펴보는 일을 병행한 것이지요. 활동가들이 그렇게 현장을 다녀와서 취재해온 것을 보고하면 거기서 백서에 실을 내용들을 제가 간추려주기도 했습니다. 파트 별로 원고가 작성되면 다 같이 모여서 수차례 회의를 통해 서로 의견을 주고받고 수정에 수정을 거쳐서 완성본을 만들어 갔습니다.

그런 과정을 거쳐서 1년 만에 민다나오 12년 활동을 정리한 초고를 완성했습니다. 그리고 활동가들은 민다나오 파견이 종료되어 한국으로 복귀했습니다.

저는 초고가 완성되었으니 금방 책으로 나올 것이라 생각했지만 아니었습니다. 영문판 번역 문제로 차일피일 늦어졌고, 그러면서 이 사람 저 사람 교정보면서 원고가 누락되기도 하고 용어 통일이 안되기도 했습니다. 우여곡절 끝에 초고가 완성된 지 3년이 지나서야 겨우 인쇄를 할 수 있었습니다. 그렇게 신경을 썼음에도 12년 활동 백서의 영문판에서는 토니 대주교님의 메시지가 빠져서 필리핀 활동가 트렐이 엄청나게 문제 제기하기도 했습니다.

그 이후에도 끈질기게 자료 정리에 대해 이야기했으나 쉽지 않았습니다. 그런데 2023년 초, 박시현 활동가가 인도성지순례에 스탭으로 참여한 박석동 님을 알게 되었습니다. 그를 민다나오로 초청하여 현장 답사를 다니며 많은 이야기를 나누었습니다. 실제 현장을 돌아보면서 이제까지 알려지지 않았던 민다나오 활동에 크게 감명 받고 20년 활동 백서를 마무리하는 데 힘을 보태기로 했습니다. 그후

약 10개월 동안 김가영, 박시현 활동가와 함께 방대한 자료를 정리해나갔습니다. 드디어 2023년 12월에 《JTS PHILIPPINES 20 The Greatness of Spirit─분쟁의 땅에 평화를 심다》라는 제목으로 JTS필리핀 활동 백서를 발간했습니다.

제가 JTS필리핀 20년 활동을 마무리하면서 남기고 싶은 것이 있었습니다. 하나가 백서였고, 또 다른 하나는 제 활동 기록을 정리하는 것이고, 마지막은 제가 기부한 바갈랑잇 땅이 농장으로 운영되어서 거기서 나오는 수익금으로 JTS필리핀 현지 자원활동가들에게 생활보조금을 지원하는 것이었습니다. 그중 백서와 제 활동 기록은 이렇게 마무리 되었습니다. 바갈랑잇 토지는 아직 진행 중입니다. 머지않은 날에 농장도 잘 운영되기를 기대합니다. 이런 일들이 후배 JTS 활동가들이 활동하는 데 도움이 되면 좋겠다는 바람이 있습니다.

4

도전은
늙지
않는다

01   프레디와 패티김

> 한국에서 출발한 지 네 시간쯤 뒤에 필리핀 마닐라 공항에 착륙했는데
> 열기가 훅 콧속으로 들어옵니다. 서울에서 출발하는 날, 기온이 영하 삼
> 도였어요.

필리핀에 처음 온 인연은 조광무역 필리핀 합자공장 2차 파견 근무
에 당첨된 덕이었습니다. 1980년 2월 3일이었습니다.

하루 전에 부산에서 올라와 본사에 출국 신고를 하고 해외를 나
가본다는 설레는 마음에 잠도 제대로 못 잤습니다. 비행기에 올랐는
데 긴장을 해서 그런지 피곤에 눈을 감아도 쉬이 잠이 오지 않았어
요. 앉아서 보니 비행기 안 통로에서 긴 머리를 묶은 어떤 남자가 왔
다 갔다 합니다. 깡마른 체격에 청바지를 입었는데 뭐 하는 사람인
지 독특하다고 생각했습니다.

한국에서 출발한 지 네 시간쯤 뒤에 필리핀 마닐라 공항에 착륙
했는데 열기가 훅 콧속으로 들어옵니다. 서울에서 출발하는 날, 기
온이 영하 삼 도였어요. 그런데 비행기에서 내리니 33도쯤 되는 겁니

다. 필리핀은 덥다고 얘기를 들어서 몸을 가볍게 해왔는데도 활주로 열기가 이글이글했습니다. 그때만 해도 비행기와 터미널을 연결하는 브릿지bridge가 없었고 활주로 옆에 그냥 트랩(간이 계단)으로 내리는 겁니다. 그 뜨거운 활주로에 모여 있는 사람들을 지나 마중 나온 과장님과 인사를 하니 가수 프레디를 만났냐고 물어봐요. 그게 누구냐고 하니 프레디 아길라(Freddie Aguilar)라고 제1회 서울가요제에서 〈아낙〉이라는 노래로 그랑프리 대상을 받은 유명한 필리핀 가수라고 합니다. 그때서야 활주로 트랩에 모인 그 많은 사람들이 프레디 아길라에게 수상 소감을 인터뷰하려고 모인 기자들이라는 걸 알았습니다. 그게 필리핀의 첫 인상이었습니다.

큰 길에 나오니 도로나 건물들이 잘 정리된 도시였습니다. 고속도로 가운데 중앙 분리대도 크게 만들어 놓은 것이 이미 확장 계획을 세워놓았더라고요. 당시에도 필리핀에는 주차 타워가 있다는 것을 나중에 알게 되었습니다. 우리나라는 그 당시 백화점도 흔하지 않을 때였으니 '와, 필리핀 잘 사네' 이런 마음이 절로 들었습니다. 마카티 시내에 있는 '한국관'이라는 곳에 갔는데 거기가 필리핀 최초의 한국 음식점입니다. 점심을 먹고 나니 후식으로 수박이 나왔어요. 요즘에야 계절 관계없이 과일을 먹지만 그 시절 한겨울의 한국에서는 맛볼 수 없는 달고 맛있는 수박을 먹고 있으니 기분이 묘했습니다. 회사에서 마카티 중심가의 페닌슐라 호텔에 숙소를 잡아줬는데 촌놈이 한국에서도 못 가본 5성급 특급호텔이 처음이라 모든 게 생소하기만 했습니다. 짐 정리하고 로비에 내려오니 패티김의 노래 〈이

별)이 흘러나오고 있었습니다. 패티김이 국내에서만 유명한 가수가 아니라 해외에서도 유명하구나 하는 걸 그때 처음 알았고 낯선 이국 땅에서 한국 노래를 들으니 가슴이 벅찼습니다.

02 　조광무역

먹고 싶으면 답답한 내가 김치를 담그고 찌개도 끓이고 나물도 만들어 먹어야 했습니다. 그러다 보니 재래시장을 수없이 다니면서 식자재 구입하는 불편도 내가 감당해야 하는 겁니다.

저는 지금까지도 옷 만드는 일밖에 모릅니다. 혹시 조광무역이라고 들어보셨습니까? 나이 드신 분들은 아실 것 같은데요. 옛날에는 와이셔츠가 해표 조광셔츠와 사자표 시대셔츠, 이렇게 있었습니다. 제가 일하던 조광무역은 와이셔츠, 블라우스 같은 옷을 만들어서 미국이나 독일 등으로 수출하는 꽤 큰 무역회사였습니다. 서울에 본사가 있고 부산에 세 개 공장과 성남에 공장이 있어서 필리핀 오기 전까지만 해도 저는 부산 괴정 본부 공장에서 일을 했습니다.

　필리핀 공장은 마닐라 서쪽에 위치한 바탄Bataan의 페자PEZA 지역에 있었는데 이곳은 유럽, 미국, 일본 기업 100여 개가 주축이 되어 만들어진 필리핀 제1 자유무역 수출 공단이었습니다. 공장 2층에 있던 숙소에서 지내면서 본격적으로 필리핀 생활이 시작되었습니다.

그런데 문제가 있었어요. 하나는 언어 소통이고 다른 하나는 음식이었습니다.

제가 공부도 많이 안 했었지만 평소에 영어로 대화해본 일이 있어야지요. 상대가 무슨 말을 하는지 알아듣지를 못했습니다. 공부를 한다고 해도 단어도 부족하고 혀가 굳어서 연습을 해보지만 하루아침에 발음이 좋아지는 것도 아니었습니다. 불편함을 넘어서 누가 얘기하면 또 못 알아들으면 어떡하나 두려움이 생겼습니다. 회사에서는 이런 언어 장벽 문제를 해결하기 위해 통역원을 두었는데 문제는 일상적인 의사 표현은 잘 전달되었지만 기술적인 내용은 통역으로는 한계가 있었어요. 나중에 안 사실이지만 기술 얘기를 하다 보면 의미가 엉뚱하게 전달되기도 하는 겁니다. 이걸 알고 난 뒤부터는 짧은 영어라도 손짓 발짓을 섞어서라도 직접 현지인과 소통해보기로 했습니다.

먼저 내가 말하고 싶은 내용을 글로 적어서 통역하는 이동현 씨한테 문장을 만들어 달라고 부탁했습니다. 현지에서는 통역하는 이동현 씨를 루디Ruddy 라고 불렀는데, 루디 씨가 만들어준 문장을 작은 수첩에 적어 가지고 다니면서 연습을 했습니다. 때로는 수첩을 펴놓고 직접 현지인과 얘기해보니 루디 씨가 통역하는 것만은 못하지만 그래도 내가 말하고자 하는 뜻이 상대에게 전해지는 것 같아 조금씩 자신감이 생겼습니다. 그렇게 시도해본 게 영어로 말하는 두려움을 해결하는 데 많은 도움이 되었습니다.

입이 짧은 것도 문제였습니다. 전 어려서부터 빵을 좋아하지 않았어요. 한식도 기름지거나 향이 진하거나 보기가 이상해도 안 먹었습니다. 내 입맛에 맞는 음식만 골라 먹는 편식하는 버릇이 있었으니 공동생활이 꽤나 힘들었습니다. 공장 숙소에서 일하는 할머니가 만들어주는 필리핀 음식의 향도 힘들고 맛도 입에 맞지 않아 한국에서 가져온 고추장 볶음이나 된장에 멸치를 찍어 먹으면서 견뎠습니다. 차려줘도 필리핀 음식을 못 먹으니 배고팠습니다.

먹고 싶으면 답답한 내가 김치를 담그고 찌개도 끓이고 나물도 만들어 먹어야 했습니다. 그러다 보니 재래시장을 수없이 다니면서 식자재 구입하는 불편도 내가 감당해야 하는 겁니다. 시장에 가도 식재료 이름도 모르고 영어도 서툴러서 바가지를 쓰고 있다는 느낌을 지울 수가 없었습니다. 그래서 현지인이 물건 사는 뒤에 서서 가만 지켜보니 가격이 조금씩 차이가 납니다. 내 직감이 맞았어요. 그때부터 영어 못하는 외국인으로서 공부할 필요성을 느끼고는 사전을 옆구리에 끼고 다녔습니다. 그전에는 그냥 손가락으로 물건을 가리켰는데, 이제는 사고 싶은 게 있으면 사전을 뒤져서 그게 영어로 뭐라고 부르는지 이름을 찾아서 영어로 말해봤습니다. 가지를 사고 싶으면 "eggplant, 1Ps, 1Kg, How much?" 이렇게 해보면서 하나하나 익혔습니다. 나중에는 미리 살 물건을 영어로 적어서 상인들과 얘기도 하면서 친분을 쌓았습니다. 그렇게 하니 어느 순간 바가지가 아니라 할인도 받고 돈이 부족하거나 잔돈이 없을 때는 외상을 트는 수준까지 갔습니다.

03   김성연 이사님

기계도면을 펼쳐놓고 부품명을 익히고 기계 조립 과정을 공부하며 사용
설명도 같이 공부를 하니 기계 원리가 조금씩 이해가 되었습니다.

영어도 못하는 촌놈이 어떻게 필리핀 파견근무를 하게 되었는지 생
각해보면, 김성연 이사님을 떠올리게 됩니다. 저는 1976년에 조광무
역에 입사했습니다. 지인 소개로 공무부서인 기계과 소속이 되었는
데 부산공고 출신의 선임들이 많았습니다. 저는 공고 출신도 아니고
기계도 몰라 잔심부름이나 하며 선배들에게 기계는 어떻게 작동하
는지, 고장이 나면 왜 고장이 났는지 궁금한 것들을 많이 물어봤습
니다. 그럼 대답 대신 너는 아직 그런 걸 물어볼 단계가 아니니 시키
는 심부름이나 제대로 하라는 소리를 듣기 일쑤였습니다.

　선배들이 기계 수리하는 장면을 지켜보고 있으면 "너는 아직 기
술 배울 단계가 아니다"라는 핀잔과 함께 이것저것 사용하지도 않는
공구들을 가져오라고 잔심부름만 시키니 입사한 지 1년이 넘었는데

도 선임들에게 제대로 될 기술을 배울 방법이 없었습니다. 공무실에는 기계 사용설명서와 부품배치도면 등 기계 관련 책들이 많이 비치되어 있었는데 대부분 영어와 일어로 되어 있었습니다. 아무도 그 책들은 관심있게 보지를 않았어요.

고민 끝에 일어로 된 사용설명서와 부품배치도면 책자를 골라 아버지에게 한국어로 번역을 해달라고 부탁했습니다. 아버지는 2차 대전 말기에 일본에 징용병으로 가서 일본 군수공장에서 오래 근무를 했기 때문에 일어를 현지인처럼 잘했다는 얘기를 들은 적이 있어서였습니다. 그렇게 아버지 도움으로 여러 기종의 책들을 번역해서 본 것이 공부하는 데 큰 도움이 되었습니다.

기계도면을 펼쳐놓고 부품명을 익히고 기계 조립 과정을 공부하며 사용설명도 같이 공부를 하니 기계 원리가 조금씩 이해가 되었습니다. 이해가 되니 이제는 기계를 직접 분해해보고 싶고 궁금한 건 점점 더 늘어났습니다. 그때 같이 일하는 동료가 자기도 같이 배우고 싶다 그래요. 그래서 그 친구와 함께 기계 작동 원리를 연구하고 현장에서 일상적으로 일어나는 문제점을 분석하려고 고장 나서 창고에 보관 중인 기계를 분해하다가 멀쩡한 기계 못 쓰게 만든다고 윗사람에게 머리통을 맞기도 했습니다.

그러니 그 방법으로는 공부를 계속할 수 없어 공장 작업이 다 끝난 저녁 시간에 그 친구와 둘이 남아서 일반 재봉 기계부터 체인스티치 기계를 분해하고 조립하는 과정을 수없이 반복했습니다. 어떤 때는 조립을 다 했는데 나사가 한두 개 남아요. 그럼 또다시 분해해서 조립 과정에서 뭘 실수했는지 찾으려고 진땀을 흘렸습니다. 그런 식으로 기계가 어떻게 돌아가는지 작동 원리를 익혔습니다. 이 기계는 왜 고장이 날까 계속 연구하면서 이렇게도 해보고 저렇게도 해보는데 어느 때는 생각지도 않은 다른 문제가 발생하고, 그럼 또 그걸 해결하면서 조금씩 기계와 친해지게 되었습니다. 보조기사 딱지를 면하려고 부단히 노력하던 시절이었습니다.

그때는 조회를 마치고 나면 조용한 성품의 김성연 부산공장 본부관리 이사님이 매일 생산 현장을 순회하는 모습을 볼 수 있었습니다. 어느 날 이사님이 현장을 지나가면서 뭘 보다가 마침 옆에 있는 저를 불러서 잘못된 걸 지적하셨어요. 그 다음날 지적한 내용에 대한 평가를 기다리고 있는데 어제 지적한 내용에는 말이 없고 이번에는 다른 지적을 하고는 지나가십니다. 의아했어요. 지적한 걸 고쳐놨으니 칭찬을 기대했는데 기다리는 칭찬 대신 또 다른 부분을 지적하고 지나가는 날들이 그 뒤로도 종종 이어졌습니다.

하루는 제가 작업실에서 작업 일지를 쓰고 있는데 김성연 이사님이 들러 그런 저를 보고는 "일지는 기록물로 기계 고장의 원인을 기록하고 그에 대한 대안이 없으면 기록물로써 사용 가치가 없다" 하고는 가십니다. 그래서 이게 무슨 일인가 싶어 계장님께 이사님이 이렇게 지적하더라 말씀드렸더니, 처음 있는 일이라면서 네가 오기 전에는 이런 일이 없었는데 뭘 잘못했길래 우리 부서에 이런 지적을 받게 하느냐고 야단입니다. 그래서 다음에는 지적을 안 받아야지 하고는 이사님을 피하기도 하고 한편으로는 조심하면서 일을 하는데 어느 날은 동료가 이사님이 일하는 나를 멀리서 쳐다만 보고 가더라 일러주기도 했습니다.

1977년부터 조광무역에는 많은 변화가 있었는데 주로 생산 관리 체계를 만드는 것이었습니다. 전산화를 도입하면서 회사에서 대형 컴퓨터라는 것도 처음 보았습니다. 일본 토요타와 마츠다 등에서 추진 중인 품질 개선과 생산성 향상, 원가 절감을 위한 제안 제도 시스템을 도입해 사내 경연대회도 열었습니다. 수상자한테는 부상도 있고 인사고과 점수에도 반영이 되었습니다.

제안 제도라는 건 정말 머리가 아팠습니다. 해보지 않은 새로운 아이디어를 생각해낸다는 것이 정말 스트레스 받는 일이었습니다. 누가 한 달에 몇 번 제안을 했고 그중에 몇 개가 채택되었고 하는 성과 현안을 그래프로 그려 공장 게시판에 전 직원이 볼 수 있게 붙여 놓았어요. 우리 부서가 출품한 원가 절감 제안은 조광무역 각 공장과 사무실 전체에서 장원으로 뽑혀 제1회 국제그룹 경연대회에 출품하여 1등을 하는 영광도 있었습니다.

저는 제안 제도에서 상위 그룹 대열에 있었고, 그런 실적이 필리핀 파견자로 선발되는 데 영향을 미쳤다고 봅니다. 또한 김성연 이사님이 합자회사 사장으로 인선되면서 그동안 눈여겨보고 있던 저를 최종 인선했다고도 생각합니다. 김성연 이사님은 이후로도 제 인생에 지대한 역할을 해주셨습니다. 제가 결혼할 때도 주례를 해주셨고 이런 인연으로 회사를 그만두고 난 이후에도 휴가 때는 항상 찾아뵙고 인사를 드리곤 했습니다. 그런데 약 15년 전쯤 갑자기 돌아가셨다는 부고를 받고 가족을 잃은 것 같은 허전함이 마음 깊이 오랫동안 남아 있었습니다. 지금도 부산에 가면 사모님을 가끔씩 찾아뵙습니다. 사장님 돌아가신 이후에 잊지 않고 찾아주는 사람은 저뿐이라면서 우리 양반이 옛날이야기 할 때면 이 사장의 성실함을 자주 이야기하곤 했는데 역시 우리 양반이 사람 보는 안목이 있다고 하시며 항상 고마워 하십니다. 이런 인연을 생각하면 모든 일은 그냥 되는 것이 없다는 사실을 새삼 느낍니다.

04 　　그린 망고

제가 음식을 잘하는 사람도 아닌데 밀가루 반죽해서 땀 뻘뻘 흘려가며
빈 병으로 납작하게 밀어 서툰 솜씨로 썰어 끓여내니 모두 환상적인 맛
이라고 야단입니다.

필리핀에서의 첫 파견근무 동안 추억이 많습니다. 공장장은 부산상
고 야구선수 출신이었어요. 아침에 공장장의 구령에 맞춰서 국민체
조를 하고 조깅을 하는 것으로 하루 일과를 시작했습니다. 일을 마
치면 공장장은 피칭 연습을 하며 여가를 즐기고 우리는 영어 공부
를 하거나 식사 준비를 하는 게 일상이었습니다.

　공단 내에 한국 회사가 몇 개 있었어요. 부산 삼화고무에서 출자
한 로터스Lotus는 직원이 3천 명 규모로 아주 큰 신발공장이었고, 조
광무역 필리핀 합자회사에서 1차로 파견된 직원 전원이 두산그룹
회사로 이적해 설립한 두필DooPhill이라는 의류 공장이 있었고, 우리
회사가 있었습니다. 처음에는 다른 회사 사람들과는 잘 만나지 않
았어요. 로터스 현지 공장 사람들은 큰 회사라 그런지 우리와 잘 어

울리지 않았고, 두필 사람들은 우리 회사에서 이적했기 때문에 그런지 관계가 자연스럽지 못했습니다. 한동안 그렇게 지냈지요.

타지 생활에 외롭고 하면 저녁엔 가끔씩 바안에 있는 맥주집에 들렀습니다. 밴드가 있어서 노래도 하고 그런 곳이었는데 그 집 안주는 오로지 땅콩뿐인 겁니다. 하루는 손짓 발짓해서 과일 안주를 주문했는데 처음 보는 푸른 과일 옆에 소금이 놓여 있습니다. 의아해하고 있으니 과일을 소금에 찍어 먹으라고 해요. 따라해봤더니 도저히 먹기 힘든 신맛과 떫은맛에 얼굴이 저절로 찌푸려지는데 그걸 먹어보라니 우리 일행은 어이가 없었습니다. 나중에 알고보니 그건 그린 망고였어요. 필리핀 사람들은 재래식으로 삭인 바구웅이란 새우젓이나 소금에 찍어먹는다는 것도 알게 되었습니다.

일요일이 되면 개인 볼일을 봤습니다. 마리벨레스Mariveles 마을 왼편에 마르코스 대통령 별장이 있었는데 그 가까이에 성게가 많았어요. 바다 낚시도 하고 맥주와 안주를 준비해 가서 바다 자갈밭에 앉아 석양을 바라보며 동요를 부르기도 했습니다. 그렇게 향수를 달래는 거죠.

한번은 우기철에 2주 이상 장대비가 쏟아집니다. 온 공단이 흙더미에 물바다로 변했습니다. 각자 비축한 부식으로 며칠은 견딜 수 있었지만 장마가 길어지니 부식이 바닥나고 먹을 게 없으니 다들 아우성입니다. 그래도 우리 공장은 공단 입구에 있어서 우기의 처음 며칠은 이동할 수 있었기 때문에 부식 준비가 어느 정도는 되어 있었는데 다른 회사에서 부식이 없다고 연락이 왔어요. 그래서 우리 숙소로 오라고 해서 제가 닭을 삶아 국물을 내고 바지락을 넣어 칼국수를 만들었습니다. 제가 음식을 잘하는 사람도 아닌데 밀가루 반죽해서 땀 뻘뻘 흘려가며 빈 병으로 납작하게 밀어 서툰 솜씨로 썰어 끓여내니 모두 환상적인 맛이라고 야단입니다. 그 이후에도 장마가 끝날 때까지 칼국수 해먹자고 우리 숙소에 자주 모였습니다. 그 지긋지긋한 장마를 함께한 이후부터 다른 회사 사람들과 서먹서먹하게 지내던 우리는 좋은 관계로 이어졌습니다.

아시아 청소년축구 선수권대회를 보러간 일도 있습니다. 필리핀 마닐라에서 열린 경기였는데 최순호 선수가 포함된 한국 팀도 강력한 우승 후보였습니다. 운동선수 출신인 장기표 공장장은 예선을 통과한 우리 선수들 응원하러 주말에 마닐라에 가자고 합니다. 중국과 준결승전이 펼쳐지는 파식Pasig에 위치한 울트라 스타디움(Ultra Stadium)에 도착해보니 중국 응원단은 대규모로 결성되어 있었습니다. 그때만 해도 한인들이 많지 않던 시절이라 우리 측은 양손에 태극기를 든 몇몇 사람들만 축구장에 나와 응원을 준비하고 있어요. 우리 일행은 지난번에 만든 손 태극기를 주변 한국인들과 필리핀인들에게도 나눠주며 같이 응원해달라고 했습니다. 결국 한국 청소년 대표팀은 중국을 이기고 결승에 진출했습니다. 우리 일행은 선수들과 악수하고 인사하는 영광의 시간도 가졌습니다.

05   아내 한금화

당신과 의논도 없이 필리핀에 있는 미국 회사 구직 광고가 있어 지원을
했고 며칠 전 면접을 봤는데 합격 통보를 받았어요.

그렇게 필리핀 생활에 적응하고 있었는데 회사 운영에 여러 가지 문
제가 생기면서 3년 예정이었던 파견이 1년 2개월로 마무리되고 한국
으로 돌아왔습니다. 이듬해 결혼을 하고 이듬해에 큰아들이 태어났
습니다. 그 무렵 필리핀에 있는 미국 회사에서 한국인 생산관리자를
모집한다고 해서 아내에게 의논도 않고 바로 지원했습니다. 며칠 후
면접하러 오라는 연락을 받고 필리핀 생각에 다시 한번 가슴이 벅
차 올랐습니다.

　미국회사 한국 에이전트 사장이 면접을 했는데 여러 질문과 근
무 조건을 얘기하는 과정에서 제가 필리핀에 1년 근무한 내용들을
계속 물어보며 신혼이고 아이가 이제 갓 태어났는데 가족과 떨어져
살 수 있겠느냐고 몇 번이나 묻습니다. 저는 아내와 논의되었다고 둘

러대고 인터뷰를 마쳤는데 예감이 좋았어요. 합격 통보는 1주일 후에 해준다고 하여 초조한 마음으로 기다리는데 3일 만에 연락이 와서 두 번째로 필리핀에서 근무하는 행운을 얻었습니다.

그런데 아내를 설득시키는 일 또한 큰 난관이었습니다. 그때 우리 집 생활고는 말이 아니었습니다. 제가 다른 직원보다 급료를 조금 더 받기는 했지만 2년 전에 저질러 놓은 작은 아파트 구매로 융자받은 원금과 이자 상환으로 급료의 30퍼센트를 제하고, 술과 친구 좋아하는 개인 잡비를 제하고 나면 집에 10만원 조금 넘게 줬습니다. 그러니 아내는 급료가 얼마인지 봉투라도 한번 보여 달라고 몇 번이나 말했지만 "봉투 봐서 뭐해" 하고 안 보여줬어요. 요즘도 가끔 옛날 얘기하면 그때 급료 봉투 안 보여 준 것에 대해 많이 섭섭했다 그럽니다.

합격 통보를 받고 이틀 후 맨정신으로는 말할 용기가 안 나 술을 한잔하고 집에 들어가 아내에게 말했습니다.

"당신과 의논도 없이 필리핀에 있는 미국 회사 구직 광고가 있어 지원을 했고 며칠 전 면접을 봤는데 합격 통보를 받았어요."

아내는 아무 말도 않고 눈물만 흘렸습니다. 생활고를 생각하면 제가 필리핀으로 가는 게 맞는데 애 데리고 아내 혼자 살아갈 생각을 하니 엄두가 안 나는 게 현실이었습니다. 특별히 할 말이 없어 "혼자 힘들겠지만 내가 없어도 누님이 옆에 계시니 의지해서 살면 되지 않겠냐"고 달랬지만 아내에게는 어쩔 수 없는 선택이 되어버렸습니다. 이렇게 편하지 않은 마음으로 여권을 준비하였습니다. 첫아

아내는 정토회 필리핀 초기 개척 시대에 앞장서서 전법하였다. 아내
는 아이들 키우면서 1인 3역을 다 해냈다. 아내가 역할을 제일 많이
한 후원자이다.

이의 백일잔치를 조촐하게 마치고 사진 한 장 달랑 찍어놓고 1983년 6월에 필리핀으로 떠났습니다.

지나서 생각하니 제가 아내 입장은 전혀 고려하지 않고 내 입장과 방식대로 산 것 같습니다. 신혼 초이기도 하지만 전화가 흔하지 않은 시절이라 아내는 일주일에 세 통씩 편지를 보내와 안부를 묻고 애가 어떻게 자라는지 소상히도 적어 보내는데 저는 답장을 일주일에 한 번, 때로는 바쁘다는 핑계로 한 달에 한 번 보내는 무심한 남편이었습니다.

회사 생활이 안정되고 제 사업을 구상할 즈음에야 가족과 떨어져 살아서는 안 되겠다 싶었습니다. 아내는 6개월 된 작은 아들은 업고 두 살짜리 큰 아들 손 붙들고 필리핀에 왔습니다. 여기 말도 한마디 못하고 어디가 어딘지 길도 모르는 사람에게 저기 길 건너가면 시장이 있으니 필요한 식품을 구입하라며 저는 출근해버리는 일도 있었습니다.

나중에 내 공장을 차렸을 때도 그랬습니다. 출퇴근하는 데 차가 막히니 길거리에서 허비하는 시간이 아깝고 매일 도시락 싸가는 것도 그렇고 한국 직원들 숙식 문제 등 여러 가지 문제가 쌓이니 아예 공장에 들어가 살자고 아내에게 얘기했습니다. 회사가 어느 정도 안정될 때까지 회사 일에 전념할 수 있도록 당신 도움이 절대적으로 필요하다고 했지요. 아내는 제 설명에 그냥 어쩔 수 없이 따를 수밖에 없는 입장이었습니다. 아내가 고생인 줄은 알았지만 도움이 절실했습니다. 공장 생활하면서 아내는 직원들 밥까지 챙겨가면서 애들을 돌봐야 했습니다. 공장이 외딴 지역에 있고 차도 없으니 시장 보는 일 외에는 어디 나갈 수도 없고 외출할 시간도 없습니다. 감옥살이나 마찬가지였습니다.

처음에는 딱 5년만 눈 감고 고생하자고 했는데 이렇게 세월이 흘렀습니다. 아내가 정말 내조를 잘해준 덕분으로 회사를 빨리 안정화시킬 수 있었다고 생각합니다. 직원들 숙식 뒷바라지해주고 절 찾아오는 그 많은 손님들 대접하고 아이들 키우면서 1인 3역을 다 해냈습니다. 그렇게 보면 아내가 역할을 제일 많이 한 후원자입니다.

06   일하는 방식

도미니카에 들어가 공장을 설립하랍니다. 처음엔 누구랑 같이 가는 줄 알았는데 나중에 알고 보니 저 혼자 가야 하는 일이었습니다.

미국 회사 Chams De Baron Phils에서는 3년 반 정도 근무했습니다. 어느 날 공장 계약이 만료되어 이사를 가게 됐습니다. 미국인 제너럴 매니저(General Manager)와 현지 부사장이 자기들끼리 계획을 세웠는데 공장 이사를 외부 회사에 맡기는 것으로 기간은 2주 정도 잡았더라고요. 문제는 공장이다 보니 엄청나게 무거운 기계들이 한두 개가 아닌데 이게 2층에도 있습니다. 매니저들은 이걸 옮기려니 엄두가 안 났던 겁니다.

제가 말했죠. "일주일 안에 끝낼 수 있습니다." 사실 생각으로는 5일이면 충분했거든요. "제가 요청하는 사안을 지원해주시면 일주일 안에 이사를 끝내겠습니다." 그날부터 제가 공장 이사팀장이 되었습니다. 저는 계획이 있었어요. 이전에 조광무역에서 공장 이사를 해본 경험이 있었거든요. 필요한 건 지게차와 트럭, 그리고 인부 20명이었습니다. 얘기를 했더니 매니저가 기획안을 만들어 올리라고 합니다.

일단 옮길 순서에 따라 기계에 라인별로 색깔을 달리해서 숫자를 다 붙였습니다. 이동 순서와 차량 탑재 순서, 내리는 순서 등을 사전에 협의한 다음 레이아웃을 미리 그려서 순서대로 차에 싣고, 이사 갈 곳에도 순서대로 레이아웃에 맞춰 내린다. 굉장히 간단한 계획이지요? 대개 이사할 때 문제는 물건을 마구잡이로 끄집어 내어서 싣고, 내릴 때도 마구잡이로 섞인 걸 정리하려니 이 물건 어딨냐 저 물건 어딨냐 하며 찾는 식이거든요.

저는 일단 창문을 뜯어낸 다음 공장 2층에 있던 가장 큰 기계를 지게차로 떠서 오픈트럭에 실었습니다. 가벼운 기계는 계단으로 들어 내리고요. 이렇게 순서대로 실린 기계를 미리 준비된 레이아웃에 맞춰 뒤에서부터든 앞에서부터든 순서대로 이사할 곳에 앉히면 왔다 갔다 할 필요가 없습니다. 창문이야 다시 복구하면 그만입니다. 큰 문제가 아니지요. 그렇게 해서 3일 만에 이사를 끝냈습니다. 자잘한 정리를 포함해도 5일이 채 걸리지 않았습니다. 그러니 새 공장에 가서도 바로 일을 시작할 수 있었습니다. 최소 일주일 이상 일정을 당겨준 겁니다.

나중에는 제가 어떤 안을 내면 대부분 "Mr. Lee, Your idea is very good!" 이렇게 됐습니다. 이런 일 외에도 여러 건이 미국 본사에 보고가 되었던 것 같습니다. 회장이 Sam Gabay라는 사람인데 이때부터 저를 눈여겨 보지 않았을까 싶습니다. 왜냐면 나중에 도미니카에 새로운 공장을 설립하는데 저보고 맡으라는 겁니다.

미국 본사가 문 닫는 홍콩 회사에서 공장 설비를 인수했으니 홍콩에 가서 필요한 기계와 사용 가능한 설비를 포장해서 도미니카로 선적하고, 물건이 도착할 즈음 도미니카에 들어가 공장을 설립하랍니다. 처음엔 누구랑 같이 가는 줄 알고 그러겠다고 했는데 나중에 알고 보니 동행하는 사람 하나 없이 저 혼자 가야 하는 일이었습니다. 주소 하나 들고 혼자 찾아 가라니 내키지는 않았지만 어쩌겠습니까. 혼자 가서 처리할 수밖에 없었습니다.

그리고 보면 저는 일을 하면서 출장을 누구와 함께 가본 일이 거의 없습니다. 어떻게 보면 외롭고 힘들었지만 해외에서 살아남는 방법을 배우는 좋은 경험이 되었습니다. 누구한테 의지할 수가 없으니 어떤 환경이든 혼자 해결할 수밖에 없었으니까요.

그렇게 크리스마스가 가까운 연말에 홍콩에 도착했습니다. 공장 대리인을 만나 우선 나를 도와줄 사람 소개를 부탁했는데 나도 서툰 영어인데다 홍콩인들 영어도 중국 발음이라 알아듣기 어려웠습니다. 두 번 세 번 물어가며 일을 풀어가야 했습니다.

1984년 3월 즈음에 도미니카에 도착하니 이제 고등학교를 막 졸업한 미국 회장의 둘째 아들이 마중을 나왔습니다. 그 아들은 몇 개월 전에 미국 회장과 함께 마닐라에 방문한 적이 있어서 얼굴은 알고 있었습니다. 알고 보니 도미니카 공장을 설립하는 데 나를 도와 함께 일하라고 미국 회장이 보냈다는 겁니다. 그 얘기를 듣고 정신이

멍해졌어요. 스페인어를 모르니 말도 안 통하고 그렇다고 영어가 능숙한 것도 아니고 문화도 전혀 다른 지구 반대편에 나를 보내놓고는 전문가를 지원해줘도 시원찮을 판에 사회 초년생을 데리고 공장을 세우라니 일도 시작하기 전에 '아이쿠 나는 이제 죽었구나' 싶은 생각이 먼저 들었습니다.

문제는 그것만이 아니었습니다. 필리핀 처음 갔을 때도 음식이 문제였는데 도미니카에서도 음식 해결하는 게 더 큰 과제였습니다. 일을 보면서 중간에 밖에서 밥을 먹어야 하는데 공단에 변변한 식당은 없고 조리된 음식을 냄비에 담아놓고 파는 간이 음식점이 있었습니다. 필리핀 간이 음식 파는 곳과 유사했습니다. 그때만 해도 저는 비위가 약해서 그런 음식을 못 먹었어요. 그렇다고 빵을 좋아하는 것도 아니니 일 걱정보다도 먹는 걱정이 더 많은 시절이었습니다.

출장으로 갔으니 호텔에 묵었는데 입이 짧아 호텔 음식도 며칠 지나니까 못 먹겠습니다. 당시 도미니카에 한국 사람이 삼사십 명은 된다고 들었는데 만나본 사람은 몇 명 안 됩니다. 한국 식당은 물론이고 한국 음식을 어디서도 먹을 수가 없었습니다. 거기다 미국 회장이 유대인이었는데 그 아들과 같이 다니도록 일을 시켜놓으니 더욱 먹을 게 없었습니다. 유대인은 갑각류를 일체 안 먹는데 저는 그걸 좋아해요. 그래서 한번은 그 회장 아들에게 이야기를 했습니다. "나는 이런 음식을 좋아하는데 너는 안 먹지 않느냐. 미안하지만 나는 좀 먹어야겠다." 그랬더니 진작 얘기하지 그랬냐면서 배려를 해줬습니다.

07   뉴욕에서 일합시다

한국에서 받던 임금의 서너 배를 받았었는데 뉴욕 본사에서 일하면 그
것의 서너 배를 더 준다는 것이었습니다. 그런데도 저는 거절했습니다.

도미니카 공장 설립 이후에도 지원을 나갔다가 뉴욕 본사에 들렀는
데 회장이 필리핀에 가지 말고 뉴욕 본사에서 함께 일하자고 합니
다. 본사가 엠파이어 스테이트 빌딩 52층에 있었습니다. 본인이 타는
링컨 콘티넨탈 리무진을 내주면서 시내 한번 구경하고 오랍니다. 그
차를 타고 뉴욕 시내를 한 바퀴 도는데 '이야 괜찮네!' 하는 생각이
절로 듭니다. 회장은 연봉도 파격적으로 대우해주겠다고 했습니다.
당시 제가 받던 월급도 적지 않았습니다. 한국에서 받던 임금의 서
너 배를 받았었는데 뉴욕 본사에서 일하면 그것의 서너 배를 더 준
다는 것이었습니다. 그런데도 저는 거절했습니다.

　회장에게는 필리핀에 가서 해야 할 일이 남아있고 몇 년 안에 내
가 이루고자 하는 계획이 있다고만 했습니다. 구체적인 사업 계획을

말할 수는 없어 가족이 있는 한국과 가까운 필리핀에서 그냥 근무하겠다고 했습니다. 회장은 그렇게나 파격적인 조건을 제시했는데도 거절하는 이유를 알 수 없다는 눈치를 보이며 시간을 줄 테니 잘 생각해보라고 했습니다.

한국을 경유해 필리핀으로 돌아오는 일정이라 서울 사무실에 들러 일을 처리하고 여행사에 가서 필리핀 가는 날짜를 조정하는데 여행사 사장이 저보고 그럽니다. "아니 미국 비자가 있는데 왜 나왔어요?" 그 시절에는 미국 비자 받기가 하늘에 별따기였으니까요. 다른 사람들은 미국에 들어가기만 하면 비자가 만기가 되도 안 나오는데 이미 비자가 있으면서도 왜 미국에 안 살고 나왔냐면서 의아해서 절 계속 쳐다봤습니다.

1985년 두 번째 도미니카 출장 때 아내가 둘째를 임신 중이어서 한국에 전화를 하고 싶은데 교환이 한국이라는 나라 자체를 몰랐습니다. 미국 마이애미로 연결을 하더니, 이번에는 마이애미 전화 교환원이 한국이 어디에 있냐고 묻습니다. 일본과 중국을 아느냐 했더니 안다고 합니다. 그런데 한국은 모르냐 했더니 한국은 모른답니다. 일본과 중국 사이에 있는 작은 반도가 코리아라고 설명을 해도 모른다고 합니다. 계속 여기저기 교환을 돌려봤지만 결국 한국과 통화할 수 없었습니다. 우리나라 국력이 그 정도밖에 안 되던 시절입니다.

저는 조광무역에 근무하던 시절부터 작더라도 제 사업을 하겠다는 계획을 확고하게 가지고 있었습니다. 어느 날 미국 바이어가 공장을 방문해서 생산 현장을 돌아보는 과정에서 바이어의 위치와 오더를 수주하는 생산 공장의 위치가 다른 것을 느꼈습니다. 미국이나 유럽에서 바이어가 오면 우리 회사는 비상이 걸렸습니다. 전무부터 모든 관리자들이 바이어에게 좋은 이미지를 보여주기 위해 새로운 설비와 시스템과 품질 관리 등을 설명하는 모습을 멀리서 바라보며, '바이어라는 게 저렇게 위대한가? 나도 저런 위치에 한번 있어봤으면 좋겠다'는 막연한 생각이 들었습니다.

무역이 무엇인지도 모르는 공장 말단인 내가 '바이어는 못 되더라도 바이어와 동등한 위치에 설 수 있는 길은 없을까?' 하는 꿈같은 생각을 했죠. 무슨 방법이 있을까 곰곰이 생각을 하다보니 '내가 일을 제대로 잘 배워 기회가 되면 고급 품질의 제품과 납기를 제때 맞출 수 있는 회사를 만들어서 바이어들이 우리 회사에 오더 좀 해달라고 사정하는 그런 회사를 하나 만들어 봐야겠다'는 원이 머리를 떠나지 않고 맴돌았습니다.

08   다시, 시작

동업을 하면서도 이 회사가 운영이 잘 되어 독립할 자금이 어느 정도 마
련되면 내가 구상하는 개인 회사를 만들 준비를 항상 하고 살았습니다.

미국 회장의 제안을 거절하고 필리핀으로 돌아와 계속 회사 생활을
했습니다. 이때 근무 조건이 아주 좋아서 시간적인 여유가 있었습니
다. 내 사업에 필요한 내용을 조사하고 정리할 수 있었고, 인맥도 알
아보는 등 사업을 구상하는 계기가 되었습니다.

그렇게 사업을 시작했습니다. 낮에는 회사에서 근무하고 밤에는
동업으로 차린 자그마한 공장에서 일을 했습니다. 자금도 부족하고
시간도 부족하고 손발도 안 맞는 등 모든 게 서툴렀습니다. 장비와
비품을 중고로 들여놓으니 애로사항이 한두 가지가 아니었습니다.
지출할 관리비는 계속 늘어만 갔습니다. 둘 다 처음 회사를 차려본
데다가 밤에만 가서 일하려니 제대로 된 품질이 나오지 않았습니다.
거기다가 낮에 근무하고, 밤에도 일을 하니 잠이 부족했으나 나의

목적을 이루기 위해 이를 악물고 이겨 내야 했습니다. 고생이 이만저만이 아니었습니다. 일하던 회사에서 겨우 오더를 받아서 만드는데 처음에는 제대로 된 물건이 나오지 않아서 다 버리고 새로 만드는 일도 있었습니다. 저로서는 일단 주문이 끊기면 안 되니까 어떻게든 방법을 찾아야 했습니다. 수많은 노력 끝에 품질이 안정화되면서 신규 회사답지 않게 빠르게 자리를 잡아갔습니다. 이후 미국 회사를 그만두고 야간 공장에서 얻은 수익금으로 종잣돈을 마련하여 제대로 된 새로운 회사를 세워 18개월 정도 지났을 때입니다.

1987년 초 회사가 어느 정도 정상궤도에 올라온 시점에서 이 기회를 살려 각자 사업을 분리해보면 어떠냐고 동업자에게 제안했습니다. 동업을 하면서도 독립할 자금이 어느 정도 마련되면 내가 구상하는 개인 회사를 만들 준비를 항상 하고 살았기 때문입니다. 이때 만든 회사가 케이리 패션(Kaylee Fasion)입니다.

그때 새로운 회사를 차린다고 하니 오더를 주던 큰 미국 회사 회장이 자기들의 다른 공장을 맡아달라고 제안을 하기도 했습니다. 이미 투자한 돈이 있다면 다 물어줄 테니 자기 공장을 맡아서 관리해주면 큰돈을 벌게 해주겠다는 것이었습니다. 저를 신뢰해주는 건 고마웠지만 이때도 거절을 했습니다.

작은 회사라도 내 힘으로 만드는 게 꿈이었습니다. 그래서 우리 회사에서 당신 제품을 잘 만들겠다고 주문을 해줬으면 한다고 하니 안타까워하면서 그러자고 했습니다. 그렇게 첫 오더를 해주었고 이후로도 꾸준히 거래를 하게 되었습니다.

09   외국에서 사업을 한다는 것

> 필리핀에 도착해보니 온 천지가 노동쟁의로 몸살을 앓고 있었습니다. 실제 문제가 있고 없고를 떠나서 그때는 쟁의 대상 1순위는 무조건 외국인 회사였습니다.

회사를 설립하면서 첫째 목표는 직원들 급료를 제때 주는 것이었습니다. 둘째는 좋은 품질로 납기를 잘 맞춰서 주문이 지속적으로 연결되게 하는 것, 그리고 셋째는 앞으로 무역을 하기 위한 조직과 자금 마련이었습니다.

그런데 1차 관문부터 쉽지 않습니다. 자금이 부족하니 돈 들어가야 할 일이 더 많이 생기는 것 같았습니다. 결제일이 아닌 날에 돈이 필요하니 선불을 해달라고 구걸하듯 매달리는 일이 제일 힘들고 어려웠습니다. 에어컨도 나오지 않는 중고차는 길 가다 고장 나 멈추기 일쑤였는데 웬일로 멈추지도 않고 하루 일을 잘 보고 돌아오는 날에는 '내 차 오늘은 잘 견뎌줬네' 하면서 고마워했습니다.

필리핀의 정치·사회적 상황도 있었습니다. 1980년 초, 필리핀에 도착해보니 온 천지가 노동쟁의로 몸살을 앓고 있었습니다. 실제 문제가 있고 없고를 떠나서 그때는 쟁의 대상 1순위는 무조건 외국인 회사였습니다. 필리핀의 노조는 한국과는 차원이 다릅니다. 여러 노동조합 중 KMU 노조는 강성노조로 NPA와도 결탁되어 있었고 공산주의 사상을 기반으로 '있는 사람들 것을 빼앗아 나눠 가져야 한다'는 기조였습니다. 제가 처음에 다녔던 조광무역도 필리핀 지사를 없앤 이유가 노조 문제 때문이었습니다. 길거리를 나가보면 전부 빨간 글씨에 투쟁을 많이 했습니다.

1983년 달러당 11페소 하던 것이 8월 21일 니노이 아키노 암살 사건 이후에 정쟁으로 나라가 불안정하니 1984년에는 페소 가치가 더욱 떨어져 달러당 22페소까지 했습니다. 나라가 불안전하니 외화가 유출되고 신용등급도 떨어지고 외환보유고가 바닥이나 은행에 현금을 120퍼센트 담보하지 않으면 LC(신용장)를 안 열어줬습니다.

1986년 2월 22일에 야근을 하고 있었습니다. 그런데 라디오를 듣던 직원들이 갑자기 큰 문제가 생겼다는 겁니다. 필리핀 경찰청 본부와 군통합사령부 쪽이 통제하면서 길이 다 막혔다고 해요. 밤 10시 반 정도 되었는데 그때까지만 해도 군인들이 바리케이트만 치고 있었습니다. 별 거 없다 생각해서 씻고 자려는데 성당에서 계속 종을 쳤습니다. 당시 추기경이 라디오 방송으로 "모든 시민들은 다 거리로 나와라. 성당으로 집합하라. 우리가 몸으로 군부에 저항해야 하는 시기다!" 하며 외치고 있었습니다. 피플 파워 혁명(People Power Revolution)의 시작이었습니다. EDSA 혁명이라고도 부르는데 마르코스 독재 정

필리핀에서 사업을 시작한 초기 모습

권을 몰아낸 민주화 혁명으로 1986년 2월 22일에서 25일까지 이어졌습니다. 지금도 필리핀에서는 2월 25일은 혁명기념일로 공휴일입니다.

그때 당시에는 산업이 대부분 마비되는 지경이었습니다. 외부에서 보는 필리핀은 내란 수준의 위험한 곳으로 인식되고, 페소 가치도 떨어지고 무역 사업에서 신용도도 떨어졌습니다. 니노이 아키노가 암살된 이후부터 시민들은 온 거리와 나무에 노란 리본을 달고 마르코스 독재에 저항하기 시작했습니다. 이때부터 노란 리본이 생겼습니다. 온 길거리에 노란색 리본을 걸고 평화적인 시위를 시작했습니다.

다음날 아침 일찍 사람들이 제법 많이 모였는데 오후부터는 경찰과 군인이 들어서고 나중에는 탱크 부대, 해병대, 전투 부대가 배치되었습니다. 사람들이 계속 몰려와 시위하는 가운데 시민과 군대의 대치 지역에서 흰 가운을 입은 신부와 수녀가 인간띠를 만들어 시민들과 함께 탱크의 진입을 막았습니다. 말 그대로 민중의 힘(people's power)를 보여주었습니다. 탱크에 군인들이 앉아 있으면 담배나 계란을 주면서 서로 웃고, 흰옷을 입은 수녀들은 계속 걸었습니다.

필리핀이 그런 격변기였기 때문에 모든 상황이 불안정했습니다. 나중에는 상황이 좀 나아지긴 했지만 인프라가 열악해서 모든 것이 문제였고, 대표적으로 전기 부족도 문제였습니다.

지금 돌아보면 일이라는 게 나만 잘한다고 되는 게 아니었습니다. 어쩔 수 없이 폐업도 하고 여러 고비를 겪으면서 현실 상황을 보고 그때그때 맞게끔 해나갈 뿐입니다. 걸림돌이 있고 시련이 있는 고비마다 나 자신에게 얘기했습니다.

"이번 고비를 못 넘으면 이원주라는 사람의 내일은 없다. 여기서 멈출 것인가, 나아갈 것인가?"

어려움을 즐긴 건 아니지만 지금 여기서 내가 할 수 있는 일은 무엇인지 항상 생각했습니다. 닥친 문제들을 어떻게 제거해야 하는지 연구하고 한 계단 오르듯이 도전하는 계기로 삼은 것이 도움이 되었다고 봅니다.

10   직수출에 도전하다

이런 일을 겪으면서 사람과의 관계가 얼마나 중요한지 새삼 느끼는 계기
가 되었습니다.

이전보다는 재정적으로 많이 안정이 되어 선급을 받지 않아도 급료
주는 데는 문제가 없을 정도로 회사가 안정되어 가고 있었지만 자금
이 넉넉한 것은 아니었습니다. 부족한 설비를 보충해가며 회사가 안
정을 찾아가는 과정에서 직수출에 도전할 여건이 아닌 상황이었는
데 위탁이 아닌 직수출을 할 기회가 만들어졌습니다.

문제는 5만 달러 상당의 LC(신용장)를 열어야 원·부자재를 수입해
제품을 수출할 텐데 자금 해결 방안도 없이 구매주문서(Purchase Order,
PO)에 먼저 사인을 했습니다. 달러는 물론 페소 자금도 제대로 없는
상태에서 다음날 부터 걱정이 태산같았습니다. 먼저 PO를 들고 막
무가내로 주거래은행 지점장을 찾아갔습니다.

"자금은 없지만 직수출할 기회가 와서 오더를 받았는데 이 PO를

담보로 여신으로 LC 여는 것을 도와주면 좋겠습니다."

지점장은 어이가 없다는 눈빛으로 빤히 쳐다보며 말했습니다.

"당신 회사는 수출 실적이 없어 PO 담보로 여신을 줄 수 없으며 100퍼센트 현금으로 LC를 열어야 합니다. 그러니 현금 없이는 내가 어떻게 도와줄 방법이 없습니다. 돈이 구해지면 찾아오세요."

그러면서 회의 시간이라며 가버리는 겁니다. 매일매일 찾아가 도움을 요청했지만 신규 회사에다 급료 줄 자금도 넉넉치 않은 사정을 누구보다 잘 알고 있는 지점장이 다시 말했습니다.

"담보 제공할 물건이라도 가지고 오세요."

"건물도 월세이고 기계도 전부 중고이니 담보로 잡힐 물건이 하나도 없고 담보라면 오직 내 얼굴밖에 없습니다."

농담 같은 나의 입장을 말했습니다.

"담보물이 있어도 바로 여신을 주는 게 아니라 담보를 잡으면 근저당 전담 부서에서 담보 가치를 심사하고 결제 받는 데 최소한 3개월이 걸리는데 지금 제정신이에요?"

그러면서 이행하지 못할 오더라면 빨리 취소하는 게 좋겠다고 조언을 하는거에요. 이렇게 왔다가다 하며 날짜가 10일이 지나갔습니다. 걱정이 되어 속이 타들어가고 잠도 깊이 못자고 핼쑥한 모습으로 다음날 다시 찾아갔습니다. 지점장은 안타까운 눈으로 바라보았습니다.

"당신 사정은 알겠는데 내가 지점장으로 도와주고 싶어도 현재 상황으로는 담보나 현금 없이 도와줄 방법이 전혀 없습니다. LC 오픈 금액의 반이라 가져오면 본사에 설명이라도 해볼 텐데 이대로는 백 번 찾아와도 소용없습니다. 시간 낭비하지 말고 현금을 반이라도 구해오세요."

내 처지를 알고 도와줄 생각을 하는 지점장이 너무 고마웠습니다. 2만5천 달러 상당의 현금을 어디서 구할지 막막했습니다. 먼저 동업했던 분을 찾아가 직수출을 하게 된 상황과 돈이 없어 LC 오픈을 못하고 있다는 사정을 이야기했습니다. 여유 자금이 없다며 5천 달러 상당의 페소를 빌려주었습니다.

그리고 몇 사람 가운데 어떤 분이 5천 달러를 빌려주었습니다. 이제 1만5천 달러를 더 빌려야 했습니다. 아이들 때문에 알게 된 모 종합상사 지점장을 찾아가 사정을 이야기했더니 비즈니스는 신용이 최우선인데 처음부터 잘못되면 안 된다며 몇 사람에게 전화를 걸어 1만5천 달러를 3개월 동안 빌려주겠다고 합니다.

3일 만에 2만5천 달러를 들고 은행으로 갔습니다. 그리고는 뜬눈으로 밤을 보냈습니다. 다음날 재판받는 심정으로 초조하게 연락을 기다리는데 지점장이 밝은 목소리로 전화했습니다. 이런 일을 겪으면서 사람과의 관계가 얼마나 중요한지 새삼 느끼는 계기가 되었습니다.

11 　하늘이 맺어준 인연

> 돈을 떠나 톰 킴은 내가 어려울 때 찾아온 귀인이었습니다. 나는 투자
> 금액에 이자를 더해 갚을 수 있었지만 그간 너무 고마워 회사 주식 30
> 퍼센트를 드리기로 했습니다.

리즈클레이본(Liz Claiborne) 바이어 검사관으로 제일 처음 나왔던 사람
이 캐서린 호프라는 아일랜드계 미국 여성이었습니다. 캐서린 호프
가 자주 점검하러 오면서 처음에는 문제 지적도 많이 받고 트러블도
있었습니다. 나중에 결과적으로는 품질 스탠다드에 대한 이해도가
많이 조율되었어요. 이분은 한국 사람이 일을 엄청나게 열심히 일하
고 연구한다고 인정해주었습니다.

톰 킴Tom Kim이라는 분은 한국계 미국인으로 국제적인 프로젝트
브로커였습니다. 국가별 대형 국책사업이나 프로젝트 등을 중재하
는 사람입니다. 그런 일을 위해 필리핀에도 다녔가곤 했습니다.

1988년 즈음에 캐서린 호프와 톰 킴은 서울에서 필리핀으로 들
어오는 비행기에 서로 옆자리에 앉았습니다. 톰 킴은 체격이 크고

붙임성이 좋아 서로 명함을 주고 받으면서 대화했습니다. 캐서린은 필리핀에 품질 검사하러 자주 간다고 하면서 한국 사람이 운영하는 공장에도 간다고 했습니다. 그리고 잘 아는 한국 사람이 있다고도 했습니다. 그러면서 합리적이고 성실하여 자기가 본 한국 사람 중에 최고라고 나를 소개했다고 합니다.

톰 킴은 전화를 걸어 캐서린이 소개했다며 나를 만나고 싶다고 했습니다. 톰 킴은 호기심과 관심을 갖고 이것저것 물었습니다.

"어렵게 사업을 시작했다고 들었는데 젊은 나이에 어떤 계기로 사업을 시작했습니까?"

"미국 회사에 근무하면서 야간에 밤잠 안 자고 자그마한 공장을 시작하여 동업으로 회사를 키워 분가했습니다."

톰 킴은 깜짝 놀라며 나를 다시 쳐다보았습니다. 지금은 독립하여 사업을 하지만 자금 부족으로 고생하고 있다는 사정도 이야기했습니다. 톰 킴은 젊은 사람이 자부심과 도전 정신이 강하다며 도움이 필요하면 연락하라며 명함을 주고 갔어요.

몇 개월 후 톰 킴이 마닐라에 왔다며 다시 만났습니다. 회사를 설립하고 2년이 지난 시점이라 처음보다 안정적으로 자리를 잡아가고 있었습니다.

"1989년 초반까지 자금 부족으로 고생했지만 지금은 안정을 찾아가고 있지만 여유 자금이 생기면 무역을 해보고 싶습니다."

"자금이 부족하면 하지 않아도 될 고생을 해야 하고 힘든 것을 압니다. 무리하지는 마십시오. 혹시 지원이 필요하면 요청하세요."

필리핀에서 공장을 여는 날 신부님을 모시고 축원하는 모습. 필리핀에서는 행사하는 날 비가 오면 하늘의 축복이 있다고 믿는다.

"우리가 잘 아는 사이도 아닌데 그렇게 이야기해주니 고맙고 몸 둘 바를 모르겠습니다."

"얼마 정도 있으면 급한 자금 문제를 해결할 수 있습니까?"

"약 5만 달러 정도 있으면 급한 불은 끌 수 있습니다."

톰 킴은 계약서 한 장 없이 홍콩에서 5만 달러를 바로 보내주었습니다. 그때 당시 5만 달러는 상당히 컸어요. 그 뒤에도 가족들 방문 비자를 투자비자로 바꿀 때도 7만5천 달러를 지원해주어 비자 문제도 해결했습니다.

돈을 떠나 톰 킴은 내가 어려울 때 찾아온 귀인이었습니다. 나는 투자 금액에 이자를 더해 갚을 수 있었지만 그간 너무 고마워 회사 주식 30퍼센트를 드리기로 했습니다. 그 대신 무역을 하며 회사가 성장하려면 자금이 더 필요하고 그때마다 지원해주겠다고 했습니다. 이후 10만, 50만, 100만 달러까지 현금 보증을 해주었습니다. 이런 보증을 통해 내가 무역을 계속할 수 있는 길을 열어주었습니다. 무역을 계속할 수 있는 여건이 만들어지고 회사를 성장시키는 결정적인 밑거름이 되었습니다.

나중에는 호형호제하며 가족처럼 지냈습니다. 그분 아내는 대만 사람으로 자주 함께 만났습니다. 그분 덕에 내가 회사를 크게 일으켜 세울 수 있었기 때문에 항상 고마운 마음을 가지고 있었습니다. 거꾸로 그분도 나에게 고맙다며 위성 사업을 하는 그 회사의 주식을 무상으로 주기도 했습니다. 무선충전 사업도 개발이 완성되고 양산 단계에서 자금이 부족해 200만 달러를 빌려주기도 했습니다.

그런데 갑자기 심장마비로 죽었습니다. 그런데 돌아가시기 전에 회사 주식을 나에게 양도했습니다. 그분 아내가 깐깐한 사람인데 나에게 주식을 양도한다고 하니까 전혀 따지지 않았다고 합니다. 그런데 안타깝게도 그분 돌아가신 후 회사가 부도나서 받은 주식도 날아갔지만, 이런 인연으로 아이들 학자금 등을 지원해주었습니다. 또 우리 회사 지분을 정산하여 부인에게 보내주었습니다.

그 부인은 남편이 죽은 뒤 가족이나 친구들 아무도 찾지 않았는데 오직 당신만 우리 가족을 챙겨준다며 한참을 울었습니다. 나도 그분이 지원을 해줘서 회사를 키울 수 있었는데 죽었다고 해서 나 몰라라식으로 할 수는 없었습니다. 그분은 하늘이 맺어준 귀인이었습니다.

12 마늘과 고추

그 사람이 지적하는 것은 작은 문제이긴 하지만 옷을 만드는 데 기본이
되는 것은 계속 지적을 한 거예요.

기술이 조금씩 나아지니 존스뉴욕 브랜드에서도 오더를 받았습니다. 이 브랜드는 캐주얼코너(Casual Corner) 브랜드보다 가격이나 브랜드 밸류가 높아 품질 관리가 더 엄격했습니다.

존스뉴욕 바이어 측에서 파견한 케이Kay라는 기술 검사관(Technical Inspector)은 이탈리아에서 패션 공부를 한 대단한 실력자였습니다. 그 사람이 지적하는 부분을 처음에는 어떻게 따라갈지 모를 만큼 세세한 부분까지 아주 세밀하게 체크했습니다. 기능적으로도 지식이 많은 사람이었어요. 그 사람이 지적하는 것은 작은 문제이긴 하지만 옷을 만드는 데 기본이 되는 것은 계속 지적을 한 거예요.

한국 관리자들은 조그마한 그런 것까지 지적하면 어떻게 하느냐며 대화 자체를 꺼렸죠. 나는 그 사람 의견을 최대한 듣고 알려주는

방법이나 지적하는 내용을 우리 것으로 만들려고 계속 노력했습니다. 그런 열정과 집념을 보고 나중에는 다소 문제점이 보여도 봐줬다는 생각도 듭니다. 그때 당시는 힘들긴 했지만 이런 분들 덕분에 우리 회사 제품 품질이 알게모르게 많이 성장하게 되었습니다.

현장에 들어가면 계속 큰 것이나 작은 것을 지적하면 한국 직원들은 못마땅하게 여기며 이 사람과는 대화가 안 된다고 생각합니다. 그런데 나는 이 사람이 원하는 게 무엇인지 빨리 파악해서 할 수 있는 것은 하고, 못하는 것은 개선하겠다고 어필했습니다. 이분이 봤을 때는 나와는 대화가 된다고 생각했던거 같아요.

그분은 자메이카 출신 미국인인데 매운 음식을 엄청 좋아했어요. 한국 음식도 좋아해서 한국 식당에 가면 불고기를 시키곤 했습니다. 현장에서 일할 때와는 달리 식당에가면 이분과 많은 대화를 나눴어요. 소주도 같이 한잔씩 했는데 업무적으로는 지적을 많이 받았지만 인간적으로는 소통이 잘되는 분이었습니다.

나중에 이분이 다른 한국 공장들도 방문했는데 거기서 엄청 힘들었나봅니다. 한번은 한국 에이전트 사장이 나한테 전화가 왔어요. 그분이 '한국 음식인데 한국에서 먹는 맛이 더 없냐'면서 필리핀에서 나와 함께 먹었던 이야기를 하더랍니다. 나는 웃으면서 따로 레시피가 있는 것이 아니고 그분이 매운 걸 좋아하니까 마늘과 고추를 잘 배합해서 넣으라고 얘기해준 적이 있습니다. 내 생각에는 본인과 코드가 맞는 분위기에서 먹는 음식이 더 맛있게 느껴지지 않았나 싶습니다.

13   시련이 곧 기회다

안 되거나 못하는 것에 대해서는 최선의 방법을 제안해주면 수용했습니다. 그렇게 수정하면서 요구하는 기준에 맞추려고 노력했어요.

사업 초기 다른 하청 건도 그랬습니다. 리즈클레이본 브랜드는 당시 여성 의류 가운데 최고가품이었어요. 미국에서 검사관만 오면 제품 지적에 난리가 나는 겁니다. 한번은 다른 회사 사람이 '너희는 그 검사관 괜찮냐'고 물어요. 자기들을 아주 못살게 구는데 너희들은 어떻게 잘 통과하냐는 식이었습니다.

나는 그 사람이 지적한 걸 귀담아 듣고 수긍을 했습니다. 그래서 고칠 것은 고치고, 안 되거나 못하는 것에 대해서는 최선의 방법을 제안해주면 수용했습니다. 그렇게 수정하면서 요구하는 기준에 맞추려고 노력했습니다.

사업에서 중요한 건 신뢰입니다. 다들 그렇겠지만 제품을 그렇게 많이 고친다는 게 쉽지 않습니다. 그렇게 고쳤다고 해도 솔직히 마

작업 과정에서도 수시로 문제점에 대해서 토론하고 대안을 모색하고 있다.

음에 안 드는 경우가 있습니다. 검사관의 검사 기준은 둘째 치고 우리가 만드는 제품이 안 좋아서는 안 되는 겁니다. 그래서 전문가의 의견을 수용하면서 그렇게 배워나가는 겁니다. 그런 시련은 어떻게 보면 엄청난 기회였습니다.

14   이노베이션과 경쟁력

뭘 하나 만든다는 게 정말 쉽지 않아요. 하지만 대충할 수는 없었습니다. 이것은 지금까지 해왔던 일을 다 걸고 하는 것이었습니다.

관리자들에게 관리 기법을 가르치는 것이 제일 어려웠습니다. 관리자들의 생각을 바꾸어야 하기 때문입니다. 자기가 습관적으로 하던 것에서 새로운 시스템으로 바꾸려고 하니 잘 안되었습니다.

특히 오래된 한국 관리자들이 제일 어려웠습니다. 가장 큰 이유는 모든 것을 정량화하고 기록으로 남기는 것에 익숙하지 않은 거예요. 한국 기술자들은 기술 원리를 제대로 배운 것이 아니라 어깨너머로 배운 것이라 본인은 어느 정도 터득해서 알지만 남에게 이론적으로 설명하지 못하는 맹점이 있었습니다. 반면 일본 기술자들은 한국 기술자들과 완전히 다릅니다. 일본 기술자들은 실기를 가르치기 전에 이론을 먼저 가르칩니다. 한국 기술자들은 원리나 이론 없이 자기 경험으로만 일을 시킵니다. 이것을 개선하려니 힘든 거죠.

그래서 전문 이노베이션 컨설팅 회사를 소개 받아 우리 회사 시스템을 대대적으로 수술하여 경쟁력 있는 회사로 거듭나기 위해 계약을 맺었습니다. 그런데 이노베이션하는 과정이 익숙하지 않은데다가 많은 과제를 주니 소화할 능력이 안 되어 엄청난 항의를 하며 많은 사람들이 그만두었습니다. 그때 '이렇게까지 해야 하나?' 하는 생각이 들기도 했습니다. 그런데 여기서 제가 흔들리면 안 된다고 생각했어요. 컨설턴트가 제안한 시스템을 믿어보자는 생각으로 밀어붙였습니다. 뭘 하나 바꾸고 새로 만든다는 게 정말 쉽지 않습니다. 하지만 대충할 수는 없었습니다. 이것은 지금까지 해왔던 일을 다 걸고 하는 것이었습니다. 그때 교육비가 1년에 1억 들었습니다. 당시 자금 상태로는 1억이라는 비용이 많이 부담되었습니다.

비용도 비용이지만 초기 이노베이션 기간 동안 교육과 훈련으로 생산 효율은 오히려 떨어지고 직원들도 많이 위축되었습니다. 그렇지만 미래를 봤을 때 꼭 필요하다고 생각했습니다. 여기에 엄청난 저항과 어려움이 있었지만 이것을 하지 않으면 앞으로 경쟁력이 없다고 판단했습니다. 우리 회사가 경쟁에서 우위를 점하려면 먼저 우리 회사를 경쟁력 있는 대열에 올려놓아야 한다는 생각으로 계속했어요. 이노베이션에 성공하느냐 실패하느냐의 문제가 아니라 이것을 성공시키지 못하면 앞으로 우리 회사의 미래는 없다는 생각으로 모든 걸 걸고 했습니다. 이런 식으로 5년간 진행하면서 시스템을 모두 바꿨습니다.

회사에 바이어가 오면 정리정돈이 아주 잘 되어있다며 좋은 이미지를 주었습니다. 그러면서 불량이 나오면 불량 관리 기법을 적용하니까 바이어들이 아주 좋아했습니다. 리즈크레이본을 비롯해 다른 바이어에게도 지속적으로 오더를 받을 수 있었던 것은 우리 회사가 국제기준 품질 운영 시스템을 갖췄기 때문에 가능했습니다.

이노베이션을 약 10년 동안 진행하면서 불량률과 낭비는 반 이상 줄었고, 생산성은 올랐습니다. 그 결과 전반적으로 30퍼센트 이상의 성장 효과를 얻을 수 있었습니다. 코로나 이전부터 경쟁에서 도태되어 문을 닫거나 베트남으로 이주를 하여 남은 회사가 거의 없습니다. 우리 회사가 살아남을 수 있었던 것은 이노베이션을 통해 경쟁력을 가졌기 때문입니다.

회사가 성장하면서 가진 기술은 유출되기 쉽습니다. 기술이 유출되어도 이노베이션 과정에서 얻은 정신력, 시스템은 하루아침에 가져갈 수 있는 것이 아닙니다. 다시 말해 설비 등의 기술은 카피할 수 있어도 교육 시스템, 생산 관리 기법 등은 쳐다본다고 되는 것이 아닙니다. 수없는 시행착오를 겪으면서 시스템을 정착시켜야 하는 겁니다. 이러한 애로 사항과 더불어 지금의 회사로 거듭난 것입니다.

처음 시작할 때는 앞선 사람을 따라했었죠. 시스템이 안 갖춰져 있거나 잘 모를 때는 따라하는 것이 제일 빠릅니다. 그렇지만 그것은 잘 해도 2등밖에 할 수 없습니다. 주도적인 경쟁력을 갖기는 어렵습니다. 내가 선두에 우뚝 서려면 우리만의 기술과 노하우가 있어야 경쟁력을 가질 수 있습니다.

국민포장 (2010)

국민훈장 목련장 (2018)

15   작은 형님

> 작은 형님은 내가 어려울 때 모든 것을 도와주고, 내가 힘들어하는 일은
> 대신 해준 분이었습니다. 그렇게 가시니 기둥뿌리가 뽑혀 나간 느낌이었
> 어요.

세금 문제도 어느 정도 해결해가면서 실제 오더는 줄지 않았습니다.
돈을 버는 것도 잘 해야하지만 절세 하는 기술도 돈 버는 만큼이나
신경을 써야 합니다. 일은 열심히 하고 국가에 세금으로 다 빼앗기는
그런 형국이 될 수 있기 때문입니다.

    굉장히 무난하게 일을 해왔는데 미국 의류 브랜드 바나나리퍼블
릭(Banana Republic), 앤테일러(Ann Taylor) 등은 한국 경쟁사의 가격 덤핑으
로 더 이상 진행할 수가 없었습니다. 그래서 제이크루(J.Crew), 화이트
하우스(White House), 브룩스브라더스(Brooks Brothers) 등과 진행하는 와
중에 2020년 1월 13일 공장 가까이에 있는 따알Taal 화산이 터졌습
니다.

    한 달 이상 일을 못하고 납품을 못해 애를 먹고 있었습니다. 바

이어가 일부 탕감해주고 일부는 비행기로 운송하는 등 어느 정도 수습이 되어갈 때, 코로나가 터졌습니다. 일을 못하니 당연히 납품도 안 되고, 미국 바이어들은 그동안 비지니스에서 생긴 손해를 이번 기회에 정리하려고 부도를 많이 냈어요. 그때 당시 제이크루에서 지불 체납금이 850만 달러(한화 약 105억 원) 정도 있었습니다. 그게 매달 선적하면서 서류를 작성하여 받고 했는데, 4월에 받아야 할 돈이 350만 달러 정도 되었습니다. 회사 사정이 좋지 않다며 이것을 한 달 정도 유예를 해달라 해서 승인했습니다. 그런데 5월 초에 부도를 낸 것입니다.

우리가 선불을 주고 자재를 선적한 금액, 그러니까 실제로는 850만 달러도 더 되는 돈이 묶인 것입니다. 코로나로 출입이 통제되니 사람을 만날 수 없었습니다. 이메일을 보내서는 '미안하다, 방법이 없다, 인수하는 회사가 다시 일을 시작하면 일부는 보상할 것이다'라고만 합니다. 그러면서 제안하는 것이 '일을 계속하겠다면 새로 인수하는 회사가 20퍼센트를 보전해주겠다'고 했습니다. 80퍼센트는 안 준다는 말이고, 앞으로 일을 함께하지 않는다면 2퍼센트만 보전해준다는 겁니다.

그동안 일을 했던 과정을 설명하는 것으로 이메일을 주고받으며 싸우고 싸워 최종적으로 50퍼센트를 받아냈습니다. 결론적으로 제이크루 바이어에게 약 425만 달러를 받았습니다. 여기만 문제가 아니라 브룩스브라더스도 20만 달러를 못 받는 등 전체 450만 달러 정도를 받지 못하고 공장은 멈추게 되었습니다. 그동안 벌었던 것을 한꺼번에 잃어 제로베이스가 되어버렸습니다.

어디 가서 하소연할 곳도 없고, 락다운(lock down, 엄격한 출입 통제)으로 갈 곳도 없었습니다. 이것을 이겨내려고 매일 걸었습니다. 하루에 3만 보에서 5만 보를 100일 넘게 걷고 또 걸으니 발톱이 빠지고 피가 흘렀습니다 그러면서도 이 고비를 스스로 이겨내야 한다고 다짐했습니다.

그렇게 마음을 추스리며 견뎌내고 있을 때, 작은 형님이 돌아가셨습니다. 작은 형님은 내가 어려울 때 모든 것을 도와주고, 내가 힘들어하는 일을 대신 맡아 해준 든든한 버팀목이었습니다. 그렇게 가시니 기둥뿌리가 뽑혀 나간 느낌이었어요. 돈은 돈대로 회사가 큰 위기를 맞았고 작은 형님 돌아가시면서 마음까지 허해지면서 정신이 아찔했습니다.

16   다시 일어서다

> 그동안 계속 고민했습니다. 회사 운영을 계속할 것인가 말 것인가. 그래
> 서 내린 결론이 손해보는 수준이 아니면 그냥 회사를 운영하자는 것입
> 니다.

다시 마음을 다잡고 돈은 잃어도 건강을 잃으면 안 된다며 운동을
시작했습니다. 제 체격에 7킬로그램이 빠졌어요. 새벽 정진과 운동
으로 2년의 시간이 흘렀지만 그동안 계속 고민했습니다.

회사 운영을 계속할 것인가 말 것인가. 회사를 문 닫으려고 몇 번
생각했습니다. 문을 닫고 돈을 더 안 벌어도 먹고 사는 데는 지장이
없으니 나는 편한데, 나만 쳐다보는 눈이 수천 개였습니다. 나만 쳐
다보고 있던 사람들을 하루아침에 어떻게 하나 싶었습니다. 그래서
내린 결론이 손해보는 수준이 아니면 그냥 회사를 운영하자는 것입
니다.

사업했던 노하우도 있고 공장도 있어 회사를 다시 열고 운영하고
있습니다. 제이크루는 그동안 꾸준히 납품했으니 우선적으로 오더

를 주겠다며 다시 우리와 거래를 하고 있습니다. 제이크루 바이어는 우리 회사에서 제품을 만들어가는 것을 원하고 있습니다. 필리핀은 임금도 많이 오르고 기능공도 많이 빠진 상태에서 품질은 엄격하게 관리하면서 가격은 별 차이가 없으니 메리트는 없습니다. 이윤을 남기기 힘들어 현재는 적자 상태입니다.

그럼에도 불구하고 이대로 앉아서 무너질 수 없다는 생각에 매주 워크숍을 통해 품질 개선과 생산성 향상을 위해 노력하고 있습니다. 어려운 여건에서도 경쟁력을 가지기 위해서는 새로운 방법을 찾고 도전하는 길밖에 없다고 생각합니다. 앉아서 안 된다고 하면 이치에 맞지 않거든요. 하는 데까지 새로운 길을 찾는 노력을 지속할 겁니다.

17   인재 양성

옛날에는 수직 관계라면 요즘은 수평 관계의 조직입니다. 수직 조직의
경우 새로운 아이디어 창출이 어렵습니다. 자기의 생각을 마음껏 펼칠
수 있는 것은 수평적 구조에서 가능합니다.

사업의 승패는 좋은 인재를 뽑고 각자 포지션에 따라 맡은 일을 효
율적으로 할 수 있도록 교육하고, 그 인적자원을 적재적소에 배치하
여 자기 역량을 발휘할 수 있도록 지원하고 관리하는 것에 달려있습
니다.

결국은 리더가 어떤 방향성을 가지고 조직을 운영할 것이냐에 따
라 승패가 갈립니다. 예를 들어 스포츠에서도 감독 한 사람 바꿈으
로 해서 결과가 엄청나게 달라지는 것과 같습니다. 그것이 리더가 가
지는 전술과 힘이라고 생각합니다.

리더는 부하 직원들이 즐겁게 일할 수 있는 환경을 만들어줘야
합니다. 부하 직원의 부족한 부분을 채워주는 것이 리더의 몫입니다.
리더가 직접 뭔가를 하는 것이 아니라 부하 직원이 일을 잘할 수 있

도록 하는 것입니다. 대개 리더가 부하 직원에게 시켜서 '야! 그것도 못해? 나와 봐, 내가 할게!' 하면서 본인의 능력으로 처리하는 경우가 종종 있습니다. 부하 직원은 주눅이 들어서 일을 제대로 할 수 없게 됩니다. 조금 더디고 시간이 걸리더라도 부하 직원이 일을 할 수 있는 분위기를 만들어야 합니다. 윽박지르고 강압적으로 하기보다 '어제보다 잘했어!'라며 칭찬을 하는 것이 진정한 리더입니다.

나도 처음부터 잘한 것은 아닙니다. 처음에는 윽박지르고, '안 되면 되게 하라'는 식으로 밀어붙였는데, 좋은 결과를 얻지 못했습니다. 이러한 경험을 바탕으로 깨닫게 되면서 바뀌었습니다.

우리 회사는 장기근속자가 많습니다. 직원을 한 자리에 묶어두지 않고 스스로 계발할 수 있도록 지원하고, 능력을 향상시킬 수 있도록 합니다. 그래서 이 사람들이 말단에서 중간 책임자가 되고 전체 관리자가 되는 식으로 성장하고 있습니다.

필리핀에서 처음 사업을 시작할 때 사람들은 책임 있는 일을 하지 않으려 했습니다. 책임 있는 일을 시키면 그만둔다고 하거나 힘들어서 못하겠다고 합니다. 이러한 고비를 이기지 못하면 훌륭한 리더가 될 수 없다며 인정하고 북돋워주기도 합니다. 면담을 하면서 실제로 어떤 부분이 힘든지 이야기를 듣습니다. 역량이 안 되는데 일을 많이 줘도 안 되고, 능력이 충분한데 일을 적게 줘도 안 되거든요.

인력 관리는 개개인에 맞게 방법을 달리하며 진행해야 합니다. 추진력이 있는 반면에 세심한 것을 놓치는 것이 많거나, 세심한 것을 잘 챙기는 사람은 추진력이 부족하거나 할 때 이를 조화롭게 잘 아울려야 합니다. 같이 태어난 형제도 생각이 다르고 개성이 다릅니다. 그런데 각자 살아온 환경이 다른 사람들이 모여서 어떻게 협력하고 조정할 것인가는 중요합니다. 모든 것을 잘할 수 없기 때문에 서로의 장점을 잘 보완할 수 있도록 하는 겁니다. 그러면서 부족한 역량을 끌어올려야 하는 것이 리더의 역할입니다.

옛날에는 수직 관계라면 요즘은 수평 관계의 조직입니다. 수직 조직의 경우 새로운 아이디어 창출이 어렵습니다. 자기의 생각을 마음껏 펼칠 수 있는 것은 수평적 구조에서 가능합니다.

우리 회사는 부서 클레임 시스템이 있습니다. 타 부서로 인해서 피해 또는 손해본 것에 대해서 클레임을 해요. 피해 금액도 산출을 합니다. 피해 입은 부서에서 원인 제공 부서에 클레임을 하면 원인 제공 부서는 바로 액션플랜을 만들어서 어떻게 개선·발전할 것인지 발표하게 합니다. 일은 계획하고(PLAN), 실행하고(DO), 평가하는(EVALUATION) 것이 전부입니다. 간단하지만 여기서 한 가지라도 빠지면 성장할 수 없습니다.

18 　　차이

대부분은 회사 이윤을 위해 효율성만 생각하며 수치적인 성과에 집착하는 경우가 있습니다. 내가 지향하는 관리는 효율성이 먼저가 아니라 품질 보증을 중요시합니다.

오랜 시간 일을 하면 똑같은 문제가 반복되는 내용이 많습니다. 이건 근본적인 치유를 못했다는 거예요. 대부분은 회사 이윤을 위해 효율성(efficiency)만 생각하며 수치적인 성과에 집착하는 경우가 있습니다. 내가 지향하는 관리는 효율성이 먼저가 아니라 품질 보증(quality)을 중요시합니다.

회사 이윤을 위해서 손실(loss)을 줄여야 합니다. 먼저 절약해야 합니다. 이것은 기본입니다. 더 큰 손실은 한꺼번에 할 일을 재작업하는 것입니다. 이것은 품질과도 연관이 있는 문제입니다. 그래서 표준 품질(standard quality)을 우선적으로 하고, 그 뒤에 효율성을 어떻게 올릴 것인지 관리합니다.

또 문제점을 드러내고 문제의 원인을 분석하기 위해 매주 워크숍을 진행합니다. 같은 문제를 두고 4~5개 팀을 구성해서 토론해보면 서로 다른 결과가 나옵니다. 서로 다른 의견을 두고 질문을 하며 토론합니다. 서로 합의한 개선 방법이 실제로 해보니 가능한지, 또 다른 문제점이 드러나는지 계속 확인하며 본질적으로 개선될 때까지 지속적으로 진행합니다.

저는 직원을 채용할 때 우선적으로 보는 것이 있습니다. 첫째, 진솔한 사람인가? 둘째, 일을 연구하면서 하려고 하는가? 셋째, 다른 사람과 협업할 수 있는가? 넷째, 구성원에게 새로운 비전을 제시 할 수 있는 능력이 있는 사람인가?

인터뷰를 하면서 앞으로 5년에 대한 계획이 있는지를 물어봅니다. 대부분 막연한 생각은 있지만 그것을 이루기 위한 구체적인 계획은 없습니다. 만약 있다면 그 계획은 무엇을 근거로 만들었는지 물어봅니다. 이런 식으로 대화를 하면 나와 함께 일을 할 수 있는지 없는지 알게 됩니다. 처음부터 맞는 사람이 어디 있겠습니까. 맞춰가는 과정에서 네 가지는 필수 사항이기 때문에 항상 체크합니다.

얼마 전에 그만둔 직원이 있습니다. 이 친구는 5년 계획이 다 잡혀 있었습니다. 그래서 "오케이, 당신의 의견을 존중합니다. 나도 그런 꿈이 있었습니다. 어디를 가든 계획한 바를 성취하시길 바랍니다" 하며 응원해주었습니다. 계획이 확실한 사람은 무작정 잡는다고 해결되지 않습니다.

이렇게 사람을 뽑아놓으면 중간에 그만두고 나가기도 합니다. 남아 있는 사람들도 자기 일을 찾아서 해나갑니다. 그만두고 나가든 남아서 자기 일을 만들어가든 목표가 있는 사람은 어떤 어려움이 있어도 이겨냅니다. 목표 없이 하루하루 사는 사람은 삶을 무의미하게 살기가 쉽습니다.

관리자 입장에서는 그 사람이 어떤 특징이 있는지 잘 알아야 합니다. 부처님의 제자 가운데 바보 주리반특이 있습니다. 기억력이 없어 바보라고 비난받았지만 청소 하나만큼은 잘했다고 합니다. 안 되는 것을 시비할 것이 아니라 잘하는 것을 우선 칭찬해주어야 합니다. 그리고는 스스로 개선할 수 있도록 도와주어야 합니다.

문제가 발생해서 원인을 분석해보면 그 일이 뭔지 몰라서 못한 경우는 10퍼센트 정도입니다. 대부분의 경우는 이미 아는 것을 제대로 실행하지 않는 데서 문제가 생깁니다. 모르는 건 흠이 되지 않습니다. 모르면 물으면 됩니다. 모르면 해보면 됩니다. 성취를 못하는 사람은 여기서부터 장애라고 여깁니다. 나의 경우는 안 되는 게 있으면 이게 바로 내가 한 계단 올라갈 수 있는 과제라고 생각합니다. 이것이 차이라고 생각합니다.

예전에는 나 없으면 회사가 안 돌아가는 줄 알았어요. 그래서 회사를 못 떠나는 겁니다. 그런데 수행하는 과정에서 계속 나를 돌아봅니다. 나의 자만심과 아집을 보며 아상을 놓는 연습을 합니다. 지금은 아내와 함께 여행도 하고, 가족들과 보내는 시간도 늘리며 연습하고 있습니다.

19   나의 스승, 법륜 스님

욕심과 원의 차이는 그것이 이루어지지 않았을 때 괴로우면 욕심이고, 괴롭지 않으면 원입니다. 원을 가진 사람, 연구하는 사람은 괴로움이 없습니다.

어떤 경우든 스스로 목표를 세운 건 꼭 되게끔 하는 집념이 강합니다. 좋게 말해서 집념이 강한 것이라고 할 수 있지만 한편으로는 욕심이라고 평가하는 사람도 있습니다. 욕심과 원顧의 차이에 대해서 법륜 스님께서 말씀하셨습니다.

"욕심과 원의 차이는 그것이 이루어지지 않았을 때 괴로우면 욕심이고, 괴롭지 않으면 원입니다. 원을 가진 사람은 그것이 이루어지지 않았을 때 좌절하고 절망하거나 괴로워하지 않고, 어떻게 하면 이루어질 수 있는지 연구합니다. 연구하는 사람은 괴로움이 없습니다. 연구할 때 괴롭다면 노력은 하지 않고 결과만 좋기를 바라기 때문입니다."

나의 경우, 안 되는 게 있으면 엄청나게 의문이 듭니다. 기계가 고

장났을 때, 그 문제를 해결하지 못하면 다 뜯어서 몇날 며칠 밤을 새서라도 문제를 해결합니다. 이 기계에 대해서만큼은 내 것으로 다 소화를 해야 합니다.

이런 성격으로 일 하나를 해도 스스로 파고듭니다. 물론 남한테서 배우기도 하지만 하나부터 열까지 알아보고 공부하고 응용을 해서 내 것으로 만듭니다. 남이 내것을 응용해서 카피할 수는 있지만 섬세한 원리는 스스로 해보지 않은 사람은 알 수가 없습니다. 말로 알려준다고 해서 전해지는 것도 아닙니다. 마치 옛 선사가 마음에서 마음으로 법을 전해주듯이 스스로 참구하지 않으면 그 마음을 이어받을 수 없는 것과 같습니다.

그렇게 터득해왔기 때문에 어떤 환경에 처해도 겁이 나지 않습니다. 무슨 어려운 상황이 닥쳐도 '아, 이 문제는 쉽게 되지 않겠다. 그러면 어떻게 해볼까' 하며 궁리합니다. 모든 것을 내가 해결할 수 있는 것은 아닙니다. 안 되는 것은 안 된다는 것을 알게 됩니다.

법륜 스님과 오래 같이 일해보니 스님도 그러시더라고요. 항상 연구하고 계획하고, 실패하면 다시 새로운 방안을 모색하고 스스로 해본 다음에 말씀하십니다. 물론 제가 법륜 스님 하시는 것에 요만큼도 못 따라가지만 그래도 스님께서 '이 대표에게는 이걸 맡겨도 되겠다' 싶으니까 맡기시지 않을까 생각하면서 최선을 다합니다. 나의 역할에 최선을 다하는 것이 법륜 스님의 가르침에 부응하는 것이라 여기기 때문입니다.

20　　수행

이제는 잘 안 되더라도 애끓으면서 고민하는 것을 별로 안 합니다. 왜냐하면 나름대로 최선을 다했으니까요. 자책하기보다는 '이게 또 안 되네' 하며 다른 방법을 모색하게 됩니다.

정토회에서 수행하면서 두 가지 정도 달라졌다고 봅니다. 하나는 내가 최고라는 생각이 좀 내려졌습니다. 다른 사람들이 못하는 것을 내가 이뤄내다보니 항상 '나는 잘하는 사람'이라는 생각이 강했습니다. 그런데 수행하면서 '내가 착각하며 살았다'는 것을 깨달았습니다. 저 혼자 잘나서 '내가 다 한다'라는 생각으로 살았던 겁니다. 혼자서 할 수 있는 일은 없다는 것을 알게 되었습니다.

　다른 하나는 성격이 좀 누그러졌습니다. 나는 보이는 것과 달리 내성적이면서도 성격이 굉장히 급했습니다. 지금도 가끔은 불같은 성질이 올라올 때가 있지만 이제는 그런 자신을 돌아보며 알아차립니다. '아, 이럴 때 성질이 올라오는구나. 성질낸다고 문제 해결에 아무 도움이 안 되는구나. 오히려 문제를 키울 뿐이다.' 이것을 알아차리니 급한 것이 누그러들었습니다.

　수행을 하면서 크게 변한 것이 이 두 가지입니다. 더불어 배려심도 훨씬 많아졌습니다. 예전에도 다른 사람을 배려하지 않은 것은 아니지만 지금은 더 살피게 되었습니다. 상대방의 입장에서 생각하고 이해하는 것이 넓어졌다고 할 수 있습니다.

　이제는 잘 안 되더라도 애끓으면서 고민하는 것을 별로 안 합니다. 왜냐하면 나름대로 최선을 다했으니까요. 자책하기보다는 '이게 또 안 되네' 하며 다른 방법을 모색하게 됩니다. 똑같이 연구를 해도 예전에는 내 마음대로 되지 않는다고 안달하며 스스로 들볶았는데, 수행하면서는 많이 누그러졌습니다. 최선을 다하고도 안 될 때는 다른 방법을 찾을 때라는 것을 압니다. 이렇게 다만 알아차리면서 나아갑니다. 그러니 마음이 복잡할 일은 없습니다.

스무 살의 이원주에게

— 만약 스무 살의 이원주에게 얘기할 수 있다면, 책을 많이 읽고 오지 여행을 많이 하라고 권하고 싶습니다. 책 읽는 것과 여행은 견문을 넓힌다는 면에서는 비슷합니다. 여행은 기존에 내가 생활하던 삶에서 벗어나 다른 체험을 하면서 직접 터득한다는 점이 큰 장점입니다. 특히 인도 여행이나 필리핀 민다나오 활동을 하면서 내가 얼마나 좋은 환경에서 살고 있는지 자연스럽게 터득할 수 있어서 살아가는 데 큰 도움이 될 수 있습니다.

돈을 좇기보다는 여러 경험을 해보라고 말하고 싶습니다. 세상 사람들이 사는 다양한 모습을 보면서 '아, 저 사람은 저렇게도 즐겁게 잘사네' '이런 환경에서는 사람들이 이렇게 적응을 했구나' 하는 것을 느끼면서, 그럼 나는 어떤 사람인지 알아가보라고 말하고 싶

민다나오 20년의 활동을 돌아보며 JTS사업지원센터 앞에서

습니다.

저는 지금 세상 어디에 던져지더라도 살아갈 수 있는 정신력과 생존 노하우를 가지고 있습니다. 자신있게 '나는 지금 행복하다!'라고 말할 수 있는 이유는 지금 내 조건이 다 바뀌고 어떤 알지 못하는 환경이 된다고 해도 잘 살 수 있는 자신이 있기 때문입니다. 간단히 비유하면 저는 바닥(ground)에서 식스 스타(six star)까지 왔다 갔다 할 수 있습니다. 있으면 있는 대로 없으면 없는 대로 어려우면 그 상황에 맞춰 살 수 있습니다.

JTS 민다나오 활동을 돌아봐도 그렇습니다. 산에서 길도 잃어보고, 목이 너무 말라서 도랑물도 마셔보고, 그러다 배탈 나서 죽도록 고생도 해봤습니다. 잠잘 데가 마땅치 않아 학교 교실에 들어가 책상 네 개를 붙여놓고 그 위에서 쪼그려 자기도 했습니다. 책상 귀퉁이가 안 맞으니 등이 배기고, 모기는 얼마나 물어대는지… 땀에 절었는데도 물이 없어 못 씻으니까 아주 더 달라붙지요. 이런 것은 경험해보지 않고 말할 수 있는 상황이 아닙니다. 그러니 JTS 민다나오 활동을 통해서 내가 얻은 것도 엄청나게 많은 겁니다.

젊은 시절 필리핀에 와서 회사를 일궈가면서도 그랬고, 한인회 활동이나 국제학교 건축 등 제가 시도한 모든 경험을 통해 매일 새로운 이원주가 태어났습니다.

아내는 자꾸 새로운 일을 계획하고 벌이지 말라고 합니다. 그동안 열심히 했으니까 이제는 쉬라고 합니다. 하지만 저는 여전히 원을 세웁니다.

약 20만 평의 땅에 여러 가지 실험을 하며 식물원을 계획하고 있다.

이제까지 무리하지 않은 대신에 크게 실패하지 않았습니다. 회사를 키우려고 생각했으면 엄청나게 키울 수도 있었습니다. 하지만 그렇게 하지 않은 이유는 내가 관리할 수 있는 영역 밖에 있는 것은 내 것이 아니라고 생각했기 때문입니다. 크게 하는 것이 목적이 아니라 작게 하더라도 실익이 있어야 한다고 생각했습니다. 빨리 가는 것보다 천천히 가더라도 내가 계획한 일을 실현하는 것에 중점을 두었습니다.

젊을 때부터 '내가 필리핀에서 사업을 일궜으니까 필리핀에서 얻은 이익을 필리핀 사회에 환원을 해야겠다'는 생각이 있었습니다. 그 계획 중의 하나가 대형 식물원(botanical garden)입니다. 휴식을 위한 휴게 공원, 아이들을 위한 놀이공원, 자연을 보고 배울 수 있는 생태 공원 등을 만드는 것입니다. 스마트팜을 만들 수도 있겠습니다. 하루하루 천천히 해보는 겁니다. 나에게도 좋고 다른 사람에게도 좋은 일을 계속해갑니다.

다시 시작입니다.

지은이 이원주

사업가. 국제구호 활동가. 2003년부터 JTS필리핀 대표를 맡아 민다나오 오지 마을에 학교 건축과 마을 개발, 의료 지원 등 민다나오 활동을 20년간 총괄했다. 2003년 필리핀 정토회를 설립하고 법당을 만들어 대표를 맡아 필리핀 정토회를 안정적으로 이끌었다. 1954년 경남 고성에서 태어나 1976년 조광무역에 입사한 이래 평생 옷 만드는 일을 해왔다. 1983년 필리핀으로 이주해 1987년에 회사(Kaylee Fasion Inc.)를 설립했다. 필리핀 한인무역협회장을 역임(2000~2004)하면서 한국 지자체와 한국 상품전 개최로 중소기업 바이어를 발굴 지원하였으며, 2010년까지 세계한인무역협회 상임집행위원(동남아 부회장)을 역임했다. 대통령직속 민주평화통일자문회의 자문위원(2003~2012)으로 활동했고, 필리핀 한국국제학교 재단이사(건축위원장, 2006~2011)로서 1년 8개월간 학교 건축 과정을 진두지휘하여 학교 건물을 완공했다. 필리핀 한인총연합회 19대 회장을 역임(2011~2012)하면서 5개 지역 한인회와 13개 지회를 정비하여 재난과 한인 사건사고 시 대사관과 경찰청 등을 연계해 한인 안전을 보호하는 비상연락망을 구축하여 한인총연합회의 한인 안전 대책 기능을 강화시켰다. 2012년 LHK Creation Inc.를 설립했다.

상훈으로 산업자원부 장관 표창(1998), 세계한인무역인상(2005), 민주평화통일자문회의 의장(대통령) 표창(2007), 올해의 필리핀 한인 대상(2009), 국민포장 수상(2010), 지식경제부 장관 표창(2011), 국민훈장 목련장 수상(2018) 등이 있다.

헬로 민다나오

초판 1쇄 인쇄 2024년 7월 10일
초판 1쇄 발행 2024년 7월 20일

지은이	이원주
펴낸이	김정숙

기획	이상욱
편집	김인경, 박시현
디자인	동경작업실

펴낸곳	정토출판
등록	1996년 5월 17일 (제22-1008호)
주소	서울특별시 서초구 효령로51길 42(서초동)
전화	02-587-8991
팩스	02-6442-8993
이메일	jungtobook@gmail.com

ISBN   979-11-87297-73-4 (03810)

ⓒ 이원주, 2024

맑은 마음, 좋은 벗, 깨끗한 땅을 일굽니다.